DER SYNNRISCHE RETTER

ZULIR KRIEGER-GEFÄHRTEN

BUCH 1

KATE RUDOLPH

ÜBERSETZT VON
SABRINA BARDE

Herausgegeben von Kate Rudolph.

Deutsche Erstausgabe von Celestial Heart Press, PO Box 1172, Valparaiso, Indiana, 46383 USA

Juli 2022

www.de.katerudolph.net

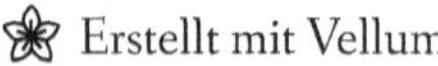 Erstellt mit Vellum

VON DER ERDE entführt und wie eine Laborratte behandelt …

Emily war eine ganz gewöhnliche Jurastudentin, bis sie von Außerirdischen entführt wurde. Während sie nachts zu halsbrecherischen Kunststücken gezwungen wird und tagsüber medizinische Tests über sich ergehen lassen muss, weiß sie nicht, wie lange sie es noch aushält. Als einer der Außerirdischen besonderes Interesse an ihr zeigt, befürchtet sie, dass sich die Dinge noch weiter verschlimmern. Er hat Flügel und Reißzähne, und er lässt ihr Herz höherschlagen. Aber so einen Außerirdischen kann sie doch nicht wollen … Oder doch?

Er hat keine Zeit, einen Menschen zu retten …

Oz ist aus einem bestimmten Grund auf Kilrym, und zwar nicht, um die zauberhafte Darstellerin zu retten, die ihn bei Nacht in ihren Bann zieht. Aber es ist ihm unmöglich, eine verdeckte Operation durchzuführen, wenn seine Gedanken bei dem Menschen sind, der seine Schicksalsgefährtin sein könnte. Ein Krieg steht bevor, aber was, wenn die einzige Möglichkeit, sein Volk zu retten, darin besteht, Emily zu opfern?

Trotz der Tatsache, dass sie Lichtjahre voneinander entfernt geboren wurden, sind sie wie füreinander geschaffen. Aber Oz hat Geheimnisse, und wenn Emily die Wahrheit herausfindet, wird sie ihm vielleicht nie verzeihen können, egal wie sehr sie ihn für ihr Überleben und ihre Flucht von diesem Planeten braucht.

Der synnrische Retter ist der Auftakt der Action/Abenteuer-Science-Fiction-Romanreihe Zulir Krieger-Gefährten. Die Heldinnen wurden von der Erde entführt, sind jedoch bereit, an der Seite ihrer außerirdischen Krieger-Gefährten zu kämpfen.

KAPITEL EINS

DER STURZ KÖNNTE SIE UMBRINGEN.

Emily Saints Herz schlug bis zum Hals, als sie über die Kante hinweg auf den Abgrund darunter blickte. Ein paar Meter? Sechs? Sie wusste es nicht genau, aber ein falscher Schritt, ein Abrutschen, und sie würde auf den harten Boden stürzen, und niemand würde da sein, um sie zu retten. Ihr Magen verkrampfte sich, hob und senkte sich, als sie überlegte, wie schlimm das alles werden konnte. Ihr Körper war einmal ein mächtiges Werkzeug gewesen, bereit, jeder Forderung nachzukommen, die sie an ihn stellte.

Aber das war Jahre her.

Sie holte tief Luft und ließ die Augen zufallen. Sie brauchte die versammelten Aliens unter ihr nicht zu sehen. Und *das* war vor wenigen Monaten noch eine echte Offenbarung gewesen. Außerirdische existierten. Und sie waren Vollidioten. Jetzt waren Hunderte von ihnen unter ihr versammelt, beobachteten sie und warteten darauf, dass sie versagte. Sie sahen fast menschlich aus, und wenn sie die Augen schloss, konnte sie so tun, als ob sie es wären. Sie brauchte die elektrischen Flügel nicht zu sehen, die immer wieder aufblitzten. Aber sie konnte das Knistern der Elektrizität in der Luft nicht ignorieren.

Sie wollte fliegen.

Ein Licht ging an, erleuchtete sie auf ihrem Sims, und es gab keine Zeit mehr zum Zögern. Emily sprang, griff nach der Stange, hielt sich fest und drehte sich, als sie über das Publikum und den harten Boden darunter schwang. Sie ließ los und sprang zum nächsten Vorsprung, während sich ihr Körper daran erinnerte, was er eigentlich tun sollte. Ihre Muskeln schmerzten von der Anstrengung und der Schweiß sammelte sich in ihrer engen Kleidung, aber sie spürte es kaum, während sie daherflog. Sie hatte zwar keine Flügel, aber das hier musste fast genauso gut sein.

Sie drehte sich auf der Stelle, mit dem Rücken zum Sims, und ihre Füße landeten nur wenige Zentimeter entfernt von ihrem sicheren Untergang. Das ließ die Aliens unter ihr jedes Mal aufschrecken, und Emily empfand eine gewisse Genugtuung dabei. Sie mochte nur ein Mensch sein, jemand, den sie nicht einmal als Person betrachteten, aber sie konnte sie mit Tricks den Atem rauben, die sie seit ihrer Kindheit geübt hatte. Ein einfacher Rückwärtssalto? Kein Problem.

Und als sie sich erneut überschlug, segelte sie von der Plattform und streckte im letzten Moment die Finger aus, um sich festzuhalten. Es tat weh, ihre Haut riss auf und ihre Knochen schmerzten, aber sie bewegte sich weiter und wirbelte durch die Lüfte, bis sie auf dem Boden ankam. Zu Hause war sie keine Trapezkünstlerin gewesen, und den Stufenbarren hatte sie gehasst, aber jetzt konnte sie diese Fähigkeiten jeden Tag einsetzen.

Sie war wie geschaffen für die Bühne.

Als sie endlich unten ankam, spürte sie die leichte Federung. Sie hatte nicht die volle Fläche eines regulären Wettkampfbodens zur Verfügung, vielleicht die Hälfte, und sie konnte nicht die Geschwindigkeit erreichen, die sie brauchte, um die schwierigsten Übungen auszuführen, aber in den letzten sechs Monaten hatte sie sich darauf eingestellt. Ihr erster Durchgang bestand aus einem Twisting Flip und einer Kür, die viel ausgefallener aussah, als sie war. Ihre Trainer hätten sie als faul beschimpft, weil sie es nicht perfekt ausgeführt hatte, aber die Fremden, vor denen sie stand, wollten aufregende Effekte, keine Perfektion, und das war alles, was Emily bieten konnte.

Nach einem weiteren Durchlauf gab es einen Applaus, der Emily fast zum Lächeln brachte. Nachdem sie das Turnen aufgegeben hatte, hatte sie den Rausch einer solchen Darbietung vergessen, aber sie wurde jeden Abend, wenn sie auftrat, wieder daran erinnert. Und sie konnte sich kaum daran erinnern, warum sie aufgehört hatte.

Der nächste Sprung gelang ihr nicht, und sie fiel unter noch größerem Jubel der Außerirdischen auf den Boden. Ihre Misserfolge wurden unter den Aliens sogar noch stärker bejubelt als ihre Erfolge. Emily verdrängte die Verbitterung. Damit würde sie sich nur verletzen oder noch Schlimmeres anrichten. Solange sie ihre Lieblingskünstlerin war, behandelten sie sie ... okay. Es könnte schlimmer sein.

Also hatte sie es übertrieben, ein bisschen gehumpelt und das Gesicht verzogen, um sie glauben zu lassen, sie sei beinahe am Ende. Sie mussten sich schon darauf freuen, dass sie von den Sanitätern abgeholt wurde, die am Rande der Bühne standen, um die verletzten Darsteller hinter die Bühne zu bringen. Aber ihr Knöchel hat kaum wehgetan. Er war nicht einmal verstaucht. Sie war schon mit viel Schlimmerem aufgetreten.

Aber die Aliens wollten nicht, dass sie sich erholte. Noch nicht.

Sie humpelte in die nächste Übung, machte Vorwärtsrollen und schlug ein Rad. Das konnte jeder, und die Aliens wussten es. Das Murren begann; bald würde es zu Rufen und Gesängen führen, damit sie von der Bühne geholt wurde. Emily ließ ihre Frustration durch sich hindurchfließen, ließ sie den Schmerz wegspülen, während sie hochsprang und sich drehte.

Das brachte sie zum Schweigen.

Und als sie es noch einmal tat, erkämpfte sie sich den Beifall von jemandem in der hinteren Reihe. Sie war noch nicht erledigt. Nicht im Entferntesten.

Sie stürzte nicht noch einmal, aber als ihre Darbietung zu Ende ging, begann ihr Knöchel noch mehr zu zwicken, und als sie den letzten Durchgang beendete, schmerzte er ein wenig, jedoch nicht so sehr, dass sie es sehen konnten. Ihr wahrer Schmerz war ihr eigener. Sie hatte nicht vor, ihn ihren Entführern zu zeigen.

Es war das Einzige, was ihr noch blieb.

Am Ende jubelten sie. Sie jubelten immer. Und ein Teil von ihr hasste das Gefühl, das es in ihr auslöste, die Art und Weise, wie es sie beflügelte und wie sie sich in ihrem Beifall sonnte. Ihr Körper spannte sich an und sie konnte das Lächeln nicht unterdrücken. Sie schaute sich um und es war die gleiche Menge wie immer, Aliens, die die gefangenen Menschen betrachteten, als wären sie dressierte Tiere. Keiner war besonders.

Wer war er?

Ihr war noch nie jemand aufgefallen, nicht nach der ersten Nacht, in der sie versucht hatte, sich *jeden einzelnen* einzuprägen. Aber heute Abend sah sie einen Mann, der an einem Tisch saß und sie mit einer solchen Intensität beobachtete, dass sie sich entblößt fühlte. Und sie hasste es nicht. Er klatschte, und ihre Blicke trafen sich. Sie konnte nicht viel über ihn herausfinden. Seine Haut hatte den gleichen schillernden Glanz wie die aller anderen, und wahrscheinlich hatte er bunte Flügel, die aus seinem Rücken aufblitzen konnten, wann immer ihm danach war.

Er war die gleiche Art von Außerirdischem wie alle anderen in diesem Raum. Aber er sah sie nicht so an, wie die anderen es taten. Sie erkannte Interesse, wenn sie es sah.

Es hätte sie erschrecken müssen. Ihre Entführer waren schrecklich mit ihr umgegangen, sie hatten Hunderte von Tests an ihr durchgeführt und sie gezwungen, für sie zu arbeiten, aber sie hatten sie nie sexuell missbraucht, nie eine Andeutung von Lust gezeigt.

Trotzdem hatte sie keine Angst vor ihm.

Aber sie war schon immer eine Närrin gewesen.

Emily verließ schwungvoll die Bühne und verschwand hinter einer Tür, wo ein anderer außerirdischer Wärter auf sie wartete, der sie finster ansah und sie in Richtung einer der Waschräume für die Künstler winkte. Sie hatte heute Abend noch eine weitere Show vor sich, und wenn sie ihren Knöchel nicht bald behandelte, würde sie sich noch etwas brechen. Und sie wollte nicht daran denken, was passieren würde, wenn sie nicht in der Lage war einen Purzelbaum zu schlagen.

Eine blonde Gestalt ging an ihr vorbei und stieß sie an der Schulter an, und Emily blickte finster auf, als Grace sich ihren Weg durch den Flur bahnte. Sie tat gerne so, als wären sie nicht alle Gefangene dieser Außerirdischen, schmeichelte sich gern bei ihnen ein und spielte sich auf. Emily würde bei diesem Spielchen nicht mitmachen.

Sie öffnete die Tür und ließ sich neben Lena, einem anderen Menschen, auf einen der Stühle sinken. Die ältere Frau - im Gegensatz zu Emily war sie um die dreißig - schenkte ihr ein Lächeln, sagte aber nichts. Ihre Entführer mochten es nicht, wenn sie redeten.

Gute Haustiere taten das nicht.

Aber Emily war kein Haustier. Auch nicht nach sechs Monaten Gefangenschaft. Sie würde einen Weg nach draußen finden.

Irgendwie.

***

Malsan Ozar durfte nicht vergessen, dass er sich in feindlichem Gebiet befand. Er durfte sich nicht dabei erwischen lassen, wie er die bezaubernde Frau anstarrte, die durch die Luft schwebte, als hätte sie eigene Flügel. Und er musste unbedingt die Reaktion seines Körpers auf sie verbergen.

Die Apsyns betrachteten jeden, der kein Zulir war, als ein Tier, unfähig zu denken oder zu fühlen, und schon gar nicht würdig ihrer Zuneigung. Sie ließen ihre Gefangenen vor Publikum auftreten und hielten sie wahrscheinlich als Sklaven, obwohl diese Praxis eigentlich illegal sein sollte.

Natürlich waren Nicht-Zulirer nicht durch die Gesetze der Apsyns geschützt.

Aber Oz war ein Synnr, und er war nicht hier, um sich die Show anzusehen.

Kurz bevor sie die Bühne verließ, gelang es ihm endlich, seinen Blick von dem Menschen loszureißen, und er hoffte, dass diejenigen, die an den Tischen um ihn herum saßen, es nicht bemerkt hatten. Er war aus einem bestimmten Grund in diesem Club, und der hatte nichts mit den fesselnden Darbietungen zu tun.

Sein apsynyscher Begleiter gesellte sich schließlich wieder zu ihm und schob Oz lächelnd einen Drink zu. Für einen Außenstehenden gab es keinen Unterschied zwischen Apsyn und Synnr. Ihre Unterschiede waren politischer und philosophischer Natur, nicht physischer. Die Zulir waren ein gespaltenes Volk. Und der Krieg stand bevor.

Aber er musste diese Mission lange vorher beenden. Diesmal würde er nicht versagen.

„Also, was denkst du?", fragte Xydion mit einem Grinsen. Er hatte sich schnell mit Oz angefreundet, führte ihn durch die Stadt und zeigte ihm die besten Plätze.

„Ich hatte nicht mit so vielen Menschen gerechnet", sagte er und blickte zurück zur Bühne. Aber die Darstellerin war verschwunden und durch eine andere ersetzt worden, die mit ihren Fingerspitzen Feuer zu weben schien. Es war ein reiner Taschenspielertrick, sogar ein verpaarter Zulir könnte das schaffen, aber es schien die Menge zu unterhalten.

Xydion lachte. „Sie wurden von ihrem Planeten gerettet. Diese Bestien, die ihre Ressourcen verschwenden und ihre Heimat zerstören. Sie sollten froh sein, an einem zivilisierten Ort zu sein."

Oz musste sich keine Erwiderung verkneifen, er war gut genug trainiert, um die hasserfüllte Sprache zu ignorieren. Ein entfernter Teil von ihm fragte sich, warum die Apsyns nicht über die Unterschiede hinwegsehen konnten, und die Schönheit anderer Spezies erkannten, aber wenn er solche Fragen stellte, würde seine Tarnung auffliegen und eine wichtige Agentin würde sterben. „Wir haben zu Hause keine solchen Veranstaltungen", sagte er ehrlich.

Xydion legte ihm einen Arm um die Schulter. „Du

bist nicht mehr auf dem Lande, mein Freund. Und hier gibt es keine Synnrs, die ihre nutzlosen Moralpredigten schwingen. Perverslinge", schimpfte er. „Ich habe gehört, dass sie versuchen, sich mit Minderwertigen zu *verpaaren*. Als ob die, die Verbindung zu schätzen wüssten."

Wenn ihre Informationen korrekt waren, wollten Apsyns genauso gerne menschliche Partner finden, auch wenn sie nicht bereit waren, eine gleichberechtigte Partnerschaft einzugehen. Er wusste, dass er etwas sagen, Xydions Hass bestätigen sollte, bevor der Mann anfing, sich verurteilt zu fühlen, aber Oz konnte sich nicht dazu durchringen. Er hatte zu Hause in Osais viele Menschen getroffen, und da gab es nichts von der sogenannten *Perversion*, die Xydion sich vorzustellen schien. Und eine Verpaarung ... Nun, das war etwas, wovon man nur träumen konnte.

Sie waren nicht gerade selten, aber auch nicht so häufig, dass man wirklich erwarten konnte, seinen Idealpartner zu treffen. Oz kannte eine Handvoll Verpaarter, und die meisten von ihnen waren durch das Synnr-Partnerschaftssystem bekannt gemacht worden. Er nahm an, dass Apsyns etwas Ähnliches nutzten.

Oz wusste nicht, wie es wohl wäre, mit jemandem auf molekularer Ebene verbunden zu sein, und er hatte Angst, es herauszufinden. Der Verstand eines verpaarten Mannes war nicht sein eigener. Er teilte ihn mit seinem Schicksalsgefährten, und das Band schweißte sie enger zusammen als alles andere im Universum, bis sie als Einheit auftreten konnten und der Funke ihres Lebens durch sie hindurchfloss und sich viel intensiver verstärkte als alles, was eine einzelne Person hervorbringen könnte. Die Verpaarten konnten furchterregend mächtig sein, ihre Elektrizität knisterte überall, und war stark genug, um eine ganze Truppe zu töten.

Oz könnte es weit bringen, wenn er einen Schicksalsgefährten hätte.

Aber was, wenn er dafür einen Teil von sich selbst aufgeben müsste?

Xydion hatte gesprochen. Er hatte mehr als eine Minute lang geredet, bevor Oz merkte, dass er nicht aufgepasst hatte. Einiges davon schien die gleiche *Braz* über die Überlegenheit der Zulir zu sein, während der Rest aus der Planung bestand, wohin er Oz mitnehmen würde, um ihn richtig abzufüllen.

„Und wir beenden die Nacht bei mir. Du musst meine Partnerin kennenlernen. Sie ist auf der Suche nach etwas Spaß und ich habe ihr versprochen, dass ich dich mitbringe." Sein Griff um Oz wurde fester.

Ein anderes Mal, ein anderer Mann oder eine andere Frau, eine andere Aussicht, und Oz wäre vielleicht interessiert gewesen, aber er war nicht bereit, mit Apsyns ins Bett zu steigen. Seine Tarnung hatte es nicht nötig und er bezweifelte, dass er die Scharade aufrechterhalten konnte ... Oder eine Erektion.

„Später", versprach Oz, ohne die Absicht, das Versprechen einzulösen. Er erhob sich von seinem Platz. „Wo ich herkomme, loben wir die Darsteller, auch wenn sie es nicht verstehen können."

Xydion schien widersprechen zu wollen, aber er warf Oz nur einen vernichtenden Blick zu. „Wir sind hier in der Stadt, Junge, da laufen die Dinge anders."

Aber das Landei, das Oz vorgab zu sein, wusste es entweder nicht oder es war ihm egal, und er ging achselzuckend in Richtung Bühne. Niemand bewachte die Tür, was er ein wenig seltsam fand, da sie nicht verschlossen war. Hielten sie die Menschen für zu dumm, um hinauszugelangen? Oder hatten sie andere Möglichkeiten, um sie an Ort und Stelle zu halten?

Er wollte nicht daran denken, was die Apsyns ihnen antun könnten, aber er musste es tun, wenn er die Agentin da herausholen wollte, wo sie festgehalten wurde.

Er war schon ein ganzes Stück den Gang entlang gegangen, als ihn jemand aufhalten wollte. Eine Apsyn-Frau mit krausem Haar und einem erschöpften Gesichtsausdruck trat vor ihn. „Dieser Bereich ist nur für Angestellte und Darsteller", sagte sie. „Bitte kehren Sie in den Lounge-Bereich zurück."

Oz setzte sein strahlendstes Lächeln auf und ließ

seinen Akzent in den breiteren Tönen der ländlichen Umgebung erklingen. Er bezauberte oder verärgerte die Leute, und alle unterschätzten ihn. „Ich wollte der Fliegerin, die herauskam, mein Kompliment aussprechen." Er war sich nicht sicher, was das richtige Wort für sie war. Zulir-Künstler konnten ihre Flügel benutzen, um viel länger in der Luft zu bleiben und kompliziertere Kunststücke zu vollführen. Ein Mensch hatte keine Flügel, war sie also wirklich geflogen? Aber es war auf seine Weise beeindruckend gewesen. Sie musste furchtlos sein, um aufzutreten, wenn sie sich nicht selbst auffangen konnte, wenn sie fiel oder ihr Ziel verfehlte.

„Die Darsteller treffen sich nicht mit dem Publikum", sagte die Frau finster. „Wir wollen sie nicht aus der Fassung bringen. Sie können zerbrechlich sein."

Auf dieser Bühne gab es keine Zerbrechlichkeit.

„Wir hatten noch nie Menschen in meinem Dorf", sagte er in einem verschwörerischen Flüsterton. „Ich wollte einfach mal einen aus der Nähe sehen. Ich wusste nicht, dass sie so etwas können."

Und der Gesichtsausdruck der Frau wurde ein wenig sanfter. Erfreut. Gut. „Sie sind am Ende des Flurs. Sie können durch den Sichtschutz schauen, aber gehen Sie nicht in den Raum. Und wenn Sie erwischt werden, haben Sie mich nie gesehen. Verstanden?"

Oz schenkte ihr sein freundlichstes Lächeln, und sie ging kopfschüttelnd weiter den Flur entlang.

Er ging weiter in die entgegengesetzte Richtung, aber nicht in die, in die die Frau gezeigt hatte. Ein Teil von ihm wollte hingehen und nachsehen, ob er die Darstellerin finden und vielleicht ihren Namen erfahren konnte. Aber daraus konnte nichts werden. Er hatte eine Verantwortung, und die bestand nicht darin, einen beliebigen Menschen zu retten, der nichts über den bevorstehenden Krieg wusste. Vielleicht konnte er mit seinem Captain verhandeln, um sie herauszuholen, aber Oz kannte seinen Captain sehr wohl. Er war fast so schlimm wie die Apsyns, wenn es um Nicht-Zulirer ging.

Oz musste sie gehen lassen.

Es war schmerzhafter, als er erwartet hatte.

Aber wo war die Agentin?

Er hatte weder eine Karte noch einen Plan, und das konnte in einer Katastrophe enden. Aber sie musste hier irgendwo sein und sie mussten Kontakt aufnehmen. Sie wusste, dass sie kommen würden. Und sie musste raus wollen.

Er würde seinen Kopf in einige Zimmer stecken, aber er konnte nicht damit rechnen, noch einmal Glück zu haben. Sein Charme reichte nur bis zu einem gewissen Punkt. Die erste Tür, die er öffnete, war ein Schrank, der mit Stoffen und Seilen vollgestopft war. Der nächste Raum offenbarte eine Handvoll Menschen, die in einem großen Bett schliefen, und sich zum

Wärmen aneinanderdrängten. Sie hatten keine Decken, und sie sahen aus, als würden sie frieren.

Apsyn-Bastarde.

Er legte seine Hand auf den Sensor, um eine dritte Tür zu öffnen, aber sie glitt ohne seinen Befehl auf.

Und da stand seine Darstellerin mit großen, hellgrauen Augen.

KAPITEL ZWEI

HEILIGE SCHEISSE.

Er war größer, als sie es sich vorgestellt hatte.

Verdammt.

Verflucht.

Scheiße.

Ihre Trainer hatten es nicht gemocht, wenn sie als Kind geflucht hatte, auch wenn sie es selbst wie verrückt taten, und manchmal fühlten sich die Worte immer noch unnatürlich an. Doch im Augenblick waren sie gerechtfertigt. Ein Schrei blieb Emily in der Kehle stecken. Was hatte das für einen Sinn? Es war ja nicht so, dass jemand kommen würde, um ihr zu helfen. Falls er wieder hier war, dann nur, weil ihn jemand hereingelassen hatte. Hatte er dafür bezahlt? Sollte ihre trostlose Existenz noch unerträglicher werden?

Alle Geschichten über Entführungen durch Außerirdische in ihrer Heimat basierten auf *Sondierungen*. Und obwohl keiner der Außerirdischen jetzt geneigt zu sein schien, so etwas mit ihr zu tun, könnte sich das bald ändern. Oder waren die Menschen zu geil für ihr eigenes Wohlergehen, besessen von all den ekligen Dingen, die man mit ihnen machen konnte, wenn sie machtlos waren?

Sie wollte das nicht.

Aber sie hätte *ihn* vielleicht gewollt.

Zu einer anderen Zeit. In einem anderen Universum.

Er war groß. Bestimmt über einen Meter achtzig, wenn nicht sogar fast zwei Meter. Und damit war er mehr als dreißig Zentimeter größer als sie. Oh Gott, sie fühlte sich klein, sogar noch kleiner als sonst. Andererseits war sie kaum größer als einen Meter fünfundfünfzig. Und er war genau so breit wie er groß war. Seine Schultern nahmen den Großteil des Türrahmens ein, und obwohl seine Kleidung locker saß, entgingen ihr seine Muskeln nicht. Sie war schon mit vielen muskulösen Männern zusammen gewesen. Turnerinnen waren vielleicht klein, aber nicht gerade zierlich, doch dieser Kerl stellte sie in den Schatten.

Sie wollte ihn anfassen.

Nein. Das wird nicht passieren.

Er war ein verdammter Außerirdischer. Und sie war von Aliens entführt worden. Selbst wenn er nichts damit zu tun hatte, konnte sie ihm nicht trauen. Sie wurde monatelang von einem Ort zum anderen geschleppt, angestupst und gezwungen aufzutreten. Sie konnte keinem Alien trauen. Bis jetzt hatten sie ihr alle gerne wehgetan, und sie hatte keinen Grund zu glauben, dass sich das nun ändern würde.

„Du bist unglaublich." Es schien mit einem Lufthauch aus ihm herauszuplatzen, und seine Augen bekamen einen schimmernden Glanz. Sagte er die Wahrheit? War er nur zurückgekommen, um ihr ein Kompliment zu machen? Emily wollte sich nicht rühmen, aber es war schön, gewürdigt zu werden.

Sie hatte gelernt, die Außerirdischen zu verstehen. Es war seltsam, aber sie hatten etwas mit ihr gemacht, mit allen Menschen hier, damit sie die fremde Sprache, die sie sprachen, verstehen konnten. Und seitdem sie eine Reihe von seltsamen Erhebungen auf der Rückseite ihres Ohrs entdeckt hatte, war sie ziemlich sicher, dass sie dort etwas implantiert hatten. Der Gedanke daran war ein wenig beängstigend, aber sie hatte keine unerwünschten Nebenwirkungen bemerkt.

Vielleicht machte sie sich aber auch nur etwas vor, und das Implantat sorgte dafür, dass sie jegliche Nebenwirkungen ignorierte.

Sie würde sich selbst verrückt machen, wenn sie zu viel darüber nachdachte, also hatte sie die letzten Monate damit verbracht, bewusst nicht daran zu denken.

Sie konnte sich um die Schadensbegrenzung kümmern, wenn sie erst einmal frei war.

Und sie war fest entschlossen, ihre Freiheit wieder zu erlangen.

Irgendwie.

Der sexy - was? Nein, *nicht* sexy - der Außerirdische starrte sie immer noch an, als würde er eine Reaktion von ihr erwarten. Ihre Entführer mochten es nicht, wenn sie sprachen. Sie waren der Meinung, dass Menschen nicht mehr als unbedingt nötig kommunizieren sollten, was nur der Fall war, wenn sie Fragen zu den seltsamen Tests stellten, die sie durchführten. Vielleicht war dieser hier anders. „Wer bist du?" Das hätte sie nicht fragen sollen. Neugier ist des Menschen Tod. Aber er sah sie an, als wäre sie eine Person, und so etwas war schon so lange her, dass sie verzweifelt war.

Seine Lippenwinkel verzogen sich zu einem Grinsen, das sich zu einem kompletten Lächeln entfaltete. Und dann waren da noch die Reißzähne. Diese Außerirdischen hatten *Reißzähne*. Und doch hielten sie die *Menschen* für wilde Tiere. „Ich bin Oz", sagte er. „Ich habe noch nie gesehen, dass ein Mensch so etwas kann." Seine Augen leuchteten vor Erstaunen. Sie glaubte ihm fast. Es hatte sie überrascht, wie ähnlich die Emotionen dieser Außerirdischen denen der Menschen waren, aber sie hatte keine Zeit, sich damit zu befassen.

Vielleicht war die ganze Sache nichts weiter als ein

schrecklicher Albtraum. Vielleicht lag sie zu Hause im Koma und dümpelte an den lebenserhaltenden Maschinen vor sich hin, bis jemand beschloss, den Stecker zu ziehen.

Aber wollte sie das? Sie wusste es nicht.

Oz stand immer noch da, fast so nah, dass sie ihn berühren konnte, und sie nahm seinen Duft wahr. Er hatte etwas Rauchiges und Männliches an sich, das sie dazu brachte, näher herantreten zu wollen.

Zu ihm.

Dem Außerirdischen.

Ja, das würde nicht passieren.

„Wie heißt du?", fragte er.

Sie fragten nicht nach Namen. Sie interessierten sich nicht dafür. Die Außerirdischen hatten jedem der Menschen einen anderen Namen zugewiesen und sie verletzt, wenn sie sie dabei erwischten, wie sie ihre richtigen Namen benutzten. Das hatte aber keinen von ihnen aufgehalten. Sie wollten sich nicht aufgeben.

Erwartete er, dass sie ihm diese Bezeichnung nennen würde? Aerial-1. Es hätte schlimmer sein können. Emily fand, dass es irgendwie wie der Name einer Kampfpilotin klang. Aber es war nicht *sie*. Und selbst wenn dieser Mann, dieser Oz, sie verletzte, würde er sie nicht dazu bringen, diesen Namen auszusprechen. Sie sollte besser gar nichts sagen. Aber die Worte purzelten aus ihrem Mund und sie konnte sie nicht wieder zurücknehmen. „Emily. Emily Saint." Vielleicht sogar Emily Saint, Rechtsanwältin, aber das würde sie erst wissen, wenn sie wieder zu Hause war und die Ergebnisse ihrer Anwaltsprüfung erfuhr.

Sie musste sich ein Lachen verkneifen. Sie stand vor einem Außerirdischen, an einem Ort, an dem sie gezwungen war, jeden Abend für ihn aufzutreten, und sie sorgte sich um einen kleinen *Test*?

Okay, die Anwaltsprüfung war beschissen und niemand würde sie als klein bezeichnen, aber trotzdem. Prioritäten.

Oz streckte seine Hand aus, hielt jedoch inne, bevor er sie berührte. „Emily." Die Silben glitten mit einem leichten Schwung von seiner Zunge und schickten einen elektrischen Schauer direkt durch ihren Körper. Sie konnte es sich nicht leisten, sich zu einem dieser Monster hingezogen zu fühlen, ganz gleich, wie heiß er war.

Sie wollte nicht wie Grace enden, die *Gefallen* gegen eine Sonderbehandlung eintauschte.

Die Lage war nicht so schlimm. Noch nicht.

„Du gehörst nicht hierher", sagte er, sie konnte die Traurigkeit in seiner Stimme hören. „Es tut mir leid."

Aber warum?

Schritte hallten den Flur entlang, und Emily sah sich um; ihr nächster Auftritt stand kurz bevor. Ihrem Knöchel ging es so gut, wie es nur ging, er war genügend verheilt, um die Aerial-Arbeit, die sie leisten musste, zu bewältigen. Sie hatte schon Schlimmeres erlebt. Und sie bezweifelte, dass ihre Entführer es gutheißen würden, wenn sie sich beschwerte. Die meisten ihrer Trainer hatten das nicht getan.

Als sie sich umdrehte, war Oz verschwunden.

„Aerial-1, du solltest schon in Position sein. Beeile dich, bevor ich dich neu zuteilen muss." Die kraushaarige Frau, die für die Einsatzplanung zuständig war, ergriff Emilys Hand und zerrte an ihr, als würde sie ihr nicht zutrauen, sich aus eigener Kraft zu bewegen.

Emily folgte ihr. Sie drehte sich um, aber von Oz war keine Spur zu sehen.

Wer war er?

Sie würde ihn vergessen müssen. Ihr Überleben hing davon ab.

Oz' Herz klopfte wie wild, als er um eine Ecke bog und sich außer Sichtweite brachte. Es war eine dumme Idee gewesen, hierher zurückzukommen. Er hatte keinen Blick auf die Agentin erhaschen können und hatte keine Ahnung, ob sie heute überhaupt in der Aufführungsstätte war. Er war ohne einen strategischen Ausweg hineingegangen, und es war nur seinem unglaublichen Glück zu verdanken, dass er nicht erwischt worden war.

Aber *Emily*.

Er ließ ihren Namen in seinem Kopf herumschwirren und beschwor ein Bild von ihr herauf. Dieses dunkle Haar. Diese blasse Haut. Diese hellgrauen Augen, die ihn herausforderten, selbst als sie schweigend vor ihm stand. Die Kraft in ihr knisterte voller Elektrizität, und er wollte sie in seine Arme schließen und sie vor allem Unheil schützen.

Wahnsinn.

Er hatte sie einmal auftreten sehen. Und diese Interaktion war kaum als Gespräch zu bezeichnen.

Es war der Job. Er brachte ihn durcheinander. Er war gezwungen, so zu tun, als sei er ein hasserfüllter, ignoranter Apsyn. Natürlich wollte er den ersten Menschen retten, der ihm über den Weg lief. Das war nur natürlich. Er wollte sich selbst beweisen, dass er nicht so schlecht war wie sie.

Das erklärte jedoch nicht diese Anziehungskraft.

Aber Oz sagte seinem Schwanz, er solle ihn in Ruhe lassen, und schlich sich aus dem Backstage-Bereich heraus, indem er durch eine Seitentür aus dem Club schlüpfte. Er wollte Xydion nicht über den Weg laufen und ein weiteres Angebot für eine betrunkene Liebelei abwehren müssen.

Sein Fahrzeug stand genau dort, wo er es zurückgelassen hatte, und er überprüfte es mithilfe seines Kommunikationsgerätes, um sicherzustellen, dass keine

Peilsender oder andere Überraschungen hinzugefügt worden waren. Für jeden, der hinschaute, hätte es so ausgesehen, als würde er eine Nachricht lesen. Nichts Verdächtiges. Kein Grund, ihn eines zweiten Blickes zu würdigen.

Das Fahrzeug war sauber und er schaltete den Schwebeflug ein, um zu seiner gemieteten Unterkunft zurückzufliegen. Sie befand sich nicht im besten Teil der Stadt. Wenn ihm jemand nach Hause folgte, würden sie sich nicht wundern. Der Mann, der er zu sein vorgab, konnte sich nicht viel leisten. Er hatte sich sogar extra einen Mitbewohner zugelegt.

Nun, zumindest sollten die Leute das denken.

Es spielte keine Rolle, dass er und Solan beide Synnr-Spione waren.

Sein Kollege saß am Tresen und untersuchte mehrere Scans, die der Holoprojektor anzeigte. Oz war zu weit weg, um sie lesen zu können, und er bezweifelte ohnehin, dass er viel verstehen würde. Solan hatte den Auftrag, in die Testanlage einzudringen, herauszufinden, was dort vor sich ging, und verschiedene Dokumente aufzuspüren. Oz hatte die leichtere Aufgabe, in einem Club herumzuhängen und so zu tun, als hätte er Spaß.

„Gibt es etwas Neues?", fragte er. Er legte seine Sachen ab, streckte und dehnte seinen Nacken und ließ seine bedrückende Apsyn-Identität abfallen, als wäre sie eine greifbare Sache. Er wollte *mehrmals* duschen, um den Gestank des Clubs von sich abzuwaschen, aber das konnte warten.

„Sie sind schon weiter, als wir dachten", brummte Solan. Er zeigte auf die Projektionen vor sich und vergrößerte eine, bis Oz das Bild eines Menschen sehen konnte, dessen Gesicht sich vor Schmerzen verzog, während Elektrizität auf seiner Haut tanzte.

Er war erleichtert, dass es nicht Emily war, und schämte sich dann sogleich für diesen Gedanken. Wer auch immer das war, er war immer noch ein Mensch. Sie hatten es nicht verdient, *so* behandelt zu werden.

„Ich dachte, sie wollten Verpaarungen ohne die Menschen herbeiführen." Oz ließ sich neben Solan auf die Bank sinken und betrachtete das Bild. „Hast du das aufgenommen? Du bist ganz schön nah dran."

„Es war in der Akte", sagte Solan. „Ich habe nur ein paar der Personen im Vorbeigehen gesehen. Und keiner war unsere Agentin. Aber es gibt Gerüchte über eine bevorstehende Veränderung. Wir müssen bald handeln, bevor sich unser Zeitfenster schließt."

„Sie war nicht im Club", erwiderte Oz. „Zumindest habe ich sie nicht gesehen. Die Menschen, die sie zur Schau stellen, scheinen recht gesund zu sein. Unmöglich zu sagen, ob sie auch getestet werden."

Solan schnippte wieder mit den Fingern, bis eine Liste mit Namen erschien. Oz sah den von Emily nicht, aber er brauchte einen Moment, um zu erkennen, warum. *Keiner* der Namen war menschlich. „Die Agentin ist nicht dabei", stellte er fest.

„Ich glaube, sie ist es. Aber wir wissen, nach wem wir suchen. Ein zugewiesener Name wird keinen Unterschied machen."

Das stimmte.

„Cru will vor Mitternacht mit uns sprechen", sagte Solan leise. Er sah Oz nicht an, er war zu sehr in seine Dokumente vertieft. Oder damit, Oz' Antwort nicht sehen zu müssen.

„Er wird unsere Tarnung auffliegen lassen." Crubok Scofoyl hatte das Kommando aufgrund eines Familiennamens und einer mittelmäßigen Bilanz an der Akademie erhalten. Er traute seinen Untergebenen nicht und musste sich in jeden Teil der Operation einmischen, weil er befürchtete, dass seine Mitarbeiter etwas falsch machen würden. Und er war ein Arschloch. Oz war in der Schule schon oft mit ihm angeeckt. Die Tatsache, dass der Mann ihm jetzt Befehle erteilte, ärgerte ihn.

„Er ist genauso entschlossen, es richtig zu machen", schlussfolgerte Solan. Oz wusste, dass er den Mann auch nicht mochte, aber sie hatten nicht die gleiche Vorgeschichte..

Ein Glück.

„Dann lass uns die Grundlagen durchgehen, bevor wir den Anruf starten. Ich will nicht die ganze Nacht über eine sichere Leitung aufrechterhalten." Die Wahrscheinlichkeit, erwischt zu werden, war minimal. Der Planet Kilrym hatte eine große Bevölkerung, und die Regierung war zwar nicht die freundlichste da draußen, aber sie überwachte nicht jeden Anruf und jedes Gespräch. Das konnten sie nicht. Und sichere Leitungen waren nicht ohne Grund sicher. Aber zu viele sichere Anrufe, und wir würden mit Sicherheit einen Verdacht erregen.

Solan drehte sich auf seinem Stuhl herum und sah Oz endlich an. „Hier ist es. Die Apsyns mögen es nicht, dass wir uns mit Nicht-Zulirern verpaaren können. Und sie mögen vor allem nicht, wie stark diese Verbindungen sind. Sie haben sich Menschen aus verschiedenen Quellen angeeignet und arbeiten daran, sich selbst irgendwie Verpaarungs-Kräfte zu verleihen, ohne dass die Menschen dazu beitragen müssen. Und sie haben Fortschritte gemacht. Ein Bericht zeigt, dass bei einer Zulir-Testperson die Spannung in einer Testumgebung um fünfzehn Prozent anstieg, nachdem sie dem ausgesetzt war, was sie als Methode 7 bezeichnet haben. Keine anderen Testpersonen haben solche Sprünge gezeigt. Die anderen Verbesserungen liegen bei etwa drei Prozent. Das Projekt verschlingt Gelder wie das Jubiläum der Königin, und sie waren gezwungen, eine Reihe ihrer Versuchspersonen zu verkaufen und sie als Darsteller auftreten zu lassen."

Oz ergriff das Wort. „Die Darsteller haben unterschiedliche Talente. Einige spielen mit Feuer, andere fliegen ohne Flügel. Es sind einfache Spektakel, aber der Eintrittspreis beträgt hundert Credits pro Abend, und der Club ist immer voll. Die Menschen scheinen nicht verletzt zu sein, aber wir sind ziemlich sicher, dass sie getestet werden. Unser Mitarbeiter hat Zugang zu den Aufführungs- und Testanlagen, aber wir konnten keinen Kontakt herstellen." Oz holte tief Luft. „Glaubst du, das wird ihn zufriedenstellen? Das Letzte, was wir brauchen, ist, dass Cru hierherkommt."

Solan erschauderte. „Ich bezweifle, dass *das* eine große Gefahr für uns darstellt. Er wird mehr über das Verpaarungs-Verfahren wissen wollen. Du weißt, wie er denkt."

Cru mochte keine Verbindungen zwischen verschiedenen Rassen. Er hat es nie *gesagt*. Kein Synnr würde das je tun. Nicht, wenn sie sich ihrer Gesellschaft nicht sicher waren. Aber es gab viele, die zumindest mit dem Standpunkt der Apsyn sympathisierten, auch wenn sie aus anderen Gründen dagegen waren. Cru war ein Aristokrat, verwandt mit der Königin und hatte die Gewissheit, dass er einen eigenen Titel erhalten würde, sobald die entsprechenden Leute verstorben waren. Es spielte keine Rolle, dass die Synnrs Nicht-Zulir in ihre Reihen aufnehmen sollten, um sie zu Bürgern und vollwertigen Mitgliedern der

Gesellschaft zu machen. Manche sahen sie immer noch als … minderwertig an.

Er würde gerne sehen, wie Cru oder einer seiner Freunde die Hälfte der Kunststücke aufführte, die er bei Emily gesehen hatte.

„Er wartet auf seinen eigenen Schicksalsgefährten", sagte Oz. „Und du weißt, dass er nur die Besten akzeptieren wird. Ich bezweifle, dass er sich mit einer fünfzehnprozentigen Erhöhung zufriedengeben würde, wenn er einen Lord oder eine Lady mit der richtigen Familie finden könnte. Das ist ihm wichtiger."

Solan warf ihm einen *Blick* zu, aber Oz wusste nicht, was er darauf erwidern sollte. Eine Verbindung sollte etwas Besonderes sein, etwas Transzendentes. Etwas Seltenes. Er konnte sich nicht vorstellen, eine Verbindung zu übergehen, nur weil es nicht das war, was er erwartet hatte. Es war ja nicht so, dass alle Verpaarungen zu romantischen Beziehungen führten. Die meisten, sicher. Es war fast unmöglich, sich so eng zu binden, ohne dass Gefühle ins Spiel kamen. Aber wenn Cru einen edlen Ehepartner wollte, konnte er ihn haben, egal mit wem er sich verpaarte. Warum er sich daher für die Apsyn-Forschung interessierte, war Oz ein Rätsel.

Aber das war alles nur Spekulation. Cru hatte die Grenze nicht überschritten. Noch nicht.

„Was glaubst du, wird mit den Menschen passieren, wenn wir unsere Agentin herausgeholt haben?", fragte er, während ihm eine Vision von Emily durch den Kopf ging.

Wie würde sie wohl mit Flügeln aussehen?

Solan zuckte zusammen, und Oz wusste, dass es nichts Gutes sein würde. „Bringen wir das Gespräch hinter uns", sagte Solan.

Ja, es würde auf keinen Fall gut ausgehen.

Gab es einen anderen Weg, sie zu retten? Oz würde darüber nachdenken müssen. Er würde bald abreisen, und er konnte sie nicht in den Klauen der Apsyn zurücklassen.

KAPITEL DREI

SIE SOLLTE HEUTE NICHT GETESTET WERDEN. Emily *wusste* das. Man hatte sie noch nie am selben Tag einer ihrer Aufführungen getestet, und sie sollte in wenigen Stunden in die Aufführungsstätte gebracht werden.

Aber da waren Drähte an ihrem Kopf, Riemen an ihren Hand- und Fußgelenken, Monitore, die Informationen ausspuckten, die sie nicht entziffern konnte, und etwas, das verdächtig nach einem Viehtreiber aussah.

Sie *hasste* dieses Ding.

Seltsamerweise war noch ein anderer Außerirdischer im Raum, außer dem, der die Tests durchführte. Er war an seine eigenen Maschinen angeschlossen und hüpfte förmlich in seinem Sitz, aufgeregt über das, was gleich passieren würde. Das war neu. Und schlecht. Alle neuen Dinge waren schlecht. Das war es, was sie gelernt hatte.

Jede Veränderung führte zu mehr Schmerzen. Das Einzige, was nicht so schlimm war, waren ihre Auftritte. Ihre Entführer hatten sie ihr Programm selbst gestalten lassen, nachdem sie ihr ein paar einfache Anweisungen gegeben hatten. Sie musste Kunststücke in der Luft aufführen und sie musste sie interessant gestalten. Aber wie genau sie diese Stunts gestaltete, blieb ihr überlassen.

Alles andere war stinklangweilig.

Der Arzt - oder zumindest *glaubte* Emily, dass er ein Arzt war, denn er führte wirklich viele medizinische Tests durch - sprach mit dem anderen Außerirdischen, und die beiden unterhielten sich so leise, dass sie es neben dem Brummen und Piepen der Maschinen nicht verstehen konnte. Es gefiel ihr nicht, dass sie ständig in ihre Richtung blickten. Was auch immer passieren würde, es würde nicht angenehm werden.

Und was hatte der Außerirdische damit zu tun?

Sie wollte es wissen. Sie wollte es unbedingt wissen. Aber sie würden ihr nicht antworten. Und sie würde wahrscheinlich bestraft werden, wenn sie etwas sagen würde.

Das hasste sie.

Sie wollte nach Hause.

Ihre Gedanken schweiften zurück zu Oz. Es war zwei Tage her, dass sie ihn zuletzt gesehen hatte. Er war nicht mehr im Club gewesen, und als sie ein paar andere

Gefangene diskret nach ihm gefragt hatte, hatten diese nicht gewusst, wer er war. Vielleicht hatte sie ihn sich nur eingebildet. Die ganze Begegnung hatte etwas Traumhaftes an sich. Warum sollte sie glauben, dass es nette Außerirdische gab, wenn jeder andere, dem sie begegnete, darauf aus war, sie zu einer Leistung zu zwingen oder ihr Schmerzen zuzufügen? Vielleicht war sie nahe ihrer Belastungsgrenze.

Die Außerirdischen hörten auf zu reden und Emilys Herzschlag geriet ins Stottern. Was auch immer sie geplant hatten, sie würden bald damit beginnen. Der Außerirdische, der kein Arzt war, hielt sich an den Armlehnen seines Stuhls fest und zog eine Grimasse, als wäre er beim Zahnarzt, und bereitete sich auf Schmerzen vor.

Oh, verdammt.

Aber Emily versuchte, entspannt zu bleiben. Sie hatte gelernt, dass sich zu verkrampfen es nur schlimmer machte. Nicht, dass es einen Weg gäbe, es *besser* zu machen, aber sie musste es versuchen.

Der Arzt ging zu seinem Schreibtisch und tippte etwas in seinen Hightech-Computer ein. Vielleicht war es für ihn kein Hightech. Aber so etwas gab es auf der Erde nur in Filmen.

Es gab noch etwas, das Emily vermisste. Sie war kurz vor der letzten Staffel ihrer Lieblingsserie entführt worden. Sie hatte Fragen zu den Drachen, die beantwortet werden mussten. Fiktive Drachen. Gab es sie wirklich?

Außerirdische experimentierten an ihr; alles schien möglich.

Ihre abschweifenden Gedanken lenkten sie ab, sodass der erste Stromschlag sie überraschte. Es tat weh, aber Emily wollte es sich nicht anmerken lassen. Jahrelang hatte sie den Schmerz überspielt und gelächelt, während ihr Körper schrie, und sie lehrte ihn zu verbergen, sie wollte diesen Außerirdischen diese Genugtuung nicht geben.

Aber der Arzt schien relativ uninteressiert an ihr zu sein. Das Brummen der Elektrizität in ihre Richtung war gleichmäßig. Unangenehm, aber nicht unerträglich, und mit statischen Schocks würde sie noch tagelang zu tun haben. Stattdessen war seine ganze Aufmerksamkeit auf den Außerirdischen gerichtet.

Auf seine *Flügel*.

Sie zeigten sie nicht oft, und manchmal konnte Emily vergessen, dass sie sie überhaupt hatten. Aber jetzt knisterten sie mit elektrischem Feuer, größer als sie es je bei einem anderen Außerirdischen gesehen hatte. Lag das an dem, was sie taten?

In den elektrischen Strängen, die eine Art von Federn bildeten, waren Grün-, Gelb- und Blautöne zu sehen. Obwohl es keine echten Federn waren, denn die gab es hier nicht. Aber es war das beste Wort, das Emily dafür hatte. Und sie kräuselten sich, als wären sie lebendig, legten sich auf die Haut des Außerirdischen und hüllten ihn wie eine Decke ein. Vielleicht waren es nicht einmal Flügel. Vielleicht war das das falsche Wort.

Aber Gott, sie waren wunderschön.

Irgendetwas geschah mit Emily, das Knistern der Elektrizität, die sie überzog, schien in ihre Haut zu sickern. Es tat *weh*. Tränen brannten ihr in den Augen, eine entkam, aber Emily schwieg. Der Arzt und sein außerirdischer Patient sahen sie nicht an, und sie wollte ihre Aufmerksamkeit nicht erregen. Sie spürte ein Ziehen tief in ihrem Inneren, als würde ihr Inneres herausgerissen, und nur ihre grimmige Entschlossenheit ließ sie weiterhin schweigen.

Blitze schossen aus dem Alien heraus.

Emily konnte nicht genau sagen, woher sie gekommen waren. Wie bei einem Blitzschlag geschah es so schnell, dass sie es gar nicht richtig fassen konnte, bevor sie schon wieder verschwunden waren. Und dann passierte es wieder. Ein Ruck und ein Schlag. Der Außerirdische gab eine Art Geräusch von sich, halb schmerzhaft, halb ekstatisch.

Sie konnte das Ziehen erneut spüren.

Aber dieses Mal zog Emily *dagegen* an.

Es gab keinen Schlag, aber es brachte ihr Blut in Wallung, es brutzelte, bis sie das Gefühl hatte, ohnmächtig zu werden. Was auch immer sie mit ihr machten, es war nichts Gutes.

Es konnte nicht von Dauer sein.

Sie würden sie umbringen.

Seit sie hier aufgewacht war, hatte sie befürchtet, im Weltraum zu sterben, aber das war das erste Mal, dass sie es wirklich glaubte.

Es gab noch einen Ruck, und sie wehrte sich, so gut sie konnte. Die Kraft prallte nicht mehr so stark zurück, und der Außerirdische gab ein zischendes Knacken von sich. Sie spürte, wie etwas auf ihre Lippen tröpfelte, und als ihre Zunge herausschnellte, um es abzulecken, schmeckte sie Blut.

Oh ja, es war wirklich schlimm.

Der außerirdische Arzt näherte sich seinem wissenschaftlichen Tisch und schaltete etwas aus. Der Schmerz und die Elektrizität, die durch Emilys Adern flossen, ließen nach. Sie hatte keine Energie mehr und wusste nicht, wie sie sich verhalten sollte. Aber wenn sie das den Ärzten sagte, würden sie sie einfach in dieser Einrichtung behalten und sie ausnutzen, bis nichts mehr von ihr übrig war. Nun, es gab einige Änderungen, die sie an ihrer Routine vornehmen konnte. Einige Tricks, die leichter durchzuführen waren. Vielleicht könnte sie es schaffen.

Solange sie nicht von einer der Bühnen hoch in der Luft stürzte, würde sie überleben.

Ein paar Minuten später betraten zwei weitere Außerirdische den Raum. Sie schnallten Emily vom Stuhl ab und richteten sie auf. Ihre Beine waren wackelig, aber sie versuchte, es sich nicht anmerken zu lassen. Sie durfte nicht *schwach* sein.

Die Außerirdischen setzten sie in einem Warteraum ab. Lena war bereits dort, und auf einer der Pritschen lag ein in Decken gehüllter, zitternder Klumpen. Für ein Gefängnis war es nicht allzu schlecht. Die Pritschen waren fast bequem, und es gab reichlich Wasser und Snacks sowie ein halbprivates Bad. Die Tür ließ sich nicht schließen, aber die Toilette war abgetrennt, sodass niemand zusehen musste, wie jemand sein Geschäft verrichtete.

Und sie wurden nicht beobachtet.

Zuerst waren Emily und die anderen nicht sicher gewesen, aber nachdem ein paar der mutigeren Gefangenen eines Tages zu reden begonnen hatten, war ihnen klar geworden, dass niemand sie retten würde. Die Tür war verschlossen und es gab keinen anderen Ausweg, also brauchten sie keine Wärter, die sie an der Flucht hinderten.

Emilys Schultern entspannten sich. Sie war so nah an der Freiheit, wie es in diesen Tagen sein konnte. Abgesehen von ihren Auftritten.

„Geht es ihr gut?" Emily ließ sich auf die Liege neben Lena und der kleinen Luci sinken. Sie konnte ihren Körper nicht davon abhalten, sich auszustrecken, und sie versuchte es auch gar nicht. Was auch immer sie ihr angetan hatten, es hatte weh getan und sie wollte sich ausruhen.

Luci war die jüngste der Gefangenen, soweit Emily wusste. Sie war kaum achtzehn Jahre alt und sah noch jünger aus. Lena war von der ersten Sekunde an zur Mutterhenne geworden, aber jeder tat sein Bestes, um sich um Luci zu kümmern.

Lena tätschelte dem Mädchen die Schulter und lehnte sich zurück. Das Zittern schien sich zu verlangsamen und Lucis Atmung beruhigte sich. „Es ist, wie es ist."

Es ging ihr also nicht gut.

Bevor sie etwas sagen konnte, öffnete sich die Tür erneut und Grace wurde hineingestoßen.

Emily hielt ihren Gesichtsausdruck angestrengt neutral, als die Blondine zu einer der Pritschen auf der anderen Seite des Raumes ging und sich darauf sinken ließ. Sie trug einen dicken Pullover, der viel schöner war als der kratzige, dünne Stoff, aus dem Emilys Kleidung gemacht war. Einer ihrer Entführer musste ihn ihr geschenkt haben. Womit hatte sie ihn sich verdient?

Lena sah Emily in die Augen, schüttelte den Kopf und schloss demonstrativ ihren Mund. Sie wollte reden, aber nicht, wenn die Blondine sie hören konnte.

„Du siehst nicht gut aus", sagte Grace. Irgendetwas

an ihrem Akzent *stimmte nicht*, aber Emily konnte es nicht einordnen. Nicht alle Gefangenen sprachen Englisch, aber die Übersetzer, die ihnen zur Verfügung gestellt worden waren, kümmerten sich darum, genauso wie um die Sprache, die die Außerirdischen sprachen. Emily war sich ziemlich sicher, dass Grace Englisch sprach, dass ihre Worte nicht übersetzt wurden. Sie hätte gedacht, dass es offensichtlich wäre, dass sich ihre Lippen falsch bewegten, als würde man einen synchronisierten Film sehen. Aber die Übersetzer waren so gut, dass es fast unmöglich war, das zu erkennen. „Möchtest du eine Erfrischung?", fragte Grace.

Das war es. Grace sprach, als wäre sie einem historischen Roman entsprungen. Manchmal. Sie drückte sich seltsam aus und sprach manche Wörter so aus, als hätte sie sie nur in Büchern gesehen. Aber vielleicht war Englisch nicht ihre Muttersprache. Emily mochte die Frau nicht, aber sie wollte ihr nicht vorwerfen, dass sie so seltsam sprach.

„Mir geht's gut", brummte Emily. Jedes Wort, das sie zu Grace sagte, könnte wiederholt werden. Sie würde sich nicht beschweren, bis sie weg war.

Sie und Lena tauschten noch ein paar Minuten lang Blicke aus, aber es sah nicht so aus, als würde Grace irgendwo hingehen. Emily gab schließlich auf und fiel in einen leichten Dämmerschlaf, wobei sie versuchte, ihr Unbehagen zu verdrängen. Sie muss tatsächlich eingeschlafen sein, denn erst als sie Lenas raue Hand auf ihrer Schulter spürte, wachte sie auf.

„Sie ist weg", sagte Lena.

Luci war auch weg.

„Gab es Probleme?" Die meisten der Gefangenen kämpften nicht. Es hatte vor sechs Monaten nicht funktioniert, es würde auch jetzt nicht funktionieren.

Lena zuckte mit den Schultern. „Luci ging es nicht gut, aber sie ist zäher, als sie aussieht. Grace sah auf jeden Fall aus, als hätte sie es bequem gehabt."

Der Pullover hatte wirklich verdammt weich ausgesehen. „Aber zu welchem Preis?"

Ihre Mitgefangene nickte nur. „Was auch immer sie mit dir gemacht haben, war schlimm, oder?"

Lenas goldgelbe Haut war etwas blass, aber sie sah nicht so aus, als wäre sie durch die Mangel gedreht worden. Sie hatte wohl nur die üblichen Tests hinter sich. Oder sie hatten sie hierhergebracht, weil sie wussten, dass sie Luci beruhigen würde.

„Es war scheiße", bestätigte Emily. „Ich weiß nicht, wie viel ich davon noch ertragen kann."

Lena warf einen Blick zur Tür und blickte dann wieder mit ernster Miene zu ihr. „Die Dinge geraten gerade ins Rollen. Es ist bald soweit."

Flucht.

Lena hatte sie schon vor Wochen auf diese Möglichkeit angesprochen. Es war manchmal das Einzige, was

Emily noch aufrecht hielt. Sie wollte nach Details fragen, aber Lena hatte ihr klargemacht, dass sie nichts verraten durfte. Je weniger die Leute wussten, desto geringer war die Gefahr, erwischt zu werden.

„Du bist immer noch dabei?"

Emily nickte. „Ich bin bereit nach Hause zu gehen."

***

Der Club war wieder voll, und Oz erkannte ein paar Gesichter. Erkannten sie ihn? Wenn er zu oft auftauchte, würde seine Tarnung auffliegen, aber er wollte den Menschen sehen ... Emily. Sie hatte sich tief in seine Gedanken eingegraben, tauchte in seinen Träumen und Plänen auf. Eine Besessenheit hatte ihn erfasst, bis er nur noch an sie denken konnte. Er wusste nicht, was für ein Wahnsinn es war, aber es hatte ihn dazu gebracht, einen Plan zu schmieden. Etwas, das mehr als dumm war und bei dem er gefeuert werden würde, wenn man ihn erwischte.

Aber was konnte er sonst tun?

Er konnte nicht alle retten. Und er glaubte nicht, dass er Cru davon überzeugen könnte, dass die Menschen es verdienten, gerettet zu werden. Das war nicht die Mission.

Diese Menschen waren gestrandet, und wenn es zum Krieg kam, würden sie ins Kreuzfeuer geraten. Aber vielleicht würde die Rettung eines *einzigen* Menschen sein Gewissen beruhigen.

Oder vielleicht machte er sich nur etwas vor.

Es spielte keine Rolle. Oz hatte einen Plan.

Anders als Cru und Solan stammte Oz nicht aus einer adligen Familie. Er war nicht in großem Reichtum geboren worden, obwohl seine Familie keineswegs arm war. Und er hatte ein paar tausend Credits angehäuft. Er hatte Pläne für sie. Ein kleines Anwesen. Eine eigene Familie. Ein Leben außerhalb des Krieges. Aber das war noch in weiter Ferne, und wenn er sie jetzt einsetzen konnte, um einen Menschen zu retten, würde er es tun.

Ihren Informationen zufolge waren die Apsyns gezwungen gewesen, einen Teil ihres menschlichen Bestands zu verkaufen, um ihr Projekt weiter zu finanzieren. Jetzt war es an der Zeit, diese Tatsache zu seinem Vorteil zu nutzen. Im Profil der Person, die Oz vorgab zu sein, stand nichts, was darauf hindeutete, dass er keinen Menschen kaufen *würde*, also nutzte er dies als Erlaubnis.

Sklaverei ekelte ihn an. Wenn er das Gehör der Königin hätte, würde er so lange auf sie einwirken, bis sie alles in ihrer Macht Stehende täte, um diese Praxis aus allen Ecken des Zulir-Gebiets zu vertreiben. Es spielte keine Rolle, dass es illegal war, es *passierte* trotzdem.

Aber heute konnte er es sich zunutze machen.

Emily betrat die Bühne und flog mit anderen Bewegungen durch die Luft als die, die er neulich gesehen hatte. Sie machte keinen Salto, sondern stürzte sich geradewegs auf das Trapez und schwang umher, streckte die Beine aus und posierte in verrenkten Positionen.

Er wollte zuschauen, wollte sehen, welche neuen Wunder sie vollbringen würde. Aber wenn er sich an die Arbeit machen wollte, musste er es schnell tun.

Er machte sich auf den Weg hinter die Bühne, genau wie beim letzten Mal. Diesmal war er nicht daran interessiert, sich zu verstecken. Er musste einen der verantwortlichen Apsyns finden. Sie könnten ihm Emily überlassen. Wenn er überzeugend genug war.

Ein anderer Mann hätte sich vielleicht eingeschlichen und sie gestohlen. Eine halbe Sekunde lang hatte er mit dem Gedanken gespielt, es zu tun, aber dann wäre die Wahrscheinlichkeit viel größer gewesen, dass man ihn erwischte. Nein, er musste seine forsche, ländliche Rolle spielen. Sein Interesse bekunden und versuchen, sie zu kaufen. Sie auf andere Weise zu befreien, würde die Mission noch mehr gefährden als dieser kleine Stunt, und das wollte Oz keineswegs riskieren.

Die kraushaarige Apsyn von der ersten Nacht war nirgends zu sehen, aber Oz fand eine andere Frau, diesmal mit kurzem lila Haar, teurem Schmuck und einem scharfsinnigen Blick. Sie sah aus wie jemand, der das Sagen hat. Und sie sah ihn an, als wäre er ein Käfer, den man zerquetschen müsste.

Sie waren nahe der Bühne. Er hatte es nicht bemerkt, aber wenn er sich nach vorne lehnte, konnte er einen Blick auf die Kunststücke erhaschen, die seine Emily vorführte.

Aber er durfte nicht *zu* eifrig wirken. Er hatte nur eine begrenzte Menge an Credits, die er ausgeben konnte.

„Besucher sollten nicht hier hinten sein", sagte die Frau. Sie tippte auf etwas auf ihrem tragbaren Holoprojektor, aber er war auf Privatmodus eingestellt, sodass Oz keine Details erkennen konnte.

„Ich bin hier genau richtig", erwiderte Oz, wobei er sein Bestes gab, wie ein verwöhnter, frecher Idiot zu klingen.

Es funktionierte. Die Frau schenkte ihm einen zweiten Blick.

„Ich habe Ihren Namen nicht verstanden", sagte er und grinste sie an.

„Ich habe ihn auch nicht genannt." Sie sah wieder weg.

Verpunte Scheiße. Sie war nicht sonderlich interessiert. Er spürte bereits, wie sein Plan zu scheitern begann. Aber er machte weiter. Er musste es versuchen. „Das macht nichts. Ich habe einen Vorschlag für Sie. Etwas, von dem wir beide profitieren können."

„Du hast *nichts*, was ich nicht schon gesehen habe, Junge. Und ich bin nicht interessiert. Schon gar nicht an etwas *Geschäftlichem."* Sie sah ihn nicht an, als sie sprach, und Oz spürte, wie sich das Scheitern an seinen Fersen festkrallte.

Aber er musste es *versuchen.* Er trat vor sie, mit dem Rücken zur Bühne, und winkte mit einer Hand durch ihr Hologramm. Es war der Gipfel der Unhöflichkeit, aber er konnte sich nicht dazu durchringen, sich darum zu sorgen. „Ich benötige nur ein paar Minuten Ihrer Zeit."

Die Apsyn sah auf und verdrehte die Augen, bevor sie mit den Schultern zuckte. „Du hast drei Minuten."

„Ich möchte die fliegende Darstellerin kaufen." Das war's. Er hatte es gesagt, und er hatte sich nicht einmal übergeben. Sein Magen rumorte aus anderen Gründen.

Die Apsyn warf einen Blick über ihre Schulter. „Warum?"

„Ist das wichtig?" So weit war Oz in seiner Tarnge-schichte noch nicht gekommen. Vielleicht hätte er es tun sollen. *Verpunt.* Das war eine schlechte Idee.

„Ich möchte nicht, dass meine Waren von einem übereifrigen Jungen misshandelt werden. Sei doch so nett und erkläre es mir." Sie starrte ihn herausfordernd an.

„Sie ist eine begabte Künstlerin, wir haben in meinem Dorf niemanden wie sie. Ich glaube, ich könnte den Ort wirklich wiederbeleben, wenn wir einen Grund für die Leute hätten, uns zu besuchen." Na also, das klang gut. Die abgelegenen Dörfer hatten zu kämpfen und schrumpften *tatsächlich* von Jahr zu Jahr, da sie Einwohner an die Städte verloren. Er konnte sich vorstellen, dass man versuchen würde, eine Art Anziehungspunkt für Touristen zu schaffen.

Oz hörte ein Klatschen und wusste, dass Emily bald fertig sein musste. Ihm blieb nicht mehr viel Zeit.

„Hmm", sagte die Frau. „Das ist ein interessanter Gedanke. Und was würdest du bieten?"

Er nannte seinen Preis. Es war fast das gesamte Guthaben auf seinem Konto, aber immer noch nicht *ganz* das, was man für einen gesunden Menschen auf dem freien Markt bekommen würde. Könnte sein Charme die Differenz ausgleichen?

„Bist du dir bei dieser Zahl *sicher*?", fragte die Frau. Dann blickte sie mit zusammengekniffenen Augen hinter ihn. „Aerial-1, komm her."

Oz brauchte sich nicht umzudrehen, um zu wissen, dass sie mit Emily sprach. Wer sonst könnte direkt von der Bühne kommen? Er hatte gehofft, das zu vermeiden. Er wollte nicht, dass sie ihn für eine Art Sklavenhändler hielt. Sie brauchte nicht zu wissen, *wie* er sie herausgeholt hatte, wenn er sie doch sofort befreien wollte.

Emily stand schweigend neben ihm und betrachtete die Frau mit ausdrucksloser Miene. Ihre Haut war nicht mehr so hell wie in der letzten Nacht; sie hatte einen kränklichen Ton, als bräuchte sie Ruhe, Medikamente und einen guten Arzt, der sie untersuchte. War sie krank? Was taten diese Monster ihr an? Er wollte sie in seine Flügel einwickeln und sie vor jeglichen Schäden bewahren, sie von diesem Ort wegschaffen, damit sie heilen und ein besseres Zuhause finden konnte.

Aber er versuchte, seinen Gesichtsausdruck so neutral zu halten, wie Emily es tat. Er konnte nicht zulassen, dass jemand seine wahren Gedanken erriet.

„Dieser *Mann* scheint zu denken, dass du nur ein paar tausend Credits wert bist. Wenn sich deine Leistung nicht verbessert, bin ich gezwungen, dich zu verkaufen. Streng dich lieber etwas mehr an." Sie winkte und ein anderer Apsyn erschien aus dem Schatten, um Emily wegzuführen.

So viel dazu.

Und Oz wurde noch flauer im Magen. Was würde Emily von ihm denken?

Darüber konnte er sich keine Gedanken machen.

„Also ist das ein Nein?" Er grinste, als würde weder sein Herz wie verrückt klopfen noch seine Seele schreien.

„Es ist eine Beleidigung, genau das ist es. Verschwinde aus meinem Club, bevor ich dich raus-schmeißen lasse." Sie drehte sich um und ging weg.

Das war schlecht. Er hatte die Aufmerksamkeit auf sich gelenkt, Emily verletzt und seine Mission gefährdet, und das alles umsonst. Er musste sicherstellen, dass es niemand herausfand. Es war nicht abzusehen, wie schlimm die Dinge werden würden, wenn sie es täten.

Oz machte sich auf den Weg zurück in den Club, aber er war erst um eine Ecke gebogen, als ein fester Griff seine Hand erfasste und blondes Haar aufblitzte. Er wurde in einen kleinen Raum gezerrt, die Tür schloss sich hinter ihm.

„Was bei *Braznons Eingeweiden* machst du da?", fragte die Agentin.

KAPITEL VIER

EMILYS HERZ ZERBRACH und sie hasste sich dafür. Warum sollte es ihr etwas ausmachen, dass ein dummer Außerirdischer sie nur als Eigentum betrachtete? Sie hielten Menschen nicht für Personen. Das war in den letzten sechs Monaten mehr als deutlich geworden, und es gab nichts, was sie tun konnte, um es zu ändern. Sie musste es überwinden. Natürlich war Oz genau wie die anderen. Es spielte keine Rolle, dass er sie anders angesehen hatte. Was immer sie geglaubt hatte zu sehen, war nicht real.

Und wenn doch, dann war es nicht gut.

Er wollte sie *kaufen*?

Er hatte sie *einmal* gesehen! Und sie wollte nicht daran denken, wofür er sie benutzen würde. Wenigstens benutzten die, die sie gefangen hielten, nicht für Sex. Sie glaubte nicht, dass ein Mann wie er die gleiche Einstellung haben würde. Sie hatte das Verlangen in seinen Augen gesehen. Fast hätte sie es erwidert.

Aber das war jetzt alles verschwunden. Verpufft mit seinem billigen Angebot.

Na, toll. War sie wirklich beleidigt, dass er so geizig war? Der Preis sollte keine Rolle spielen!

Aber ja, okay, sie war ein *klein wenig* verärgert darüber, dass er nicht das zahlen wollte, was sie angeblich wert war.

Diese Aliens brachten sie völlig durcheinander. Das war die einzige Erklärung. Lena konnte sie gar nicht früh genug rausholen.

Aber wäre es nicht einfacher, einem einzelnen Außerirdischen zu entkommen als der Gruppe, die ihr Leben zu bestimmen schien? Mag sein. Sie wusste es nicht. Sie konnte nicht klar denken.

Die Betreuer wiesen sie an, zurück in den Wartebereich zu gehen, und Emily stapfte langsam weiter. Ihr Körper schmerzte von den Tests am Morgen und ihrer Leistung nun. Sie hatte ihr Bestes gegeben, um ihre Bewegungen so zu modifizieren, dass ihr Körper damit zurechtkam, aber es war sehr knapp gewesen. *Zweimal* wäre sie fast gefallen, und einer dieser Fehler hätte sie aus sechs Metern Höhe direkt auf den Kopf fallen lassen.

Tot. Sie wäre fast gestorben.

Aber sie musste diesen Gedanken beiseiteschieben.

Wenn sie sich mit den Fehlern und dem, was hätte sein können, beschäftigte, würde sie nie wieder Abend für Abend auf die Bühne gehen und auftreten können. Sie *war nicht* gestorben. Sie *hatte nicht* versagt. Das war es, was zählte.

Sie hörte einen Aufschrei und setzte sich in Bewegung. Sie wusste, wie sich Lucis Schreie anhörten. Und Lena hatte eine eigene Aufführung, also würde sie dem Mädchen nicht helfen können.

„Geh weg", grollte eine tiefe Stimme. „Sie versucht, das zu tun, was du gesagt hast."

Oh, Zac. Sie hielt nicht inne, als sie hörte, wie Fleisch auf Fleisch schlug, aber als sie um die Ecke kam, war sie auch nicht schockiert, Zac am Boden zu sehen, wie er sich an sein Auge klammerte, während Luci hinter ihm kauerte. Der Außerirdische trat um Zac herum und verpasste ihm zur Sicherheit einen leichten Tritt. Emily duckte sich, um nicht gesehen zu werden, bis sie Luci weggeschleppt hatten. *Feigling.* Vielleicht hätte sie eingreifen sollen, hätte versuchen sollen, das Mädchen zu retten, so wie Zac es getan hatte, aber das hätte ihr nur einen eigenen Tritt eingebracht.

Zac stemmte sich hoch und zuckte zusammen, als sie bei ihm ankam. Emily hockte sich hin. „Zeig mal her", sagte sie und hob sanft sein Kinn an. Zac war ungefähr so alt wie sie, vierundzwanzig, irgendwie noch blasser als sie, als hätte ihn die Zeit in der Bibliothek allergisch gegen die Sonne gemacht. Eigentlich sollte er in Notre Dame promovieren, anstatt ein Mädchen vor Außerirdischen zu beschützen, aber sie alle hatten ein Leben, das sie leben *sollten*.

„Mir geht es gut", beharrte er, aber er wich nicht zurück und sog den Atem ein, als ihr Daumen über den wütenden roten Rand der Beule strich.

„Du wirst ein blaues Auge bekommen." Emily kannte sich mit blauen Flecken aus, und dieses hier war unumgänglich. „Ich hole dir etwas Eis." Sie half ihm auf die Beine und sie machten sich auf den Weg zu den Ruheräumen. Emily ließ ihn auf einem der Stühle Platz nehmen und ermahnte ihn, sitzen zu bleiben, während sie Eis von der Getränkestation holte. „Bist du schon aufgetreten?", fragte sie. Zac trug manchmal Gedichte und Geschichten von der Erde vor, je blutiger, desto besser, was sein Publikum betraf.

„Ja", antworte Zac, nahm ihr das Eis ab und legte es sanft an seine Schläfe. „Meinst du, ich kann das abdecken?"

Sie hatten Make-up und Kostüme, mit dessen Hilfe sie ihre Auftritte noch besser gestalten sollten. Es war natürlich nicht das gleiche Zeug wie auf der Erde, aber es war ähnlich genug. „Ich denke schon", versicherte Emily ihm. „Aber darüber können wir uns morgen Gedanken machen."

Zac stöhnte auf. „Ich will mir keine Gedanken über

morgen machen. Ich bin zu sehr damit beschäftigt, mir Gedanken darüber zu machen, wie ich das meinem Betreuer erklären soll. Du kannst nicht einfach für sechs Monate die Stadt verlassen und erwarten, dass sie deinen Platz freihalten."

Emily hatte dieselben Sorgen, auch wenn der Ort ein anderer war. Man hatte ihr eine Stelle als Anwältin in der Kanzlei angeboten, in der sie angestellt gewesen war, vorausgesetzt, sie hatte die Anwaltsprüfung bestanden. Aber dann war sie gekidnappt worden. Hatten sie überhaupt nach ihr gesucht?

Die Tür öffnete sich und Emily machte einen Satz nach hinten, falls es einer der Außerirdischen war. Sie mochten es nicht, wenn die Menschen ihnen zu nahe kamen. Aber es war Lena und sie lächelte, als sie sie sah. „Ich fühle mich, als würde ich mit Kätzchen ringen."

„Betrachte uns als besiegt", sagte Zac. Er versuchte aufzustehen, aber Emily drückte ihn wieder zu Boden. Sie glaubte nicht, dass er eine Gehirnerschütterung hatte, aber sie wollte es nicht riskieren.

„Ich würde für ein Handy töten", murmelte Lena. „Irgendeine Möglichkeit, uns auf dem Laufenden zu halten. Es ist, als wären wir in den Achtzigern stecken geblieben, ohne Hoffnung auf Technik. Ich weiß nicht, wie die Leute das vor zwanzig Jahren gemacht haben."

„Zwanzig?" Emily schaute Lena verwirrt an.

„Gehen wir?", fragte Zac über sie hinweg.

„Was ist mit dir passiert?", lautete Lenas Antwort.

Zac ließ sich in seinen Stuhl sinken. „Sie waren grob zu Luci."

Lena sog scharf die Luft ein. „Bald", versprach Lena. „Wir müssen dafür sorgen, dass Luci und Joel vorbereitet sind, bevor es losgeht. Aber wenn es soweit ist, wird es schnell gehen." Sie wandte sich zur Tür. „Ich habe nun einen Auftritt. Seid bereit." Und dann war sie weg.

„Es kann nicht früh genug passieren", murmelte Zac.

Emily stimmte ihm zu.

***

Grace starrte ihn an und Oz versuchte, nicht zurückzuschrecken. Die Frau wusste, wie sie einen Menschen mit ihren Blicken töten konnte. „Willst du die Mission gefährden?", zischte sie und drückte ihn mit dem Rücken gegen die Wand des kleinen Schranks, in dem sie sich versteckt hielten. Sie pikste mit dem Finger in seine Brust, bis es weh tat.

„Nein", beharrte Oz. „Ich bin gekommen, um dich zu suchen."

„Ich habe dich gehört, *Ynstit*." Sie spuckte die Beleidigung aus. „Dein Interesse an Emily wurde bereits zur Kenntnis genommen. Du hast ihre Sicherheit und die Sicherheit aller anderen gefährdet. Und einen Menschen *kaufen*? Was glaubst du, wer du bist?" Sie kochte vor Wut, und Oz hatte das Gefühl, dass es nicht nur um ihn ging. Sie hatte sich monatelang unter diese Menschen gemischt, um zu verbergen, wer sie war, um Informationen zu beschaffen. Dies war seit langer Zeit ihre erste Gelegenheit, ihre Gefühle zu zeigen.

„Ich wollte sie hier rausholen. Ich hatte vor, sie zu befreien." Aber jetzt, wo er es laut aussprach, klang es schwach. „Ich bezweifle, dass Cru etwas unternehmen wird, um sie zu retten."

Grace seufzte und ließ sich zurücksinken. „Darüber können wir uns keine Gedanken machen. Die Dinge sind hier in Bewegung, und wir müssen schnell handeln."

„Wie das?" Wenigstens war dieser Umweg kein kompletter Reinfall. In den Wochen, die sie im Apsyn-Gebiet verbracht hatten, war niemand in die Nähe von Grace gekommen, aber jetzt war er hier und hörte aufmerksam zu.

„Sie haben draußen in der Wüste eine neue Forschungseinrichtung gebaut. Keine Straßen, keine Zivilisation. Alles muss eingeflogen werden. Es sind ein paar Menschen entkommen, und die wollen sie loswerden. Außerdem sind sie um die Sicherheit hier besorgt. Ihr habt höchstens eine Woche, bis dieser Ort hier zur Geisterstadt wird. Wenn wir gegen sie vorgehen wollen, muss es bald geschehen." Sie klang nicht so, als würde sie sich um sich selbst Sorgen machen; andererseits hätte sie den Job nie bekommen, wenn sie es getan hätte.

Keine ihrer Informationen sagte etwas über eine neue Forschungseinrichtung, aber sie waren veraltet, und er hatte keinen Grund, Grace nicht zu vertrauen. Sie war durch und durch eine Synnr, auch wenn sie ein Mensch war. „Ich werde das an den Captain weitergeben", sagte er. „Hast du noch deine Notfunkbake?"

„Mach dir keine Sorgen um mich. Ich komme schon klar."

Sie *sah* gut aus. Ihre Haut war gesund, ihr Haar glänzte. Sie sah gut genährt aus. Was auch immer sie getan hatte, um Informationen zu bekommen, es hatte ihr auch eine Sonderbehandlung eingebracht. Oz wollte nicht daran denken, was passieren würde, wenn sie herausfänden, wer sie wirklich war.

„Wir kommen wieder", versprach er.

„Ich werde auf euch warten." Sie schlüpfte aus dem Schrank. Oz wartete einige Augenblicke und folgte ihr dann. Er verließ den Club schnell und war in kürzester Zeit in seiner Wohnung. Solan war schon da, aber im Gegensatz zu neulich saß er auf der Couch und las ein Buch.

„Ich habe die Agentin kontaktiert", sagte Oz, bevor Solan weitere Fragen stellen konnte. „Wir müssen mit Cru sprechen."

Sein Zimmergenosse klappte sein Buch zu und stand auf. „Sehr gut."

Sie initiierten die sichere Verbindung, nachdem sie die notwendigen Sicherheitsmaßnahmen getroffen hatten, um sicherzustellen, dass niemand auf dem Planeten sie hören konnte. Es dauerte einige Augenblicke, bis die Verbindung hergestellt war, aber als der Anruf durchgestellt war, verwandelte sich die Wohnung um sie herum in die Holokammer ihres Schiffes, das im Moment irgendwo über Kilrym schwebte. Cru und ihre drei anderen Besatzungsmitglieder, Jori, Crowze und Ax, standen stramm und warteten, bis das Signal stabil war, bevor sie zu sprechen begannen.

Es war ein wenig verwirrend, die Anziehungskraft der irdischen Schwerkraft zu spüren, während sein Verstand darauf bestand, dass er sich auf dem Schiff befand, und der Geruch der frischen Wohnungsluft ebenfalls zur Verwirrung beitrug. Die gesamte Luft auf dem Schiff wurde wieder und wieder recycelt, bis der Geruch unentrinnbar war. Er hatte schon von Leuten gehört, die sich von holografischen Räumen täuschen ließen, aber er war sich immer ziemlich sicher gewesen, dass so etwas nicht im wahren Leben vorkam. Der Unterschied zwischen dem hier und der Wirklichkeit war zu groß.

Cru saß auf dem Stuhl des Captains, sein Rücken war so gerade, als würde eine Metallstange ihn aufrecht halten. Er sah aus wie ein Musterbeispiel des Synnr-Militärs, das Haar kurz geschoren, die Miene ernst, die Haltung perfekt. Selbst seine Uniform behielt ihre perfekten Falten. Für jeden, der ihn sah, wirkte er wie der perfekte Captain. Für jeden, der für ihn arbeiten sollte, war er alles andere als das.

„Legen wir los", sagte er. Und er klang gelangweilt. Andererseits saß die Besatzung im Grunde seit Wochen still und wartete auf Informationen von Oz und Solan, also konnte er es ihm nicht verübeln.

„Ich habe Kontakt mit der Agentin aufgenommen", berichtete Oz. Er berichtete ihnen alles, was Grace ihm erzählt hatte, ließ aber seinen Versuch, in den Sklaven-handel einzusteigen, aus. Cru würde auf jeden Fall *etwas* dagegen unternehmen, und Oz wollte nicht wissen, was.

„Unsere Priorität ist es, die Forschungen, die sie betrieben haben, zu bergen und zu zerstören", sagte Cru, „und dann holen wir unsere Agentin zurück. Noch vor Ende der Woche sind wir auf dem Heimweg."

„Was ist mit den Menschen?", fragte Oz. Wenn er Emily nicht allein herausholen konnte, musste er sich an seinen Captain wenden. Er musste es *versuchen*.

„Was ist mit ihnen?" Cru schien aufrichtig verwirrt zu sein. Darin war er gut. Selbst wenn Oz wusste, dass alles nur gespielt war, konnte er es manchmal vergessen und hoffen, dass Cru sich vielleicht geändert hatte. Aber die Hoffnung wurde immer wieder enttäuscht.

„Es gibt etwas mehr als ein Dutzend unschuldiger Menschen, die von den Apsyns getestet werden. Sollten wir nicht versuchen, sie zu befreien?" Er erwähnte Emily nicht. Er konnte es nicht. Wenn Cru wüsste, dass er eine Schwäche hatte, würde er sie gegen ihn verwenden. Er war diese Art von Mann.

Cru lehnte sich in seinem Sitz nach vorne, stützte seine Hand auf die Armlehne seines Stuhls und sah Oz einige lange Sekunden lang an. „Sich um irgendjemanden außer unserem Menschen zu kümmern, kann nicht die Priorität sein", wiederholte er. „Ist das klar?"

Oz wollte diskutieren. Er wollte Cru herausfordern. Er warf einen Blick auf Crowze und fand dort, wenig überraschend, keine Unterstützung. Ax schenkte ihm ein halbes mitfühlendes Lächeln, aber er war der jüngste Mann auf dem Schiff und würde wohl kaum etwas sagen. Jori hatte immer ein Lächeln auf den Lippen und war immer für einen Kampf zu haben, sobald Cru also das Wort gab, würde er von Kopf bis Fuß bewaffnet losziehen und bereit sein, Köpfe einzuschlagen. Aber er würde sich keinem Befehl widersetzen.

Oz würde einen anderen Weg finden müssen, die Sache zu regeln. „Ist klar."

KAPITEL FÜNF

SIE KNICKTE UM, als sie nach der letzten Drehung auftrat. Emily zuckte bei jedem Schritt zusammen, aber sie wollte nicht, dass die Aliens es bemerkten. Sie glaubte nicht, dass ihr Knöchel gebrochen oder verstaucht war, aber so schlimm hatte er sich noch nie angefühlt, seit sie vor ein paar Monaten mit den Aufführungen begonnen hatte.

Verdammt noch mal!

Es musste besser werden. Sie hatte gesehen, was mit den Menschen geschah, die nicht mehr auftraten. Sie durchliefen alle Tests und Behandlungen, die die Außerirdischen ihnen zumuten konnten, und waren nach ein paar Wochen nur noch ausgehöhlte Hülsen. Als Kind hatte sie geglaubt, dass sie ohne das Turnen nicht überleben konnte. Jetzt war das tatsächlich der Fall.

Zum Glück hatte sie heute Abend keine Betreuer,

die sie zurück zum Ruhebereich begleiteten. Manchmal taten sie es, manchmal nicht, aber es war wohl zu viel los, als dass sie sich jetzt um sie kümmern konnten. Ihr kam es gelegen.

Der Ort schien ruhiger zu sein als sonst. Sie konnte hören, wie das Publikum jubelte, wenn derjenige, der gerade auftrat, etwas besonders Auffälliges tat. Normalerweise wäre sie einem anderen Menschen und mehr als ein paar Außerirdischen begegnet, aber heute fühlte sie sich fast allein.

War irgendetwas im Gange?

Diese Frage wurde beantwortet, als sie an ihrem Ziel ankam. Sie öffnete die Tür und Joel Gibbs wartete dort. Sie kannte ihn nicht so gut wie Lena oder Zac, aber sie wusste, dass er zum Fluchtteam gehörte. Er war älter als Lena, vielleicht in seinen Vierzigern, hatte dunkelblondes Haar und stechend blaue Augen. Er war auch nur wenige Zentimeter größer als Emily, aber im Gegensatz zu anderen kleinen Männern, die sie kennengelernt hatte, hatte er deswegen keine Komplexe. Als sie ihn das erste Mal traf, hatte er einen Bart gehabt, aber jetzt nicht mehr. Und er wollte genauso verzweifelt nach Hause kommen, wie die anderen.

„Ist es ...“

„Ja.“ Joel führte sie zur Tür hinaus und den Flur entlang. Er ging selbstbewusst, als wären sie nicht mitten in einem lange geplanten Fluchtversuch, und Emily versuchte, es ihm gleichzutun. Man musste ihr nicht erklären, dass sie keine die Aufmerksamkeit auf sich ziehen durften. Lena *würde* sie zurücklassen. Sie würde es tun müssen. Und Emily konnte ihr das nicht übelnehmen.

Aber was auch immer die Außerirdischen fernhielt, erlaubte ihnen durch den Backstage-Bereich gehen, wo Lena, Luci und Zac warteten. Niemand sonst würde mit ihnen fliehen. Lena hatte diese Gruppe ausgewählt, und Emily war froh, ein Teil davon zu sein. Sie versuchte, sich nicht schlecht zu fühlen, weil sie alle anderen ihrem Schicksal überlassen hatte. Sie würden es nie schaffen, mit allen zu entkommen.

Keiner sagte etwas, stille Vorfreude lag in der Luft. Was auch immer der Plan war, Lena war die Einzige, die ihn kannte, und selbst jetzt bezweifelte Emily, dass sie ihn verraten würde. Wenn die Sache schiefging, würde sie so viel wie möglich für einen zweiten Versuch aufheben wollen, falls sich die Gelegenheit ergab.

„Sind wir ..."

„Warte ...", es war kaum mehr als ein Flüstern, aber Lenas Befehl bohrte sich bis in Emilys Knochen.

Jemand schrie.

„Jetzt!" Lena bewegte sich, und die anderen folgten ihr. Emily konnte nicht sagen, ob der Schrei von einem Menschen oder einem Außerirdischen stammte, aber sie konnte später nachfragen. Offensichtlich sollte diese Ablenkung dazu dienen, sie zu befreien.

Und es funktionierte. Lena führte sie zu einer Tür und wie durch ein Wunder waren sie in wenigen Minuten draußen an der frischen Luft der außerirdischen Nacht. Sie gingen auf einen Parkplatz, der menschlich ausgesehen hätte, wären da nicht die außerirdischen Fahrzeuge gewesen. Sie hatten nicht dieselbe Form wie die Autos und Motorräder zu Hause, aber sie war sich sicher, dass sie dieselbe grundlegende Funktion erfüllten.

„Geht zum blauen Fahrzeug." Lena deutete auf etwas, das wie ein Van aussah. „Behaltet Luci in eurer Mitte."

„Le ...", versuchte das Mädchen zu protestieren, aber keiner von ihnen würde zulassen, dass sie verletzt wurde.

Sie bewegten sich als eine Einheit und rannten über den Parkplatz. Emilys Herz schlug heftig, denn sie war sich sicher, dass jeden Moment etwas schiefgehen würde. Sie versteckten nicht, was sie taten. Wenn es hier draußen Kameras gab, musste sie jemand sehen. Soweit sie wusste, gab es auf diesem Planeten normalerweise keine Menschen, die hier herumliefen. Die Außerirdischen sahen zwar nicht *grundlegend* anders aus als Menschen, aber aus der Nähe würde man es erkennen.

Eine Tür wurde hinter ihnen aufgeschlagen und jemand schrie sie an, sie sollten stehen bleiben.

Das taten sie nicht.

Der Lieferwagen kam immer näher. Wenn sie ihn erreichten, konnten sie es schaffen. Das musste der Plan sein. Es musste doch auf diesem gesamten Planeten einen sicheren Ort für sie geben, und es *musste* einen Weg nach Hause geben. Emily war nicht so weit gekommen, um jetzt zu versagen.

Sie spürte, wie Elektrizität in der Luft knisterte.

Oh nein, *verdammt*.

„Lauft!", schrie sie. Sie wollte nicht, dass noch mehr Elektrizität durch ihre Adern zischte. Sie wusste genau, was diese Außerirdischen damit anstellen konnten, und sie war sicher, dass sie es noch schmerzhafter machen konnten.

Ein Blitz schlug ein, aber nicht vom Himmel. Luci keuchte, aber sie liefen alle weiter. Doch als weitere Funken an ihrer Seite knisterten, wurde klar, dass sie ihr Ziel nicht so einfach erreichen würden. Die Gruppe duckte sich zwischen einem Fahrzeug und einigen Büschen, wobei sie darauf achteten, nichts zu berühren, was metallisch aussah. Emily begegnete Lenas Blick, und sie sah die Angst darin. Sie hatten keine Waffen, und ihr Erfolg hing davon ab, ob sie es zum Van schafften, bevor sie erwischt wurden.

„Wir geben nicht auf", sagte Emily. „Wir sind draußen. Wir können es schaffen." Sie hätte vorgeschlagen, dass sie sich einen Weg durch die Büsche bahnten und es zu Fuß versuchen sollten, aber die Büsche reichten bis zu dem Gebäude, aus dem sie gerade geflohen waren. Dort gab es keine Möglichkeit zu entkommen. Sie mussten es bis an den Rand des Grundstücks schaffen.

„Wie viele von ihnen sind dort?", fragte Zac und wandte seinen Kopf nach hinten, aber nicht weit genug, um einen guten Blick erhaschen zu können.

Lena drehte sich weiter zurück und sah länger hin, als es Emily recht gewesen wäre. Die Frau hatte Nerven aus Stahl. „Vier, aber nur zwei schleudern Blitze."

„Nur", murmelte Joel.

Da hatte er recht. Fünf gegen vier mochte eine gute Quote sein, aber nicht, wenn zwei der vier magische Kräfte hatten.

Lena holte tief Luft und schien eine Entscheidung zu treffen. Emily wurde flau im Magen, als ihr klar wurde, was die andere Frau denken musste. Lena griff in ihre Tasche und streckte Emily ihre Faust entgegen. Emily nahm das kleine Gerät entgegen und steckte es in ihre eigene Tasche. Eine Wegbeschreibung, vermutete sie, und vielleicht eine Möglichkeit, dorthin zu gelangen, wo sie hinwollten.

„Geht zum Van", sagte Lena und ging in die Hocke. „Ihr werdet nicht viel Zeit haben."

„Was?" Luci klammerte sich an Lenas Arm. „Nein. Wir gehen zusammen."

Lena schenkte dem Mädchen ein trauriges Lächeln. „Ich werde euch treffen. Wenn ich kann. Jetzt geht."

Emily glaubte nicht, dass sie es ohne Lena schaffen würden. Sie hatte die ganze Sache eingefädelt, und sie hatte es verdient, es zu schaffen. Aber sie wollte nicht, dass die Frau sich umsonst opferte. „Kommt schon", drängte sie die anderen. „Wir können es schaffen."

Zac, Joel und Luci schienen nicht so zuversichtlich zu sein, also tat Emily ihr Bestes, um es auszugleichen. Es war, als würde sie auftreten und den Schmerz ignorieren und sich durchbeißen. Ein falsches Lächeln aufsetzen und so tun, als ob alles in Ordnung wäre. Sie konnte das schaffen. Sie musste es schaffen.

Die Luft hinter ihnen knisterte und die Wachen schrien. Lena lenkte sie ab.

Emily lief mit ihren Begleitern weiter. Sie hielten sich bedeckt und liefen zwischen den Fahrzeugen hindurch, um nicht gesehen zu werden. Wenn die Wachen merkten, dass sie sich getrennt hatten, würden sie es nie schaffen, von hier wegzukommen.

Lenas erster Schrei brachte sie fast zum Stehenbleiben. Diese Art von Schmerz zerrte an ihrer Seele. Aber Emily nahm ihn in sich auf und nutzte ihn, um voranzukommen. Sie konnten Lena jetzt nicht enttäuschen. Nicht, wenn sie ihnen diese Chance verschaffen hatte.

Der Van war in Sichtweite. Sie konnten es schaffen. Sie mussten einfach.

Elektrizität lag schwer in der Luft, so sehr, dass Emily kaum atmen konnte, ohne das Knistern in ihren Lungen zu spüren. Als sie den Van erreichten, traute sie sich fast nicht, die Tür zu berühren, aus Angst vor einem Stromschlag. Aber sie schob die Tür auf und drängte die anderen hinein.

Dann sah sie sich um. Lena würde es nicht wollen, aber sie konnte nicht anders. Wenn es eine Chance gab, sie zu retten, würde Emily es sofort tun.

Aber sie sah Lena nicht.

Sie sah die Wachen nicht.

Was war passiert?

Sie entfernte sich ein paar Schritte vom Wagen und versuchte, es herauszufinden. Sie hörte, wie die anderen nach ihr riefen, sie waren genauso nervös wie sie selbst. Jede Sekunde, die sie verloren, war eine Sekunde, in der diese Sache noch mehr schiefgehen konnte. Sie war zwei Fahrzeuge vom Lieferwagen entfernt, als sie die hünenhafte Gestalt sah, deren Schultern viel zu breit waren, um eine einzelne Person zu sein.

Emily hatte noch nie einen Außerirdischen in *dieser* Form gesehen, und sie wollte es sich auch nicht genauer ansehen.

Sie stolperte zurück und machte sich auf den Weg zum Van, aber als sie dort ankam, war die Gestalt bereits aus dem Schatten getreten.

„G-Grace?" Was zum Teufel machte sie hier? Und warum hatte sie Lena über die Schultern geworfen?

„Komm mit mir, wenn du überleben willst." Grace lud Lena hinten im Wagen ab und öffnete die Fahrertür. „Wir haben keine Zeit."

Emily kletterte hinein. Vielleicht war das eine schlechte Idee, vielleicht würde Grace sie verraten, aber sie hatte keine andere Wahl.

Die Türen knallten zu und sie fuhren los. Emily drehte Lena um und untersuchte sie nach Wunden. Ihre Haut war an einigen Stellen ein wenig gequetscht, aber es gab keine Schnitte. Sie war klamm und kalt, aber ihr Brustkorb hob und senkte sich. „Sie braucht medizinische Hilfe", rief Emily nach vorne.

„Offensichtlich", murmelte Grace zurück.

Hilfreich.

Emily hielt Lenas Hand, in der Hoffnung, dass das helfen würde, und ließ sich neben Zac nieder. Er flüsterte etwas vor sich hin, und sie war sich ziemlich sicher, dass es *Harry Potter* war.

„Was soll das?", fragte sie.

Er schluckte und schenkte ihr ein schwaches Lächeln. „Lena hat gesagt, ich soll mir ein Ziel setzen. Ich werde die Buchreihe beenden, wenn ich nach Hause komme."

„Du hast *Harry Potter* nicht zu Ende gelesen?" Sie konnte sich daran erinnern, wie sie die Bücher als Kind heimlich gelesen hatte, wenn das Licht ausging. Sie hatte sich so sehr einen fliegenden Besen gewünscht.

Zac warf ihr einen seltsamen Blick zu. „Wer hat das denn schon?"

Hatte sie irgendwie eines der Bücher verpasst? Bevor sie fragen konnte, stöhnte Lena auf, und Emily beugte sich vor, um zu sehen, was sie tun konnte, um zu helfen.

Die Fahrt dauerte ewig und war doch im Nu vorbei. Sie kamen vor einem kahlen Gebäude an, das nicht besonders aussah, und Emily fragte sich, warum Grace es ausgewählt hatte.

„Kommt schon", sagte Grace, „die Zeit wird knapp." Sie drängte sie die Straße entlang und klopfte an der Tür.

Lena wurde zwischen Zac und Emily festgehalten, nicht ganz bei Bewusstsein, aber in der Lage, sich auf den Beinen halten. Als sich die Tür öffnete, ließ Emily sie fast fallen, als der Schock sie durchfuhr.

„Oz?"

* * *

Sechs Menschen, einer von ihnen war Grace. Das war nicht der Plan. Oz fiel es einen Moment lang schwer, den Blick von Emily abzuwenden, aber als sie die Frau, die sie halb stützte, fast fallen ließ, eilte er ihr zu Hilfe.

Emily zuckte zurück und schirmte die dunkelhaarige Frau vor seinem Griff ab.

„Hier seid ihr sicher", versicherte Grace den Menschen. „Zumindest so sicher, wie es nur geht." Und dann verschwand sie wieder in der Nacht, bevor Oz versuchen konnte, sie aufzuhalten.

Er drehte sich um und sah, dass Solan ihn mit einem neugierigen Gesichtsausdruck beobachtete. Sie hatten keinen Ort, an dem sie verletzte Menschen aufbewahren konnten, und Cru hatte seine Meinung zu diesem Thema deutlich gemacht. Aber sie konnten sie nicht einfach auf der Treppe liegen lassen. Vanen war eine freie Stadt. Sie brauchten sich keine Sorgen zu machen, dass Wachpatrouillen sie erwischen könnten. Aber sie hatten Nachbarn, und ein Rudel Menschen würde zwangsläufig auffallen. Irgendwann.

„Bitte, kommt herein", sagte er und trat aus dem Weg.

Emily starrte ihn an. Nun, nein, sie *funkelte* ihn böse an. Und Oz konnte es ihr nicht verdenken. Sie hatte gehört, wie er am Tag zuvor versucht hatte, sie zu kaufen. Warum sollte sie ihm jetzt trauen? Aber sie hatte eindeutig keine andere Wahl.

Wollte Grace die Menschen rausholen? Oder war das hier eine andere Verschwörung, über die sie gestolpert war? Was auch immer es war, es bedeutete, dass sie sich beeilen mussten. Wenn die Apsyns keine Ausbrecher wollten, waren sie sicher verärgert, dass sie fast die Hälfte ihres Bestandes verloren hatten.

„Was ist mit ihr passiert?", fragte er, als er sie in das Gästezimmer führte. Die verletzte Frau brauchte einen Arzt, aber sowohl er als auch Solan hatten eine Grundausbildung, und ihre medizinische Ausstattung war gut bestückt. Sie würden tun, was sie konnten, um zu helfen.

Emily zog die Decke über die Frau und ignorierte ihn geflissentlich.

„Sie hat mit den Wachen gekämpft", erklärte die andere Frau. Oz sah zu ihr hinüber, und er sollte wohl von sich selbst enttäuscht sein, dass er den anderen gar keine Aufmerksamkeit geschenkt hatte. Es war eine Sache von Sekundenbruchteilen gewesen. Er sah die Gruppe an, stellte fest, dass sie keine Bedrohung darstellten, und konzentrierte sich wieder auf Emily und die verletzte Frau. Diejenige, die sprach, schien jung zu sein, mit zarter Haut und einer schlanken Figur. Ihr dunkles Haar war kurz geschnitten, wodurch sich ihre Wangenknochen noch stärker von ihrer hellbraunen Haut abhoben. Sie sah ... zerbrechlich aus.

„Halt dich von ihm fern, Luci", sagte Emily. „Er ist nicht unser Freund."

Das tat weh. Es tat mehr weh, als er es für möglich gehalten hätte. Oz musste den plötzlichen Kloß in seinem Hals runterschlucken. Er hätte nichts anderes erwarten sollen. Er hatte versucht, etwas Abscheuliches zu tun. Er musste Emilys Vertrauen zurückgewinnen. Nein, nicht *zurück*. Er hatte es noch nie gehabt.

„Wir werden euch nichts tun", sagte er. Er versuchte, Emily in die Augen zu schauen, aber sie wollte ihn nicht ansehen.

Solan stürmte in den Raum und brachte den Verbandskasten. „Es sind zu viele Leute hier drinnen. Lasst uns den Lagerraum vorbereiten. Wir können nicht zulassen, dass ihr euch im Hauptraum einquartiert, nur für den Fall, dass wir Besuch bekommen."

„Eure Freunde werden uns nicht mögen?" Der größere Mann runzelte die Stirn.

„Keiner der Zulir in dieser Stadt ist unser Freund", sagte Oz. Es war riskant, so etwas zu sagen, aber er musste den Menschen *etwas* geben, um sie auf ihre Seite zu ziehen.

„Zulir?", fragte der kleinere Mann.

Oz und Solan tauschten einen Blick aus. „Vielleicht kennt ihr sie als Apsyns?", fragte Oz.

„Wir kennen euch als dumme Außerirdische", sagte Emily. „Wir haben nie etwas anderes gebraucht."

„Und es ist ja nicht so, als hätten sie uns etwas erzählt", murmelte das Mädchen, Luci.

Es war schlimmer, als er dachte, aber er hätte es erwarten müssen. Apsyns sahen andere nicht als Personen an. Warum sollten sie ihren Testpersonen eine Geschichtsstunde erteilen?

„Lasst Solan sich um eure Freundin hier kümmern, und ich kann euch einiges erklären", bot Oz an. Er konnte sehen, dass Emily protestieren wollte. In ihren Augen brannte ein Feuer, das er niemals erlöschen sehen wollte. Aber die anderen schauten zu ihr, folgten ihrer Führung. Wenn er sie nicht davon überzeugen konnte, dass er ihr wirklich helfen wollte, dass er ihr nichts Böses wollte, dann würden die anderen ihnen niemals vertrauen. „Ich wollte dir helfen", sagte er. „Ich sah keine andere Möglichkeit, dich aus dieser Situation zu befreien."

Solan sah ihn an, und Oz wusste, dass es keine Hoffnung mehr gab, sein Geheimnis zu bewahren. „Was hast du getan?", fragte er.

„Er hat versucht, mich zu *kaufen*", spuckte Emily regelrecht aus. „Er wollte mich für sich haben. Ich bin ein Mensch, kein Eigentum."

„*Ynstit*", sagte Solan finster. Wäre er noch näher dran gewesen, hätte er Oz geohrfeigt oder Schlimmeres. „Du hast alles aufs Spiel gesetzt für ..." Solan holte tief Luft. Dann wandte er sich an Emily und ihre Freunde. „Keiner von uns ist ein Anhänger des Sklavenhandels, ganz gleich, was mein *Freund* getan hat. Mir ist klar, dass ihr keinen Grund habt, mir zu glauben, aber ich verspreche euch, dass wir euch nichts Böses wollen. Eure Freundin braucht jetzt medizinische Hilfe. Ihr könnt gerne bleiben und zusehen, wie ich sie behandle, aber es sind zu viele Leute in diesem Raum." Er griff in seinen Gürtel und zog ein Messer heraus. „Das ist die einzige Waffe, die ich bei mir habe." Er hielt es Emily hin. „Bitte."

Sie blinzelte, nahm das Messer aber an. Solan sah Oz erwartungsvoll an, dann griff Oz nach seinem eigenen und reichte es dem größeren menschlichen Mann. „Würdet ihr uns eure Namen verraten?", fragte er.

Er war sicher, dass Emily Nein sagen würde. Warum sollte sie zustimmen? Aber sie überraschte ihn. Sie nickte in Richtung der Frau auf dem Bett. „Das ist Lena. Die andere Frau ist Luci. Und das sind Zac", sie zeigte zuerst auf den größeren Mann, „und Joel", und dann auf den kleineren. „Woher kennt ihr Grace?"

Das war eine Information, die sie nicht preisgeben konnten, nicht, wenn die Agentin zurück in die Einrichtung gegangen war. Wahrscheinlich war sie zurückgekehrt, um die letzten Fäden zu ziehen und den Ärger, den Emily und ihre Freunde verursacht hatten, auszubügeln. „Lasst Solan sich um Lena kümmern und ich werde beantworten, was ich kann", versprach Oz.

Emily sah zu Lena und dann zu Solan und dem Medizinkoffer in seiner Hand. Schließlich trat sie um das Bett herum. „Okay. Aber ich bin heute wirklich in der Laune für eine Messerstecherei und keiner von diesen Leuten wird mich aufhalten, wenn du es versaust. Verstanden?"

Sie würde ihn umbringen, wenn er lächelte. Oz wusste das, und trotzdem wollten seine Lippen ihn verraten. Sie war kämpferisch, diese furchtlose Akrobatin. Das musste er ihr lassen. „Ich werde das im Hinterkopf behalten."

Er führte den Rest der Gruppe in den Lagerraum im hinteren Teil der Wohnung. Er war groß genug, um für jeden der Menschen ein Bett aufzustellen, und bot dann trotzdem noch genug Platz. Er und Solan hatten nicht viel zu lagern, da sie nicht lange in der Stadt bleiben würden. Der fensterlose Raum war nicht gerade gemütlich, aber er war sicher. Es würde reichen müssen.

Luci stand dicht neben dem kleineren Mann, und der größere klopfte ihr auf die Schulter. Die Angst ging in Wellen von den dreien aus, und Oz war sich nicht sicher, wie er etwas dagegen tun konnte. Wenn er einen Weg finden könnte, zu Emily durchzudringen, dann würden sie sich vielleicht besser fühlen, aber sie hatte allen Grund, ihm zu misstrauen.

Das konnte nicht gut gehen.

Auf den Regalen lagen Decken, und Oz ergriff sie und reichte jedem der Menschen ein flauschiges Bündel. Joel nahm Luci die Decke ab, sie sah Oz nicht an, als sie sich hinsetzte und sich darin einwickelte, wobei sie sich an die Wand lehnte.

„Ich würde ja bequemere Betten aufstellen, aber

leider sind unsere Bestände begrenzt." Dann hatte er eine Idee. „In mein Bett passen zwei, wenn du also ..."

„Was zum *Teufel*?" Emilys Augen standen wieder in Flammen und die Luft knisterte vor Wut. Sie machte einen Schritt auf ihn zu, bereit, ihm Gewalt anzutun.

Und Oz wurde klar, wie sie aufgefasst hatte, was er gesagt hatte. „Zwei von *euch*!" Er hob seine Hand zur Kapitulation. „Ich kann hier oder im Hauptraum schlafen. Du sollte es nicht *mit mir* teilen!" Sie hörte auf, sich ihm zu nähern, aber er wusste nicht, wie lange das anhalten würde. Er musste mit seiner Erklärung beginnen, bevor alles noch schlimmer wurde. „Bitte, setzt euch. Ich möchte euch eine Geschichte erzählen."

6

KAPITEL SECHS

APSYN. Synnr. Zulir. Für Emily war das alles außerirdischer Unsinn. Aber ihr Verstand griff Oz' Worte auf und ordnete sie neu, bis sie in menschlichen Begriffen verständlich waren.

Vor langer Zeit lebten die Zulir als eine Gruppe in Frieden. Sie folgten ihrem Monarchen und bauten ihre Zivilisation auf, glücklich und heil. Sicher, es gab Kämpfe und Meinungsverschiedenheiten, aber nichts, was sie in ihren Grundsätzen erschüttern konnte.

Bis der Kontakt kam.

Für die längste Zeit waren sie allein im Universum gewesen. Einige Wissenschaftler und Philosophen grübelten über die Sterne nach, aber die Zulir *wussten* nicht, was dort draußen sein könnte. Und Emily konnte es ihnen nachempfinden, aber sie schwieg. Der Kontakt wurde hergestellt und die Zulir *veränderten* sich. Nicht wegen irgendetwas, was die ersten Außerirdischen ihnen angetan hatten. Tatsächlich waren die ersten Außerirdischen einzellige Wesen auf einem fernen Planeten, die ihre Sonden aufspürten, nichts im Vergleich zu dem, was noch kommen sollte.

Als es zum Kontakt mit empfindungsfähigen Wesen kam, spalteten sich die Zulir. Die Außerirdischen, die sie trafen, wollten das Universum mit ihnen teilen, wollten ihnen alles beibringen.

Die Synnrs wollten lernen. Sie wollten wachsen und sich mit den Sternen verbinden und alle Geheimnisse des Himmels entdecken.

Die Apsyns wollten die Außerirdischen loswerden. Die Zulir waren lange Zeit ohne Hilfe von außen aufgeblüht. Und sie wollten sich nicht dazu herablassen, mit *Bestien* zu kommunizieren.

Dann kam der Krieg.

Apsyns kämpfen gegen Synnrs, Familien wurden entzweit, Freundschaften in Schutt und Asche gelegt. Am Ende war der König tot und der Planet stand kurz vor dem Zusammenbruch. Der Krieg hatte Jahrzehnte angedauert. Dann kam ein unbeständiger Frieden. Die Synnrs nahmen den Mond ein, die Apsyns den Planeten. Aus einem Königreich wurden zwei.

Zwanzig Jahre des Friedens. Des Wiederaufbaus.

Und nun *das*.

Die Synnr-Königin lag in ihrem Palast im Koma. Die

Apsyns behaupteten, nichts davon zu wissen, aber sie waren die einzig möglichen Schuldigen. Und wieder einmal stand ein Krieg bevor.

Es war eine faszinierende Geschichte, eine, in der sich Emily hätte verlieren können, aber …

„Was hat das mit *uns* zu tun?" Zac stellte die Frage, die sie alle beschäftigte.

Die vier Menschen saßen zusammengekauert in ihren Decken an der einen kalten Wand, während Oz an der anderen saß. Dieser kleine Lagerraum glich eher einer Zelle als alles, in dem die Außerirdischen - die *Apsyns* - sie festgehalten hatten, aber sie war ziemlich sicher, dass er sie gehen lassen würde, wenn sie darauf bestand.

Sie war sich nicht zu einhundert Prozent sicher, aber so sicher, wie sie es heutzutage nur sein konnte.

„Zu welchen gehört ihr?", fügte sie zu Zacs Frage hinzu. Offenbar waren sie auf dem Planeten Kilrym und in der Stadt Vanen, aber Oz verhielt sich nicht wie die Leute, die sie gefangen genommen hatten. Wenn sie in einer versöhnlicheren Stimmung wäre, würde sie vielleicht darüber nachdenken, wie verschiedene Interessengruppen auf der Erde funktionierten. Sicher, sie war eine Amerikanerin, aber das bedeutete nicht, dass sie mit allem einverstanden war, was ihr Land tat. Vielleicht war es hier auch so.

Mag sein.

Oz warf einen Blick auf die offene Tür und zögerte.

Warum sollte er zögern?

Es sei denn, er gehörte *nicht* zu den Apsyns.

„Halten die Synnrs sich menschliche Sklaven?“, fragte sie. „Ist das der Grund, warum du mich kaufen wolltest?“

„Was?“, brachte Luci heraus und Emily musste eine Hand auf ihr Bein legen, um sie davon abzuhalten, sich auf Oz zu stürzen. Das Mädchen schien manchmal zerbrechlich zu sein, aber sie hatte ihr eigenes inneres Feuer. Sonst hätte sie nicht so lange überlebt.

„Nein!“ Oz' Augen weiteten sich. Er schüttelte den Kopf und fuchtelte mit den Händen herum, als könne er die Anschuldigung damit abwehren. „Ich weiß, es war dumm, das sehe ich jetzt ein. Ich war ein kompletter *Ynstit*. Ich wollte dich nur da rausholen.“

Sie glaubte ihm fast, was wahrscheinlich dumm von ihr war. „Beantworte Zacs Frage. Und meine.“

„Wir sind Synnrs. Und es ist ein Geheimnis“, Oz starrte sie an und versuchte, ihnen die Bedeutsamkeit dieser Information zu verdeutlichen. „Es sind einige Dinge im Gange ...“

„Der bevorstehende Krieg?“, fragte Joel.

Oz nickte.

„Also, was wollten die Apsyns mit uns? Was sollten diese ganzen Experimente? Ich dachte, sie wollten nichts mit ‚Außerirdischen‘ zu tun haben.“ Es fiel ihm schwer, sich selbst als Außerirdischen zu betrachten, aber sie war nun einmal auf einem fremden Planeten, also war das technisch gesehen der Fall.

„Haben sie euch von den Verpaarungen erzählt?“, fragte Oz.

Und Emily wurde *noch* frustrierter. „Sie haben uns nichts erzählt. Überhaupt *nichts*. Sie nehmen an, dass wir ein Haufen ignoranter Menschen sind, die bis vor ein paar Monaten nicht wussten, dass es Außerirdische gibt. Wir wollen nur weg von diesem Planeten und *nach Hause*.“

Ein seltsamer Blick huschte über Oz' Gesicht und er öffnete den Mund, bevor ein Schatten über die Tür fiel. Solan.

„Wie geht es Lena?“, fragte sie den anderen Außerirdischen. Synnr. Zulir.

Wie auch immer.

„Sie ruht sich aus“, sagte er. „Sie hat ganz schön was abgekriegt und braucht medizinische Hilfe. Ich habe getan, was ich konnte.“

Emilys Herz wurde schwer. Sie konnte Lena nicht verlieren. Nicht nach allem, was sie zusammen durchgemacht hatten. Sie *konnte* es *nicht*. „Können wir helfen? Gibt es eine Möglichkeit, einen Arzt zu holen?“

Solan warf ihr einen traurigen Blick zu. „Nicht ... hier. Vielleicht gibt es ...“ Er schien noch einmal darüber nachzudenken, was er sagen wollte. „Wir werden unser Bestes tun."

„Euer Bestes sollte besser gut genug sein." Das waren Außerirdische, die durch die ganze Galaxis reisen konnten. Sie sollten in der Lage sein, Lena zu helfen. Sie *mussten* es.

„Wir sollten den Menschen unsere Betten überlassen", sagte Oz. „Wir können auf dem Boden schlafen. Sie haben eine harte Zeit hinter sich."

Solan nickte. „Gute Idee."

Emily wollte nicht von den anderen getrennt werden, und Oz hatte noch mehr zu erklären. „Was hast du über Verpaarungen oder so gesagt?"

Luci stöhnte auf. „Ich bin *müde*. Können wir bitte einfach schlafen, Em? Sie können es uns morgen früh erzählen." Sowohl Joel als auch Zac nickten ihr zu.

Emily war sich nicht sicher, ob sie jemals wieder schlafen könnte. Aber sie war in der Unterzahl. „Zeigt ihr uns dann die Zimmer?"

Oz tat es. Emily und Luci schliefen im Zimmer von Solan, während Zac und Joel das von Oz nahmen. Die Zimmer hatten nicht viel Charakter. Die Wände waren hellblau und ein Fenster gab den Blick auf die funkelnden Lichter der Stadt in der Ferne frei. Emily konnte *fast* glauben, dass sie sich nur in einem Hotelzimmer in einer ihr unbekannten Stadt befand. Sie konnte so tun, als wäre ihre Nervosität nur die gewöhnliche Nervosität vor einem Wettbewerb und als wäre sie nach dem Aufwachen bereit für das Training, bereit, ihre Trainer und die Richter zu beeindrucken.

Aber dann fiel ihr irgendein kleines Stück außerirdischer Technik ins Auge und sie wurde daran erinnern, dass dies nicht ihr Zuhause war. Dass sie nicht hierhergehörte.

Es war zum Kotzen.

Luci und sie legten sich hin, Luci legte einen Arm um sie und schlief fast sofort ein, die Glückliche. Emily konnte es nicht. Sie kniff die Augen zusammen und zählte zweihundertdreiundsiebzig Schafe, bevor sie *das* auch aufgab. Luci drehte sich um und ließ ihren Arm von Emily sinken, während sie im Schlaf seufzte.

Wenn Emily noch eine Minute länger im Bett liegen bliebe, würde sie ersticken.

Es war seltsam, sich aufzusetzen. Die Matratze war härter, als sie es von zu Hause gewohnt war, und das Bett war niedrig am Boden. Sie fiel fast auf die Knie, bevor sie aufstehen konnte, aber sie schaffte es. Oz und Solan hatten ihr andere Kleidung zum Schlafen angeboten, aber Emily hatte sich entschieden, in ihren eigenen Kleidern zu bleiben, sogar in ihren Schuhen. Sie wusste nicht, ob sie in nächster Zeit fliehen müssten, und sie wollte nicht überrascht werden.

Oz hatte ihnen nicht gesagt, dass sie sich in der Wohnung *nicht* bewegen durften, aber Emily war nicht in Erkundungslaune. Sie landete in dem kleinen Zimmer, in dem Lena behandelt wurde, und setzte sich auf den Hocker neben ihrem Bett. Lena sah in ihrer Bewusstlosigkeit jünger aus, die Anspannung in ihrem Gesicht wurde durch Ruhe ersetzt. Aber sie hatte an Farbe verloren und es fehlte ihr eine gewisse *Vitalität.*

„Du musst wieder gesund werden", sagte sie zu ihrer Freundin. „Ich werde dir nie verzeihen, wenn du stirbst." Ein Schatten fiel auf sie, und sie wusste irgendwie schon, wer es war. „Wie schlimm ist es wirklich?", fragte sie Oz.

Er seufzte und blieb in der Türöffnung hinter ihr stehen. „Sie befindet sich in Stasis. Das kann wochenlang so bleiben, wenn es sein muss. Aber sie wird nicht heilen, bis wir sie medizinisch versorgen."

„Eine Art Koma?" Sie brauchte keine hochtrabenden Worte von Außerirdischen. Sie wollte *nach Hause.*

„Nicht ganz, aber so etwas ähnliches." Oz trat schließlich ein und setzte sich auf einen zweiten Hocker. Sie saßen nebeneinander und sie beobachtete ihn aus dem Augenwinkel.

Er sah nicht *außerirdisch* aus, und doch war er es. Wenn sie ihn auf der Erde gesehen hätte, wäre sie nie auf die Idee gekommen. Die kleinen Unterschiede hätte man als körperliche Veränderungen abtun können. Seine Ohren waren eher spitz als rund, und seine Haut schien zu schimmern; es war nicht *viel* anders. Aber als er seinen Mund weit genug öffnete, entdeckte sie die Reißzähne, und *die* regten sie zum Nachdenken an. Wie scharf waren sie?

Wie war das alles möglich?

„Wir sind nicht sicher, wie die Ähnlichkeiten zustande gekommen sind", sagte er.

„Um Himmels willen, bitte sag mir, dass du meine Gedanken nicht lesen kannst." Sie sackte nach vorne. Niemand hat je etwas über Gedankenkräfte gesagt.

Er lächelte und stieß ein Lachen aus, und sie konnte den Blick nicht von seinen Reißzähnen abwenden. Vielleicht war sie als Kind *kurz* von Vampiren besessen gewesen. Kurz. „Nichts dergleichen", versprach er. „Aber du hast mich angeschaut."

„Nein, habe ich nicht", platzte es aus ihr heraus, und Emily spürte, wie ihre Wangen heiß wurden. *Gott sei Dank* war das Licht gedämpft. Er konnte es nicht sehen. Das hoffte sie zumindest. Es sei denn, er hatte eine verbesserte Sehkraft.

Oh Mann.

Er lächelte sie weiterhin mit seinem dämlichen Lächeln an und Emily wurde flau im Magen. Nein. Dumm. Nein. Das passiert nicht. Er hatte versucht, sie als Eigentum zu *kaufen.* Und er war ein Außerirdischer! Auf der Erde hatte sie sich kaum zu Männern hingezogen gefühlt, und zwischen dem Turnen, der Uni und dem Jurastudium hatte sie es nicht geschafft, einen Freund länger als ein oder zwei Wochen zu behalten. Sie war nicht plötzlich scharf auf einen verdammten *Außerirdischen*.

Ja, ihrem Körper war das egal. Er mochte, was er in Oz sah.

Igitt!

Sein Lächeln verblasste. „Es tut mir wirklich leid. Dass ich dich kaufen wollte. Unser Captain konzentriert sich auf unsere Mission, und dazu gehört nicht ... Nun, ich sah keine andere Möglichkeit.“

Sie sollte ihm nicht glauben. Er hatte allen Grund zu lügen. Oder nicht?

Warum tat sie es dann?

Nein, sie wollte sich jetzt nicht damit befassen.

„Was war das für eine Paarungssache, von der du gesprochen hast? Was glaubst du, was sie von uns wollten?“ Sie konnte es den anderen morgen früh erzählen, aber sie wollte nicht noch länger warten, um es zu erfahren. Ihr Geist war zu aufgedreht, um zu schlafen, also konnte sie genauso gut etwas mit ihrer Energie anfangen.

Oz seufzte. „Ich weiß nicht alles. Aber wir haben einige Vermutungen angestellt. Und es gibt einiges, was ich dir nicht verraten kann. Noch nicht.“

„Dann sag mir, was du kannst.“ Sie mochte es nicht, im Dunkeln zu tappen.

Der *Blick*, den er ihr zuwarf, brannte sich sie bis in ihre Zehenspitzen. Emily sagte ihrem Körper, er solle sich unter Kontrolle bringen. Ihr Körper ignorierte sie.

Sie hoffte, dass er es nicht bemerkte.

„Du hast unsere Flügel gesehen, richtig?"

Sie nickte. „Kann ich deine sehen?" Dann riss sie die Augen auf. „Das ist doch nicht beleidigend oder so, oder? Es ist ja nicht so, dass ich dich gebeten hätte, mir deinen ...", sie unterbrach sich in letzter Sekunde.

Oz beugte sich vor und sie nahm einen Hauch seines Duftes wahr, er war sauber mit einem Hauch von etwas Rauchigem. Sie atmete nicht tiefer ein. Sie hatte nicht vor, an jemandem zu *schnüffeln*. „Meinen was?", fragte er.

Oh, er wusste es.

Sie hätten von verschiedenen Enden der Galaxie kommen können. Vielleicht gehörten sie verschiedenen Spezies an. Aber er *wusste*, was sie fast gesagt hatte.

Ein Funke flackerte zwischen ihnen auf, und Emily hätte fast alles dafür gegeben, dass dieses Gefühl verschwindet. Sie konnte das nicht tun. Nicht jetzt. Nicht mit ihm. „Was ist mit deinen Flügeln?", fragte sie.

Von einem Blinzeln zum nächsten erfüllten sie den Raum, herrliche elektrische Dinger aus Blau, Rot und Violett. Es war magisch, und sie wollte die Hand ausstrecken und sie berühren. Aber sie hatte schon einmal den Hauch von elektrischen Flügeln gespürt, und es hatte sie bis auf die Knochen versengt. Sie wollte nicht noch einmal verbrannt werden.

„Sie sind unglaublich", hauchte sie.

Er achtete darauf, mit ihnen nichts zu berühren, und nach einem weiteren Moment zog er sie wieder in sich hinein, und es war, als wären sie nie da gewesen. „Alle Zulir haben sie. Zusammen mit einer ... Affinität für Elektrizität."

„Den Teil habe ich schon bemerkt." Es kam bitter heraus, und Emily versuchte nicht einmal, es zu verbergen. Nicht, nachdem sie mit den Qualen zu kämpfen gehabt hatte, die ihre Kräfte mit sich brachten.

Oz schien etwas erwidern zu wollen, aber stattdessen fuhr er fort. „Wir können nicht wirklich fliegen, aber die Flügel erlauben es uns, eine Zeit lang in der Luft zu bleiben und zu gleiten. Ich war ..." Er schüttelte den Kopf.

„Du warst was?" Sie saugte diese Informationen regelrecht auf und wollte mehr. Sie wollte alles, was er ihr geben konnte.

„Das ist es, was mich zu dir hingezogen hat, die Art, wie du ohne Flügel geflogen bist. Furchtlos." Er lehnte sich näher heran, berührte sie aber nicht.

„Ich habe vor vielen Dingen Angst." Spinnen, super trübem Wasser, alleine sterben. Aber sie hatte nicht vor, ihm das alles zu erzählen. „Du sagst, du kannst nicht fliegen, aber was du kannst, klingt so cool. Ich wünschte, ich könnte das auch." Sie fühlte sich so frei, wenn sie durch ihre Übungen schwebte, und sie konnte sich nur *vorstellen*, wie es wäre, wenn sie sich keine Sorgen machen müsste, hart zu landen.

Ihre Blicke trafen sich und der Funke kehrte zurück. Sie wollte diese Zentimeter zwischen ihnen überbrücken und ihn schmecken. Sie zwang sich zurück. „Was haben die Flügel denn mit alldem zu tun?"

Oz setzte sich aufrechter hin. „Nichts, nehme ich an. Oder nicht viel. Ich wollte nur ... Es ist nicht wichtig."

„Wolltest du damit *angeben*?" Sie lachte, sie konnte es nicht lassen. Und sie wollte es nicht zugeben, aber diese Flügel *waren* beeindruckend.

Sie wusste nicht, ob Außerirdische - Zulir - erröten konnten, und wenn ja, dann verbarg es das schwache Licht im Raum. Aber er zog den Kopf ein. „Wie auch immer", er räusperte sich. „Verpaarungen. Wir tragen alle einen Funken in uns, wie ich schon sagte. So nennen wir den Blitz in uns. Aber das ist nichts im Vergleich zu einem Paar Schicksalsgefährten. Normalerweise sind es zwei Personen, aber es gibt auch seltene Fälle von größeren Gruppen, die *zusammenpassen*. Sie sind miteinander verbunden und können ihre Kräfte gegenseitig verstärken. Ich habe Legenden gehört, die besagen, dass es Verbindungen gab, die Kriegsschiffe zerstören konnten. Normalerweise bestehen diese Verbindungen aus Zulir, aber wir haben auch andere ... kompatible Spezies gefunden. Menschen, zum Beispiel. Aber die Apsyns sind gegen solche Verpaarungen, obwohl ein

Bund heilig sein sollte. Es ist nicht völlig verboten, selbst sie würden nicht *so weit* gehen, aber in dem extrem seltenen Fall, dass ein Mensch oder ein anderer Außerirdischer mit einem Apsyn gepaart wird, wird der Außerirdische wie ein Haustier behandelt, nicht wie eine Person. Ich kann mir nicht vorstellen, wie das funktioniert. Es ist eine Abscheulichkeit. Die Behandlung", fügte er schnell hinzu. „Nicht die Verpaarung."

Emily dachte an die Male, in denen sie festgeschnallt worden war, als andere Außerirdische hereingebracht wurden und ihre Kräfte gegen sie einsetzten. Und eine Idee begann sich zu formen. „Sie wollten ihre Kräfte verstärken, nicht wahr? Das ist es, was sie getan haben."

Oz nickte. „Das ist es, was wir vermuten. Und wenn sie Erfolg haben ... Verpaarungen sind selten. Es geht über das normale Gefühl der Kompatibilität hinaus, bis *alles* harmonisiert. Gedanken, Gefühle, Moleküle. Wenn die Apsyns sich diese Kraft zunutze machen können, ohne Schicksalsgefährten zu brauchen, sind wir erledigt. Und wenn sie dazu Menschen brauchen, möchte ich mir nicht vorstellen, wie viele sie bereit wären dafür zu opfern."

Oz ließ Emily mit ihrer Freundin zurück. Er konnte sehen, dass sie über vieles nachdenken musste, und wollte sie dabei nicht stören. Er hatte schon genug Schaden angerichtet.

Aber er wünschte sich, er könnte an ihrer Seite bleiben. Er würde ihr jede Frage beantworten, über *Gott und die Welt* reden, nur um noch eine Sekunde mit ihr zu verbringen. Er wollte sie. Er hatte sie von Anfang an gewollt, aber es ging noch darüber hinaus. Irgendetwas in ihr rief nach ihm. Beruhigte ihn. Er fragte sich, ob er endlich das gefunden hatte, von dem er nicht einmal wusste, dass er es gesucht hatte.

Sie befanden sich immer noch tief in feindlichem Gebiet, das durfte er nicht vergessen.

Solan saß im Hauptraum und fummelte an einem kleinen Gerät herum. Als Oz neben ihm Platz nahm, legte er es auf den Tisch und es leuchtete schwach orange. „Privatsphäre-Modus", erklärte Solan. „Die Menschen können uns nicht hören."

Gut so. Er würde Emily alles erzählen, aber das bedeutete nicht, dass sie bereit war zu hören, was er und Solan zu sagen hatten. Und er vermutete, dass der Anruf, den sie tätigen mussten, nicht gut ausgehen würde. „Sie hat gesagt, sie will nur noch nach Hause." Das beschäftigte ihn schon seit Stunden. Emily hatte den Wunsch nicht mehr erwähnt, aber das war auch nicht nötig gewesen.

„Würdest du nicht das Gleiche wollen?", fragte Solan.

„Ich würde, wenn es nicht unmöglich wäre." Er erhob sich von seinem Sitz und ging auf und ab, wobei er darauf achtete, in Reichweite des Geräts zu bleiben. „Sie glaubt, dass es Monate her ist, dass sie und die anderen entführt wurden."

„Für sie ist es so. Die Menschen sind kaum in der Lage, in den Weltraum zu reisen. Sie haben keine Ahnung, was das Universum alles zu bieten hat. Wie sollte sie wissen, was nötig war, um sie hierher zu bringen?" Solan sagte das alles so ruhig. Er hatte keine emotionale Bindung zu den Menschen, nicht mehr als Mitgefühl für ihre verwundete Freundin. Und Oz hätte genauso sein sollen. Vielleicht wäre er dazu fähig gewesen, wenn Emily nicht da gewesen wäre. Aber sie war da, und er wollte ihr diese letzte Hoffnung nicht wegnehmen. „Da können wir nichts machen. Lass uns einfach Cru anrufen. Er muss diese Neuigkeiten erfahren. Und es wird unsere Agentin zum Handeln zwingen. Die Dinge fügen sich zusammen. Wir werden diesen Planeten schon sehr bald verlassen."

Sehr bald. Aber die Menschen würden immer noch weit weg von zu Hause festsitzen, ohne Hoffnung auf Rückkehr. „Was sollen wir ihnen erzählen?", fragte er.

„Das, was wir ihnen sagen müssen. Wir halten sie in Sicherheit und machen unseren Job. Was können wir sonst noch tun? Willst du Cru jetzt auch anschnauzen?" Solan sah ihn herausfordernd an.

Oz zuckte mit den Schultern. Er konnte nicht versprechen, wie dieses Gespräch verlaufen würde. Vor allem, wenn Cru erfuhr, dass Oz fast alles vermasselt hatte.

„Bringen wir es hinter uns."

Es war klar, dass sie Cru überrumpelt hatten. Seine Uniform sah etwas zerzaust aus, und der Rest der Besatzung war nicht bei ihm. „Worum geht es?", fragte er. Es war so laut, dass es die Menschen geweckt hätte, wäre da nicht der Privatsphäre-Modus gewesen.

„Neuigkeiten", sagte Solan. Er war derjenige, der in diesen Momenten sprach. Meistens jedenfalls. Er konnte besser mit Cru umgehen. Das lag daran, dass in seinen Adern das gleiche Aristo-Blut floss.

„Was ist passiert?" Er schaute Oz an, sagte aber nichts. Oz blieb stumm.

Solan schilderte den Großteil der Ereignisse. Grace brachte die Menschen zu ihnen. Einer war verletzt. Sie brauchten medizinische Behandlung und einen sicheren Unterschlupf.

Was Oz beinahe getan hätte, verriet er nicht.

Cru runzelte für einige Sekunden die Stirn und dachte über das, was Solan gesagt hatte, nach. „Das ändert nichts. Werdet die Menschen los. Beendet die Mission. Wir ... wi ... fe ... pu ..." Die Übertragung brach ab.

„Hast du das getan?", fragte Oz. Er beugte sich vor

und wedelte mit der Hand über den Holoprojektor, aber es tat sich nichts.

„Nein." Solan sah besorgt aus. Er stand auf und ging zum Fenster, um in die Nacht hinauszuschauen. „Nichts ist beleuchtet. Nicht, dass wir wüssten, wo das Schiff ist, aber es sieht nicht so aus, als ob irgendwelche Jäger eingesetzt worden wären. Vielleicht verstärken die Apsyns nur ihre Sicherheitsvorkehrungen. Sie verschlüsseln Signale. Oder es gab irgendwo eine Leuchtrakete. Es gibt viele Gründe, warum die Kommunikation ausgefallen sein könnte." Sein Kommunikator piepte, und er zog ihn aus der Tasche, wobei er erleichtert aussah, als er die Nachricht las. „Ax bestätigt, dass es ein Signal-Scrambler war. Das Schiff ist in Ordnung, aber sie müssen einige Relais umleiten, bevor wir wieder miteinander kommunizieren können."

„Besteht die Möglichkeit, dass die Nachricht abgefangen wurde?" Sie benutzten die höchste Verschlüsselungsstufe, die die Synnr-Techniker zu bieten hatten, aber Fehler waren immer möglich. Unfälle kamen vor.

„Nicht von Ax." Solan steckte sein Funkgerät weg, schaltete aber den Privatmodus nicht aus.

Und nun, da eine Krise abgewendet war, floss Wut durch Oz' Adern. „Wie können wir sie einfach *loswerden*?", fragte er aufgebracht. „Es sind Menschen! Und sie brauchen Hilfe." Er konnte Emily nicht noch einmal im Stich lassen, nicht wenn er es schon einmal getan hatte.

Solan war nachdenklich. „Er hat nicht gesagt, *wo* wir sie hinbringen sollen.“

„Was?“ Oz war zu wütend, um klar zu denken. Am liebsten wäre er in einen Shuttle gesprungen und hätte Cru für diesen Vorschlag erdrosselt.

„Es ist möglich, dass er die Menschen aus dem Weg schaffen wollte, damit sie in Sicherheit sind“, schlug Solan vor, um diese Theorie zu testen.

Sie kannten Cru zu gut, um zu glauben, dass das seine Absicht war. Aber das Gespräch *war* unterbrochen worden, bevor er seinen Befehl präzisieren konnte. „Was denkst du? Es gibt keinen Ort auf Kilrym, der für lange Zeit sicher ist.“

„Deshalb lassen wir sie ja auch nicht auf Kilrym zurück.“

„Und was schlägst du vor, wohin wir sie bringen sollen? Sie können doch nicht einfach in einen öffentlichen Shuttle steigen.“ Oz hatte sich das Hirn zermartert, um einen einfachen Weg zu finden, wie er Emily von dem Planeten wegbringen konnte, ohne dass sie sich als sein Eigentum ausgeben musste. Ihm war keine offensichtliche Möglichkeit eingefallen.

„Wir bringen sie auf unser Schiff.“

Er sagte es so einfach mit einem cleveren kleinen

Lächeln, dass Oz ihm am liebsten ins Gesicht geschlagen hätte.

„Wo sie Cru ausgeliefert sein werden?" Vielleicht war das ungerecht, aber Oz konnte sich noch sehr gut an die Grausamkeit des Captains erinnern, als sie noch Jungen waren. Und er wusste, dass Cru kaum besser war als ein Apsyn, wenn es um Nicht-Zulirer ging. Konnte er ihm *Emily* wirklich anvertrauen?

Solan funkelte ihn an. „Er ist vielleicht nicht der beste Mann für diese Aufgabe, aber er ist kein Monster. Wenn wir sie aufs Schiff schaffen können, wird er sie beschützen. Und wir können sie nach Osais bringen. Zu Hause haben sie wenigstens eine Chance auf ein Leben."

Solan hatte nicht ganz unrecht. Hier gab es keine Aussichten für die Menschen, und wenn sie einen anderen Weg einschlugen, würden sie ihre Pflichten vernachlässigen. Das konnten sie nicht tun. Sie waren keine Deserteure. „Er wird uns bestrafen, wenn wir uns den Befehlen widersetzen."

Sein Kollege schüttelte den Kopf. „Mit dem Captain werde ich schon fertig."

„Und was ist mit dem Rest der Menschen?" Emily und ihre Freunde waren nicht einmal die Hälfte derer, von denen sie wussten, dass sie von den Apsyns festgehalten wurden.

Solan runzelte die Stirn und wandte den Blick ab.

„Für die können wir nichts tun. Wenn wir zu ihnen zurückkehren, gefährden wir alles. Und es könnte dazu führen, dass unsere Agentin getötet wird. Willst *du* derjenige sein, der das ihren Eltern erklärt?"

Das wollte er ganz sicher *nicht*. Aber das war nicht Grund genug, um diese Leben zu opfern. Aber was sollten sie sonst tun? „Ich will sie nicht einfach zurücklassen."

„Wir werden tun, was wir können. Kümmern wir uns zuerst um diese Menschen. Wir können sie nicht alle auf einmal mitnehmen, nicht bei der Größe unseres Shuttles. Und wir können nicht alle, die übrig bleiben, unbewacht hierlassen." Was Solan nicht sagte, war, dass derjenige, der auf dem Planeten zurückblieb, möglicherweise nicht zu den anderen Menschen auf dem Schiff stoßen durfte. Wenn Cru sie persönlich treffen würde, würde die Verbindung nicht abbrechen. Und seine Befehle wären endgültig.

„Lass uns die Logistik klären. Wir können nicht verschwinden, wenn die Agentin uns braucht. Und ich bin bereit, nach Hause zu gehen."

Was würde Emily davon halten? Würde es ausreichen, um alles wiedergutzumachen, was sie verloren hatte?

Würde sie bereit sein, ihm einen zweiten Blick zu schenken? Ihn so zu sehen, wie er wirklich war und anstatt der Rolle, die er gespielt hatte?

Er sollte sich keine Hoffnungen machen. Er würde nur enttäuscht werden, wenn sie zerplatzten. Aber sein Herz schlug schneller bei dem Gedanken, ihr seine Welt zu zeigen.

Sie wäre in Sicherheit. Und wenn das alles war, was er ihr bieten konnte, hoffte er, dass es genug war.

KAPITEL SIEBEN

EMILYS RÜCKEN SCHMERZTE und ihr Kopf tat weh. Irgendwann in der Nacht war sie zusammengesunken neben Lena eingeschlafen, und das war nicht gerade erholsam gewesen. Sie sah ihre Freundin an, konnte aber keine Veränderung an ihrem Zustand feststellen. Oz hatte gesagt, sie solle es nicht erwarten, aber das bedeutete nicht, dass sie sich nicht dennoch eine magische Genesung wünschte.

Ihr Magen knurrte. Emily konnte sich nicht erinnern, wann sie das letzte Mal etwas gegessen hatte. Am Abend? Hatten sie etwas zu essen bekommen, bevor sie geflohen waren? Die Außerirdischen - Apsyns - waren nicht gerade die besten Köche gewesen. Zumindest hoffte sie, dass der bittere Brei, von dem sie sich ernährt hatten, das Ergebnis schlechter Kochkunst war und keine Delikatesse der Zulir.

Was *aßen* Außerirdische? Ihr Magen verlangte, dass sie es *jetzt* herausfand. Aber zuerst musste Emily nach den anderen sehen.

Wenn sie sie finden konnte.

Sie steckte ihren Kopf in das Zimmer, das ihr und Luci zugewiesen worden war, aber das Bett war leer. Auch das Zimmer von Joel und Zac war leer. Sie überprüfte den Lagerraum, in dem sie sich zuerst zusammengekauert hatten, und fand auch dort niemanden. Aber als sie lauschte, konnte sie Geräusche hören, die aus dem Hauptteil der Wohnung kamen. Sie folgte ihnen und fand Menschen und Außerirdische in der Küche versammelt. Sie standen an der Theke und sahen zu, wie Oz einen dampfenden Teller mit Essen abstellte.

Es roch nicht nach Haferschleim.

Er sah auf und lächelte sie an, und Emily wünschte sich, ihr Körper würde nicht darauf reagieren. Selbst wenn die ganze Sache mit dem Kaufen ein Missverständnis gewesen war, war er ein verdammter Außerirdischer. Einer von derselben Spezies, die seit Monaten Experimente an ihr durchgeführt hatte! Sie konnte ihm nicht trauen.

Das ist nicht fair, flüsterten ihre Gedanken. Sie wäre empört, wenn jemand dasselbe über sie denken würde, nur weil irgendwo ein paar Menschen beschissene Dinge taten. Sie hatte nicht vor, in dieser Sache eine außerirdische Rassistin zu sein.

Aber sie erinnerte sich immer noch daran, wie es sich anfühlte, an das Bett geschnallt zu werden, während man ihr Strom durch den Körper jagte. Sie erinnerte sich noch an die Verzweiflung, als Oz eine armselige Summe anbot, um sie freizukaufen.

„Hast du Hunger?", fragte er. Sein Lächeln war ein wenig schwächer geworden, als könnte er in ihren Kopf sehen und ihre Gedanken lesen. Der Hauch von Reißzähnen, der sich unter seinen Lippen abzeichnete, erinnerte sie daran, wie andersartig er war.

Sie wollte nicht, dass dies zu einer *Sache* wurde. Oz und Solan halfen ihnen jetzt, und sie mussten es nicht. Hoffentlich würden sie ein Raumschiff finden, das sie nach Hause bringen konnte. Sie wollte nicht, dass dieser giftige Groll in ihr wuchs, bis er sie gegen alles vergiftete. Also zwang sie ihre Emotionen nieder, verdrängte sie komplett.

Sie konnte es schaffen.

Und sie *war* hungrig.

„Was esst ihr?", fragte sie, ging auf Luci zu und legte ihren Arm um sie, um sie festzuhalten.

Das Mädchen stöhnte, als sie die Hälfte von etwas aß, das wie ein Knödel aussah. „Es ist so gut", sagte sie. Zumindest dachte Emily, dass sie das sagte, als sie den Klumpen in ihrem Mund sah.

„Es hat eine richtige Textur", fügte Zac hinzu und aß ein bisschen vorsichtiger. „Und Gewürze." Joel war zu sehr damit beschäftigt, seine Portion zu verschlingen, um etwas zu sagen.

Oz legte etwas von dem Knödelzeug auf einen Teller und schob ihn ihr zu. Emily suchte nach einem Löffel oder so, aber alle anderen aßen mit den Fingern, also griff sie auch einfach zu.

Oh *Gott*.

Das war besser als Sex. Okay, es war besser als ihre Vorstellung von Sex. Auf der Erde hatte sie zu viel um die Ohren gehabt, um dazu zu kommen, und seither war sie ebenfalls ziemlich beschäftigt gewesen. Der Geschmack von Saft und Fleisch explodierte in ihrem Mund, und war köstlich. Sie stopfte sich den Rest in den Mund und machte sich kaum die Mühe, zu kauen. Dann nahm sie noch einen und versuchte, ein wenig Anstand zu wahren.

Es klappte nicht.

Erst als Oz ihr eine Serviette anbot, bemerkte sie, dass ihr etwas am Kinn heruntertropfte. Ihre Wangen flammten auf und sie wischte schnell die Spuren ihrer animalischen Essensweise weg. Den nächsten Knödel aß sie wie ein zivilisierter Mensch, und obwohl sie immer noch hungrig war, als sie diesen verschlungen hatte, zwang sie sich, nicht sofort nach einem weiteren zu greifen. Sie tupfte sich zaghaft über die Lippen und schenkte Oz ein Grinsen. „Die sind gut."

Er lächelte und es war wie der Sonnenaufgang, hell

und ein wenig überwältigend. „Es ist nichts. Ich dachte mir, ihr könntet alle eine Mahlzeit gebrauchen.“

„Es ist etwas“, sagte Joel, als er aus seiner eigenen Alien-Knödel-Trance aufwachte. „Der Scheiß, mit dem sie uns gefüttert haben, kann kaum als Essen bezeichnet werden.“

Emily erschauderte bei dem Gedanken daran.

Oz machte mehr Knödel.

Es war ein gutes Frühstück. Natürlich gab es keinen Speck und keine Eier, aber damit konnte Emily leben, vor allem, wenn Oz *solche* Kochkünste besaß. Aber schließlich mussten sie sich der Realität stellen. Sie berichtete, was Oz ihr über das Verpaarungs-Zeug erzählt hatte und dass er glaubte, die Apsyns wollten den Menschen diese Fähigkeiten irgendwie wegnehmen. Er sah ruhig zu, während er die Küche aufräumte, ohne sie zu unterbrechen oder ihr zu widersprechen, obwohl er an den entscheidenden Stellen etwas Kontext hinzufügte.

Die anderen hatten Fragen. Emily konnte die meisten von ihnen nicht beantworten. Oz tat, was er konnte, aber es blieb die Tatsache, dass sie immer noch eine Gruppe entflohener Menschen waren, einer von ihnen komatös, weit weg von zu Hause und ohne Möglichkeit, zurückzukehren.

Noch nicht.

Emily erinnerte sich daran, wie ihre beschissene

kleine Wohnung an der juristischen Fakultät ausgesehen hatte, und sie wünschte sie sich so sehr zurück, dass sie weinen wollte. Die Wände waren hauchdünn. Ihre Nachbarn schienen eher Haschischrauch als Luft einzuatmen, und das Kratzen, das sie in den Wänden hörte, musste sie geflissentlich ignorieren. Aber sie gehörte ihr, und sie hatte sie sich verdient.

Oz' Hand bedeckte ihre. „Geht es dir gut?", fragte er.

Die anderen unterhielten sich untereinander, nicht absichtlich, um ihr und Oz Privatsphäre zu geben, aber es passierte trotzdem. „Ich hatte ein Leben, weißt du." Sie sollte das nicht bei ihm abladen. Er brauchte ihren Ballast nicht. Aber jetzt, wo sie sich zum ersten Mal seit Monaten wieder sicher fühlte, konnte sie es nicht zurückhalten. Sie war zu sehr mit dem Überleben beschäftigt gewesen, um wirklich über all das nachzudenken, was ihr genommen worden war. „Nach dem Bestehen der Anwaltsprüfung sollte ich Teilhaberin der Kanzlei werden, für die ich arbeite. Ein richtiger Job. Ein richtiges Leben."

Oz kam um den Tresen herum und stellte sich neben sie, er legte ihr eine Hand auf die Schulter. „Ich weiß nicht, was das alles bedeutet, aber wenn ich es dir zurückgeben könnte, würde ich es tun. Ich würde alles für dich tun ... damit du dich sicher fühlst." Den letzten Teil fügte er schnell dazu, und Emily beschloss, nicht weiter darauf einzugehen.

„Habt ihr hier Anwälte?", fragte sie. „Leute, die das Gesetz studieren?" Sie konnte sich eine Welt ohne sie nicht vorstellen. Wie konnten sich die Menschen schützen, wenn sie das Gesetz nicht kannten?

„Wir haben Anwälte", versicherte Oz ihr. „Aber ich bin mir nicht sicher, ob sie alle so akrobatisch veranlagt sind wie du."

Sie konnte sich ein kleines Lachen, dass ihr entwich, nicht verkneifen.

Er drückte ihr sanft die Schulter. „Wie lernt ein Anwalt in der Ausbildung die Tricks, die du vorgeführt hast? Ich kann nicht behaupten, dass ich verstehe, wie das zusammenpasst, obwohl ich mit den Gepflogenheiten auf der Erde nicht besonders vertraut bin."

„Gerichtsverhandlungen wären wahrscheinlich unterhaltsamer, wenn wir zwischendurch Räder schlagen würde", überlegte Emily. Allerdings konnte sie sich nicht vorstellen, das ganze notwendige Training zusätzlich zu ihrer baldigen Arbeit zu absolvieren. „Nein, ich war Turnerin, als ich jung war. Meine ganze Kindheit über. Ich wollte eine Olympionikin werden. Ich habe es nie ganz geschafft, obwohl ich in der High School eine Medaille bei den Landesmeisterschaften gewonnen habe. Ich habe es sogar einmal zu den nationalen Meisterschaften geschafft." Aber nie an die Spitze der Spitze. Sie sollte sich deswegen nicht schlecht fühlen, das wusste sie. Aber selbst ihre Eltern konnten ihre Enttäuschung darüber, dass sie es nie ganz geschafft hatte, nicht verbergen.

„Den Großteil der Wörter habe ich nicht verstanden", sagte Oz. „Aber es hört sich so an, als wäre es ein Konkurrenzkampf gewesen? Den du geliebt hast?"

Hatte sie es geliebt? Sie hatte sich so frei gefühlt, als sie es aufgegeben hatte, als sie merkte, dass ihr Körper nicht mehr ständig *schmerzen* musste und sie tatsächlich Freizeit haben konnte. Aber dann erinnerte sie sich daran, wie es sich anfühlte, durch die Lüfte zu schweben. Das war eine andere Art von Freiheit.

„Ich habe es geliebt", sagte sie. „Aber ich konnte es nicht ewig machen."

Solan rief Oz zu sich, und Emily war erleichtert. Sie wollte sich ihm nicht zu sehr öffnen, aber je länger er in der Nähe war, desto sicherer war sie, dass es passieren würde.

Sie schnappte sich einen weiteren Knödel und hatte gerade einen Bissen genommen, als Zac auf sie zukam und sie an der Hüfte anstieß. „Also ...", sagte er. „Wird *das* etwas?"

„Wa ...", kam es verstümmelt durch das Essen heraus.

Zac nickte in die Richtung, in die Oz gewandert war. „Wirst du dich von einem gewissen feurigen Krieger ablenken lassen?"

„Feurig?" Sie nahm die letzten Bissen und wischte

sich den Mund ab. „Klingt, als wäre ich nicht diejenige, der abgelenkt ist.“

„Ich habe Augen“, lachte er. „Aber du bist diejenige, die sich praktisch an ihn gekuschelt hat. Glaubst du wirklich, wir können ihnen vertrauen?“ Das war keine Warnung. Das wusste sie. Zac stellte eine echte Frage.

„Ich weiß es nicht“, antwortete sie. „Aber ich glaube, ich möchte es.“

Cru versuchte erneut, sie anzurufen. Solan und Oz ignorierten es. Wenn ihr Captain sie erwischte, konnte er ihren Plan durchkreuzen, bevor er begann, und das wollte keiner von ihnen. Aber das bedeutete, dass sie schnell handeln mussten. Es war eine Sache, sich ein paar Stunden lang vor einem Anruf zu drücken, aber eine ganz andere, es tagelang zu tun, wenn sie kurz vor einer wichtigen Mission standen.

Solan war der bessere Pilot, also war es am sinnvollsten, dass er die Menschen mitnahm. Und Lena musste mit ihnen gehen, da sie am dringendsten medizinische Hilfe brauchte. Dann kam Luci. Das Mädchen hielt sich wacker, aber Oz wusste, dass Emily sie auf dem ersten Flug mitschicken wollte, also bekam sie einen Platz. Nur einer der Menschen musste zurückbleiben.

Es wäre egoistisch, Emily zu fragen, nur damit er

mehr Zeit mit ihr verbringen konnte. Und er *würde* sie nicht noch mehr in Gefahr bringen.

Aber der Gedanke daran, dass sie zwei Tage allein sein könnten, nur sie beide, hatte einen gewissen Reiz, auch wenn Oz es niemals laut zugeben würde.

Nachdem sie gegessen und sich gewaschen hatten, hatten sie die Menschen in der Küche versammelt. Nachdem sie sich ein wenig ausgeruht hatten, sahen sie bereits besser aus als am Abend zuvor. Oz hoffte, dass sie sich ein Leben in Osais oder einer der anderen Synnr-Hochburgen auf Aorsa aufbauen konnten. Es würde nicht dasselbe sein wie auf der Erde, aber sie würden eine Chance auf ein Leben haben. Es war besser als das, was sie in den letzten Monaten ertragen mussten.

Emily begegnete seinem Blick, als er und Solan vor ihnen standen, und er konnte eine Frage in ihren Augen sehen. Sie würde früh genug beantwortet werden.

„Wir wollen euch hier rausholen", sagte er.

Etwas zwischen Erleichterung und Angst durchfuhr durch die Gruppe.

„*Wie* wollt ihr uns hier rausholen?", fragte Emily, die immer noch zweifelte. Er konnte es ihr nicht wirklich verübeln.

„Wir haben Freunde auf einem Schiff, das den Planeten umkreist. Sie haben eine medizinische Ausrüstung, mit der sie eure Freundin versorgen können, und anschließend können sie euch in unsere Heimatstadt

Osais bringen. Es gibt dort eine kleine menschliche Bevölkerung und eine wachsende Gemeinde. Ihr solltet willkommen sein." Er konnte sehen, dass ihnen das nicht gefiel, und er redete weiter, bevor sie Zeit hatten, noch etwas einzuwenden. „Das Problem ist allerdings, dass unser Shuttle nur vier Passagiere aufnehmen kann. Mindestens einer von euch muss zurückbleiben, bis wir eine zweite Reise unternehmen können."

Sie fingen alle gleichzeitig an zu reden. Oz konnte sich keinen Reim darauf machen, aber er machte keine Anstalten, sie zu unterbrechen. Noch nicht.

Nach einem Moment wurden sie still. „Lena und Luci haben einen Platz sicher. Solan und ich dachten, es wäre das Beste, wenn ihr entscheidet, was mit dem Rest von euch passiert."

„Können wir nicht einfach eine weitere Person mitnehmen?", fragte Joel. „Ihr hättet mal sehen sollen, wie viele Leute wir in meinen Minivan gekriegt haben, als ich angefangen habe zu fahren."

„Du fährst einen Minivan?" Zac lachte. „Okay, Fußball Mama."

Joel rollte mit den Augen. „Er hat funktioniert."

„Es gibt keine Möglichkeit, eine zusätzliche Person mitzunehmen", antwortete Solan. „Wir haben versucht, es logistisch irgendwie hinzubekommen, aber da wir eure Freundin in Stasis transportieren müssen, wird sie bereits mehr Platz als normal benötigen. *Vielleicht* könnten wir unter anderen Umständen eine zusätzliche Person unterbringen. Aber nicht unter diesen."

„Ich werde bleiben", bot Emily an, bevor es jemand anderes tun konnte.

Es war das, was er hören wollte, und doch wollte Oz widersprechen, als Emilys Stimme ihn durchdrang. Er wollte sie in Sicherheit wissen, *verpunt* noch mal, er wollte sie auf dem Schiff und weit weg von den Griffen der Apsyn wissen.

„Nein", schaltete sich Zac ein. „Ich sollte derjenige sein, der bleibt. Ich bin ein Mann."

„Und was macht das aus mir?", fragte Joel mit verschränkten Armen und gefährlichem Gesichtsausdruck.

„Ich meine, du bist ... ähm", stotterte Zac, „klein?"

Luci blieb still und kauerte sich zwischen Zac und Joel.

Emily verschränkte die Arme und starrte die anderen Menschen an. „Ihr müsst gehen und auf Luci und Lena aufpassen. Ich komme schon allein zurecht."

„Wir lassen dich nicht allein", beeilte sich Oz ihr zu versichern. „Solan wird euch alle zum Schiff bringen. Ich werde zurückbleiben."

Emily blinzelte. Sie öffnete ihren Mund. Dann schloss sie ihn wieder. Nach einem kurzen Seufzer nickte sie einmal. „Ich bleibe hier, Leute. Je länger wir uns streiten, desto mehr bringen wir uns in Gefahr." Die beiden Männer sahen immer noch kampfbereit aus, aber Emily blieb standhaft, und schon bald war die Sache geklärt. Lena, Luci, Joel und Zac würden mit Solan losziehen, während Emily und Oz zurückbleiben würden.

Dann war es an der Zeit, die Menschen startklar zu machen. Glücklicherweise befand sich ihr Shuttle auf dem Dach des Gebäudes, sodass es nicht zu riskant war, die Menschen dorthin zu bringen. Aber um sicher zu gehen, warteten sie, bis es dunkel wurde, und beeilten sich dann. Sie brauchten alle Hilfe, um Lena sicher anzuschnallen, aber bevor Oz sich versah, waren Solan und die Menschen schon verschwunden und ließen ihn und Emily allein auf dem Dach zurück.

Es war eine wunderschöne Nacht, eine leichte Brise bewegte die duftende Luft um sie herum, Sterne zierten den Himmel und der Rest der Zivilisation war in der Ferne verborgen. Es schien, als wären er und Emily die einzigen Leute in diesem Teil der Stadt, und Oz wünschte, es könnte so bleiben.

Sie standen nah genug beieinander, um sich zu berühren. Er brauchte nur seine Hand ein klein wenig zu bewegen, und schon würde er ihre halten. Machten Menschen so etwas? Die meisten Menschen, die er getroffen hatte, waren entweder fern der Erde aufge- wachsen oder so lange weg gewesen, dass sie die Bräuche der Synnr übernommen hatten. Aber Emily verhielt sich immer noch so, als wäre sie auf der Erde.

Er wollte ihre Hand halten. Er wollte seinen Arm um sie legen. Er sehnte sich danach, sie zu küssen. Und noch mehr.

Aber er hatte sie einmal verletzt, und selbst wenn er einen Weg finden würde, sich von diesem Fehler zu erholen, bezweifelte er, dass sie mehr von ihm wollte. Wie sollte sie auch, wenn sie nach Hause wollte?

„Wann wird er zurück sein?", fragte sie.

„In etwas weniger als zwei Tagen. Es gibt Patrouillen und Sicherheitsmaßnahmen, die er umgehen muss, wodurch die Reise länger dauert. Und ..." Nein, sie brauchte nichts von Cru zu wissen. Er wollte sie nicht beunruhigen.

Aber er hatte schon zu viel gesagt. „Und?"

Er drehte sich ganz zu ihr um und ließ seine Hand gegen ihre streifen, zog sie aber zurück, bevor sie denken konnte, dass er sie ausnutzen wollte. „Unser Captain ist vielleicht nicht glücklich darüber. Er wird deinen Freunden nichts antun, da bin ich mir sicher. Aber er kann ... laut werden."

Emily war still. Sie blickte hinaus in die Nacht. „Was wird mit uns geschehen?" Die Frage war so leise, dass sie fast von der Dunkelheit um sie herum verschluckt wurde. „Glaubst du, wir werden nach Hause gehen können?"

Oz' Herz schmerzte und er wusste nicht, wie er ihr antworten sollte, zumindest nicht auf die zweite Frage. „Ich werde alles tun, was getan werden muss, um dich zu beschützen", versprach er. Egal, welche Befehle er ignorieren musste, egal, wie viele Captains er verhöhnen musste. Er würde dafür sorgen, dass Emily und ihre Freunde eine Chance hatten. Es war vielleicht nicht das Leben, das sie erwartet hatten, aber sie würden in Freiheit und Sicherheit leben.

Ein paar Minuten später gingen sie zurück ins Haus. Oz hätte Emily ein Buch oder etwas anderes zur Unterhaltung angeboten, aber der Übersetzer, mit dem sie ausgestattet worden war, funktionierte nur für gesprochene Sprache, nicht für geschriebene. Aber sie schien sich damit zufrieden zu geben, lange aus dem Fenster zu schauen.

Er dachte, es würde eine ruhige Nacht werden, in der sie auf die Rückkehr von Solan warten und Emily ohne Probleme zum Schiff bringen könnten.

Doch dann ertönte die Warnsirene, und die *Braz* brach los.

8

KAPITEL ACHT

DIE SIRENE BEREITETE Emily sofort Kopfschmerzen und sie konnte kaum verstehen, was Oz sagte. *Bei Braznons Eingeweiden?* Das klang schmutzig. Sie hätte gefragt, was er damit meinte, aber er hatte sich im Handumdrehen von ihrem höflichen Gastgeber in einen außerirdischen Krieger verwandelt.

War da ein Feuer? Ein Tornado? Wurden sie angegriffen?

Sie behielt ihre Fragen für sich und sprang auf, bereit, das zu tun, was Oz ihr befahl. Sie war sich nicht sicher, ob sie dem Mann völlig vertraute, aber er war derjenige mit den elektrischen Flügeln und Reißzähnen, der sie beschützen sollte. Für den Moment reichte das.

„Weg von den Fenstern", blaffte Oz, und Emily sprang zurück. Er befolgte seinen eigenen Rat nicht, sondern hockte sich hin und spähte hinaus, um sich selbst nicht zu einem großen Ziel zu machen. „*Verpunte Braz*", rief er. Und ja, das war *eindeutig* außerirdisches Fluchen. Warum hatte ihr Übersetzer das nicht hinbekommen? Damit konnte sie sich später befassen.

Er stolperte vom Fenster zurück und betrachtete sie von Kopf bis Fuß. Zuvor war sein Blick feurig gewesen, aber jetzt war da keine Lust mehr. Nur Taxierung. Er nickte einmal. „Schuhe an. Gut so. Wir müssen los."

„Was ist hier los?" Emily würde tun, was sie tun musste, um zu überleben, aber sie konnte es nicht im Stillen tun.

„Sie führen Durchsuchungen durch", sagte Oz, bewegte sich schnell und hob Dinge auf, die nicht allzu wichtig zu sein schienen. Er stopfte sie in eine Tasche und warf sie sich über. „Komm schon, wir schaffen es bis zum ... *Verpunt*. Solan hat den Shuttle."

Ja, das hatte er.

„Hat uns das verraten?" Vielleicht war es nicht der richtige Zeitpunkt, das zu fragen.

Aber Oz zuckte nur mit den Schultern. „Darüber können wir uns jetzt keine Gedanken machen." Er schnappte sich etwas anderes von der Theke und steckte es in seine Taschen. „In der unteren Etage steht ein Fahrzeug, das wir benutzen können. Wir können nicht fliegen, und sie könnten uns abreisen sehen, aber wir können nicht hierbleiben."

Emily bedauerte es, dass sie freiwillig geblieben ist.

Es war ihr nicht in den Sinn gekommen, dass so etwas passieren könnte. Vielleicht hätte sie daran denken sollen. Sie waren auf der Flucht vor der Forschungseinrichtung, und anscheinend mochten diese Außerirdischen die Menschen nicht so sehr. Zu Hause hatte sie nicht einmal einen Strafzettel bekommen, und jetzt war sie auf der Flucht vor außerirdischen Soldaten. Was war nur aus ihrem Leben geworden? „Worauf warten wir noch?" Der Drang, sich zu bewegen, floss in ihren Adern. Sie wollte nicht, dass die Apsyns sie in die Finger bekamen. Sie wollte nicht zurück an diesen schrecklichen Ort, wo man sie wie eine Laborratte behandelte. Sie wollte nicht als wissenschaftliches Experiment von jemandem sterben.

Oz warf einen letzten Blick in den Raum und sie gingen zur Tür. Die Nacht schien friedlich zu sein. Der Alarm hatte aufgehört, und obwohl Emily die Geräusche von Fahrzeugen hören konnte, konnte sie so tun, als wären es keine bösen Außerirdischen, die durch die Nacht rasten, um sie zu holen. Aber wenn sie es zu lange vorgab, würde sie getötet werden. Und sie hatte nicht vor, heute zu sterben.

Sie wusste nicht, wo die *untere Etage* war. Die Wohnung lag direkt an der Straße und es gab keinen offensichtlichen Eingang zu einer unteren Etage. Sie hatte nicht einmal bemerkt, dass sie einen Zugang zum Dach hatten, bis sie Lena hinauftragen mussten, aber es schien, dass das Gebäude seine eigenen Geheimnisse hatte. Oz bewegte sich schnell zu einer verborgenen Tür, die Emily nie bemerkt hätte. Er öffnete sie mit einer Handbewegung und eine schmale Treppe führte hinunter in die Dunkelheit.

„Kein Licht?", fragte sie. Sie konnte nichts sehen, aber sie konnte sich vorstellen, dass auf diesem fremden Planeten alle möglichen Monster im Keller lauerten.

„Sie könnten es sehen", flüsterte Oz. „Hier." Energie knisterte, und sie drehte sich um, um zu sehen, wie sich seine prächtigen Flügel über ihrem Kopf ausbreiteten und den Weg nach draußen beleuchteten.

Emily wollte sie so gerne anfassen, dass ihr die Hände wehtaten. Aber sie hatte gesehen, welche Zerstörung Flügel wie diese anrichten konnten, und sie wollte nicht zulassen, dass ihre Neugier sie noch stärker verletzte. Die Metalltreppe knallte und klapperte, als sie die Stufen zur Garage hinunterliefen. Es gab ein paar Fahrzeuge, aber Oz ging an allen vorbei, bis er zu etwas kam, das im Grunde wie ein Motorrad aussah. Die Räder sahen anders aus, solide auf eine Art, die Gummi nicht bieten konnte, und es schimmerte mit einem inneren Leuchten. Aber es bot genug Platz für zwei Personen, um rittlings darauf zu sitzen. Emily wollte gerade hinter Oz aufsteigen, als er ihr ein Zeichen gab, zuerst aufzusteigen.

„Erwartest du, dass ich das Ding fahre?", fragte sie.

Zu Hause hatte sie noch nie auf einem Motorrad gesessen.

„Ich kann die Steuerung übernehmen, aber ich muss hinter dir sitzen, um meine Flügel zu benutzen." Er schenkte ihr ein ermutigendes Lächeln.

Emily schloss ihre Augen, atmete tief ein und sprach ein kurzes Gebet. Als sie sie wieder öffnete, war kein riesiger gepanzerter Lastwagen auf magische Weise aufgetaucht, also kletterte sie auf das eigenartige Motorrad und beschloss, darauf zu vertrauen, dass Oz alles tun würde, um sie in Sicherheit zu bringen.

Er winkte mit den Händen vor den Bedienelementen, und alles erschien vor ihr wie ein Hologramm. „Halt dich an dieser Stange fest", sagte er zu ihr, während sein Atem an ihrem Ohr vorbeirauschte.

Ein Schauer durchlief ihren Körper, und eine Gänsehaut machte sich auf ihren Armen breit. Zum Glück waren sie von ihrer Jacke bedeckt. Sie wollte nicht, dass Oz bemerkte, welche Wirkung er auf sie hatte. Sie konnte nicht zulassen, dass sie sich für einem Außerirdischen interessierte. Sie musste sich darauf konzentrieren, nach Hause zu kommen.

Aber sie lehnte sich trotzdem an die Wärme seines Körpers.

Aus Sicherheit.

Und für die Wärme.

Ja, genau.

Sie versuchte zu verstehen, wie die Steuerung funktionierte, aber all die Symbolen waren ihr unbekannt. „Sollte es keinen Lenker oder so etwas geben? Wie lenkt man?" *So viel* wusste sie über Motorräder, und die Stange, an der sie sich festhielt, war fest verankert.

Sein Atem streifte sie erneut. „Die Lenker sind an der Seite des Motorrads. Unser Körper sagt, wohin es gehen soll."

Das klang kompliziert, aber Emily hatte nicht vor, zu widersprechen. Er schien zu wissen, was er tat.

Das hoffte sie zumindest.

Etwas krachte über ihr, und sie hörte hämmernde Schritte. „Sie sind hier", ihre Worte waren kaum mehr als ein Hauchen.

Oz startete das Motorrad und sie fuhren los.

Verpunte Patrouillen. Wie hatten sie sie so schnell gefunden? Solan war ein besserer Pilot als sie; er wusste, wie er sie zur *Braz* vom Planeten wegbringen konnte, ohne die Sicherheit zu alarmieren.

Er konnte Solan später verfluchen. Im Moment hatte er seine Arme um Emily geschlungen und musste unbemerkt durch die Stadt kommen. Im letzten Moment reichte er ihr einen Helm und wartete, dass sie ihn aufsetze. Seine Flügel konnten ihn vor den meisten

Verletzungen schützen, aber es war schwierig, jemand anderen zu schützen, und sie würde weniger wahrscheinlich als Mensch identifiziert werden, wenn sie den Helm trug. Sicher, sie hatte keine Flügel, aber es war ja nicht so, dass jeder Zulir seine ständig ausbreitete.

Oz wollte seine eigenen um das Motorrad wickeln, um alles abzuwehren, was die Patrouille auf sie schoss, aber er zog sie wieder ein. Die hellen, wirbelnden elektrischen Farben würden wie ein Leuchtfeuer aussehen, und sie mussten sich so lange wie möglich verstecken.

Mit einem Fahrzeug gab es nur einen Weg aus der Garage, und die Patrouille hatte sicher jemanden in der Nähe der Tür positioniert. Oz hielt sich an Emily fest und trieb das Motorrad voran. Wenn sie schnell genug waren, würden sie die Patrouille schnell abhängen.

Und er liebte es, zu fahren.

Sie brausten durch die Garageneinfahrt, und er hatte kaum Zeit zu sehen, wie der erste Streifenpolizist ihm signalisierte, dass er anhalten sollte. Oz ignorierte es und raste die Straße hinunter, wobei er seinen Körper zur Seite lehnte und das Motorrad die schmale Fahrbahn hinunterführte. Das Fahrzeug wurde zu einer Verlängerung ihrer beider Körper. Einen Moment lang hatte er befürchtet, dass sie sich gegen die Steuerung wehren würde, aber sie lehnte sich an ihn und ließ sich von ihm führen. Aber es war mehr als das. Sie ergab sich ihm nicht, sie bewegte sich *mit* ihm, als wüsste sie, was er tat, noch bevor er sich entschied.

Sie konnte unmöglich wissen, wohin er fahren würde. *Er* hatte sich noch für keinen Weg entschieden, und sie kannte die Stadt nicht. Aber eine Kurve nach der anderen fuhr sie mit ihm, ließ das Motorrad zu einem Teil von ihr werden, und sie tanzten gemeinsam, während sie fuhren.

Es wäre perfekt gewesen, vielleicht sogar romantisch, wenn da nicht das Geräusch von Fahrzeugen gewesen wäre, die sie mit heulenden Sirenen verfolgten. Bald würden es mehr als nur Sirenen sein. Blaster, Kugeln, Blitze aus ihren Flügeln. Es hing alles davon ab, *warum* die Patrouille hinter ihnen her war. Hatten sie den Verdacht, dass er ein Synnr war? Wussten sie, dass Emily ein Mensch war? Oder handelte es sich nur um eine zufällige Patrouille, die Glück gehabt hatte?

Sie hatten keine Zeit, anzuhalten und zu fragen, und Oz konnte es sowieso egal sein. Wenn sie sie in die Finger bekämen, wäre es aus mit Emily und vielleicht auch mit ihm. Das konnte er nicht zulassen.

Eine scharfe Kurve ließ ihn und Emily fast über den Boden schrammen, als sie eine Gasse hinunter rasten, die fast zu schmal war, um sie aufzunehmen. Er dachte, sie hätten Glück gehabt, dass sie es geschafft hatten, die Streife abzuschütteln, aber als er auf eine andere Straße zurückkehrte, wartete einer der Streifenwagen dort.

Verpunt.

Sie mussten weiterfahren. Weiter Ausweichen. Er bewegte sich perfekt mit dem Menschen in seinen Armen.

Und dann machte die Patrouille ernst.

Der erste Schuss ging weit an ihnen vorbei und traf das Fenster eines nahe gelegenen Gebäudes. Es war eine Warnung. Sie würden sich nicht lange auf ihre Blaster verlassen. Die Waffen konnten wehtun, wenn man getroffen wurden, aber sie waren normalerweise nicht tödlich. Das blieb den Projektilen und den Blitzen vorbehalten.

Der zweite Blasterschuss hätte sie getroffen, wenn Emily das Motorrad nicht zur Seite geschleudert hätte. Die Patrouille war fest entschlossen, sie aufzuhalten.

Oz breitete seine Flügel aus.

Energie knisterte in seinen Adern, als er spürte, wie die Blitze durch seinen Körper flossen. Er spürte eine plötzliche Freiheit, die er nicht ganz erklären konnte. Die Flügel wogen nichts, und doch spürte er, wie sie in der Luft flatterten, bereit zuzuschlagen, bereit, sie abzuschirmen, bereit zu fliegen.

Er absorbierte die nächsten Blasterschüsse und lenkte das Motorrad auf eine der Straßen, die sie aus der Stadt herausführen würden. Das Land um Vanen war unbarmherzig, aber es gab Unterschlupfmöglichkeiten, und wenn sie die Patrouille abhängen konnten, würden sie sich verstecken können. Er wollte nicht in der Stadt festsitzen, wo die Patrouille über fast unbegrenzte Ressourcen verfügen würde.

Sie brauchten nur ein bisschen Platz. Ein bisschen mehr Tempo. Sie konnten das schaffen.

Er musste Emily in Sicherheit bringen.

Weitere Explosionen schossen hinter ihnen her und Oz breitete seine Flügel aus, aber Emily erstarrte in seinen Armen, ihr Körper war steif wie ein Brett. Sie entspannte sich schnell wieder und er hatte keine Zeit, nachzusehen, was passiert war. War sie getroffen worden? War es etwas anderes?

Sie mussten von hier weg.

Und zwar sofort.

Er konzentrierte sich ganz darauf, und Emily machte es ihm nach. Sie bekamen den Abstand, den er brauchte, und als eine Ausfahrt auf die örtliche Autobahn kam, fuhr Oz daran vorbei und ließ die Streifenwagen vorbeifahren, bevor er sein Motorrad zum Stehen brachte, sich umdrehte und die Rampe hochfuhr.

Keiner der Wachen hatte ein Motorrad wie seins, also hatten sie nicht die gleiche Manövrierfähigkeit, und das brachte ihm fast eine Minute ein. Gerade genug Zeit, um Abstand zwischen sie zu bringen und die Straße in die Sicherheit hinunterzurasen.

Na ja, relative Sicherheit.

Sie ließen das Motorrad so schnell wie möglich

stehen und er stahl ein anderes Fahrzeug, diesmal mit zwei Sitzen und Türen. Er nahm sich die Zeit, das Ortungssystem des Fahrzeugs herauszuholen.

Emily ging steif zur Tür und stieg ein, als Oz fertig war. „Alles in Ordnung?", fragte er. Er brachte sie zurück auf die Straße und wünschte, er könnte das Autonav nutzen, aber es war mit dem Fahrzeugortungssystem verbunden und würde ohne dieses nicht funktionieren.

Emily nickte. „Mach dir keine Sorgen um mich, bring uns einfach hier weg."

„Ich bin gut im Multitasking", versicherte Oz ihr. Aber sie redete, sie atmete gleichmäßig. Sie *sah* nicht ernsthaft verletzt aus, also musste er darauf vertrauen, dass es warten konnte.

Die Patrouille fand sie nicht wieder. Der Highway führte sie aus der Stadt hinaus, und Oz suchte in kleineren Straßen Schutz. Er überlegte, ob er das Auto noch einmal stehen lassen sollte, aber wenn sie nicht in eines der kleinen Dörfer fuhren und ein anderes klauten, hätten sie keine Möglichkeit, zurückzukommen, und er wollte nicht noch mehr Aufmerksamkeit auf sich ziehen. Noch nicht. Nicht, wenn sie eine andere Wahl hatten.

Also blieb nur noch eine Frage übrig.

„Du siehst aus, als würdest du zu viel nachdenken", sagte Emily.

Oz schenkte ihr ein Grinsen, wobei etwas von der

Anspannung von ihm abfiel. „Ich habe genug Credits, die nicht nachverfolgbar sind, um ein Zimmer in einem der Gasthöfe an der Straße zu mieten. Die stellen keine Fragen, da ihre Kundschaft …“

„Stundenweise mietet?“, fragte sie.

Oz runzelte die Stirn, „Ich bin mir nicht sicher, was das bedeutet.“

„Prostitution? Oder andere zwielichtige Geschäfte?“

War das auf der Erde üblich? Er hatte Geschichten über den Planeten gehört, aber sie handelten von der Erforschung und Technologie, von den großen Taten der Menschen. Nichts … Zwielichtiges. Er hatte sich gefragt, ob die Menschen, die von der Erde kamen, anders sein würden als die, die er kennengelernt hatte, ob sie unmöglich hohe Standards hätten oder von den dunklen Seiten der Gesellschaft der Zulir entsetzt wären. Aber es schien, dass die Menschen ihre eigenen Probleme hatten.

„So etwas in der Art“, sagte er, „aber ich bin mir ziemlich sicher, dass wir es für die ganze Nacht mieten müssen. Unsere andere Möglichkeit ist, im Fahrzeug zu schlafen.“

Emily sah sich um und seufzte. „Ich habe das Gefühl, dass es sicherer ist, Menschen zu meiden, nicht wahr? Ich bin sicher, wir kommen zurecht. Und so kalt ist es draußen auch nicht. Wir können immer unter den Sternen schlafen. Die Leute denken, dass Zelten aus irgendeinem Grund Spaß macht. Vielleicht habe ich etwas verpasst."

Diese Frau. Diese wunderbare Frau.

Oz hielt den Wagen an und wandte sich ihr zu. „Du bist ..."

Was auch immer er sagen wollte, ging verloren, als sie sich zu ihm beugte und ihre Lippen auf seine presste.

9

KAPITEL NEUN

SIE HATTE IHN GEKÜSST.

Sie hätte ihn nicht küssen dürfen.

Ups.

Nein, Unsinn. Es war *großartig*.

Emily umklammerte die Seiten von Oz' Gesicht, damit er sich nicht zurückziehen konnte, ein wenig verzweifelt, um sich festzuhalten. Und als sich sein Mund unter ihrem öffnete, stöhnte sie auf. Er ließ sich von ihr führen, ließ sie erforschen und schmecken und alles mit ihm machen, was sie wollte. Eine halbe Sekunde lang hatte sie Angst, sich an seinen Reißzähnen zu schneiden, aber es stellte sich heraus, dass sie nicht ganz so scharf waren, wie sie aussahen. Sie konnte die Schmerzen in ihrem Körper und den Schmerz, der aus ihrer Wade aufstieg, ignorieren. Sie wollte über das Auto klettern und sich auf ihn setzen, um ihn dann die ganze Nacht zu küssen, bis sie vergessen hatte, wie es war, ihn *nicht* zu küssen.

Dieser Drang hatte sie plötzlich gepackt. Nein, das war eine Lüge. Die gemeinsame Fahrt auf dem Motorrad war eine Offenbarung gewesen. Noch nie war ihr Körper so im Einklang mit einem anderen gewesen. Er hatte ihr nicht gesagt, wann sie sich bewegen sollte, sie hatte es einfach *gewusst*, und sie waren Wachen ausgewichen, durch die Straßen gerast, und das alles, ohne zu reden. Das hatten sie auch nicht nötig.

Ihn zu küssen war nur eine Erweiterung davon.

Sie waren am Leben.

Sie waren am Leben!

Gott, Oz schmeckte so gut.

Er war derjenige, der sich zurückzog, und nach einer Sekunde ließ Emily ihn los, auch wenn er sein Gesicht aus ihren Händen ziehen musste.

Elektrizität schien in seinen Augen zu knistern, und sie wollte, dass er seine Flügel ausbreitete und sie um sie schlang. Sie wollte ihn *ganz und gar* spüren.

Ihre Freunde hatten schon früher über Anziehung gesprochen, hatten über die Männer und Frauen gesprochen, die sie wollten, und Emily hatte es nie ganz verstanden. Sicher, sie sah, dass Menschen attraktiv waren. Sie verstand es in einem akademischen Sinne.

Aber was sie für Oz empfand, war alles andere als akademisch.

Sie konnte ihn in ihrem Blut spüren.

Oz leckte sich über die Lippen und Emily hätte sich fast auf ihn gestürzt.

Okay, sie war verrückt geworden.

Aber sie wollte nicht normal sein.

Oz atmete tief ein, griff nach ihrer Hand und berührte sie mit den Lippen. „Ich weiß nicht, wie es bei Menschen ist, aber für einen Zulir bedeutet das etwas. Wir küssen nicht einfach irgendwen."

Emilys Herz machte einen Sprung. Er sah sie so intensiv an, als könne er in ihre Seele blicken. Was wollte er von ihr hören? Sie war sich nicht sicher, was er meinte. Sie wusste, dass sie ihn wieder küssen wollte, auf ihn klettern wollte, bis sie nicht mehr wusste, wo er aufhörte, und sie anfing. Sie wollte mehr. Sie wollte, dass er sie so ansah, wie er sie jetzt ansah, als wäre sie etwas Besonderes, als könnte er den Blick nicht abwenden. Aber es war nicht so, dass sie bereit war, ihm ihre Liebe zu erklären oder so. Es war ein Kuss, kein Antrag.

Aber sie konnte ihn nicht hängen lassen. „Es bedeutet mir auch etwas", sagte sie. „Ich bin mir nicht sicher, was. Aber irgendetwas." Und dann zwang sie sich, wegzuschauen. Wenn sie es nicht tat, würde sie ihm die Kleider vom Leib reißen und sich mit ihm am Straßenrand vergnügen. Und sie wollte nicht ihr erstes Mal auf dem Beifahrersitz eines außerirdischen Autos auf einem außerirdischen Planeten erleben, nachdem sie vor einer außerirdischen Polizei geflohen war.

Emily ließ sich nach vorne sinken. *Das* brachte sie zurück auf die Erde. Oder, naja, eigentlich nach Kilrym.

Sie spürte, wie Oz sich bewegte, aber sie schaute nicht zu ihm hinüber. Sie traute sich selbst nicht. Entweder würde sie sich auf ihn stürzen und sie wären wieder da, wo sie waren, oder sie würde in Tränen ausbrechen. Das eine klang viel besser als das andere, aber sie konnte keines von beidem tun.

„Ein Kuss ...", unterbrach er sich und Emily weigerte sich immer noch, ihn anzusehen. „Lass uns ein Lager aufschlagen", sagte er stattdessen.

Sie wollte fragen, was er fast gesagt hätte, aber sie hielt die Frage zurück. Zwischen ihnen würde sich nichts entwickeln. Das konnte es nicht. Sie gehörten auf verschiedene Planeten. Diese ganze Sache war ein verwirrender Albtraum, und sie wollte einfach nur, dass es vorbei war.

Er ließ den Wagen wieder an und Emily blieb ruhig. Schließlich lenkte er sie auf eine Straße und dann auf eine andere, bevor er einen Feldweg fand, der sie noch weiter von der Hauptstraße wegführte. Emily hatte die Orientierung verloren, sobald sie die Wohnung verlassen hatten, aber jetzt gab es absolut keine Hoffnung mehr, den Weg zurück in die Zivilisation zu finden. Wenn Oz sie aussetzen wollte ...

Aber sie wusste, dass er das nicht tun würde. Er hätte sie der Patrouille in der Stadt überlassen können, wenn er sie hätte loswerden wollen. Stattdessen hatte er sein Leben und seinen Auftrag riskiert, um sie zu beschützen.

Sie war in Gefahr. Ihr Körper durch die Dinge, die die Apsyns ihm antun wollten, und ihr Herz durch den beschützerischen Synnr-Krieger, der teuflisch gut küsste.

Als sie schließlich anhielten, hatte sie das Zeitgefühl verloren, und die Erschöpfung drohte sie zu überwältigen. Es war ihr egal, dass sie draußen waren. So kalt war es nicht. Sie würde es überleben.

„Überprüf die Lagereinheit auf Vorräte", wies er sie an, während er seinen Sicherheitsgurt abschnallte und ausstieg.

Emily suchte vor sich nach allem, was ein Stauraum sein könnte, aber dies war kein menschliches Auto. Es gab weder ein Handschuhfach noch eine Mittelkonsole. Sie fing an, gegen beliebige Oberflächen zu drücken, in der Hoffnung, dass sie vielleicht etwas auslösen würde. Dann schaute sie nach hinten. Hinter den Sitzen gab es einen kleinen Raum, aber er war leer. Gab es einen Kofferraum? War es das, was er meinte?

Er klopfte an ihr Fenster und warf ihr einen verwirrten Blick zu. „Ist alles in Ordnung?", fragte er, seine Stimme gedämpft durch das Glas.

Emily öffnete die Tür und stieg aus dem Auto aus. „Natürlich", sagte sie und versuchte, zuversichtlich zu klingen. Sie wollte, dass er glaubte, sie könne ihr eigenes Ding durchziehen, auch wenn sie ins kalte Wasser geworfen wurde.

„Die Lagereinheit." Er nickte in Richtung des hinteren Teils des Fahrzeugs, wo sie einen Kofferraum erwartet hätte.

Emily ging nach hinten, so wie sie es die ganze Zeit über vorgehabt hatte. Oder sie hätte es getan, wenn ihr Bein nicht plötzlich beschlossen hätte, dass das, womit es vorhin getroffen worden war, genug Schaden angerichtet hatte, um sie dafür bezahlen zu lassen. Sie stolperte und fing sich an der Seite des Wagens ab, unterdrückte einen Aufschrei und biss sich auf die Zunge.

Bevor sie wieder auf die Beine kommen konnte, war Oz schon da, hob sie hoch, als würde sie nichts wiegen - und mit den Muskeln eines ganzen Lebens als Turnerin war sie tatsächlich schwerer, als sie aussah - und trug sie zurück zu ihrem Sitz. Er setzte sie sanft ab und fuhr mit den Fingern über ihr Hosenbein.

Emily konnte sich ein scherzhaftes Zischen nicht unterdrücken.

Seine Finger wurden von ihrem Blut getränkt.

Oz wich zurück, als er es sah, und seine eigene Hand schlug gegen die Seite der Tür, was eine eigene Wunde mit sich brachte. Emily hätte das nicht lustig finden sollen. Im Gegenteil. Sie *blutete*. Und das wohl schon seit einiger Zeit. Vielleicht war es der Blutverlust, der sie ein wenig durchdrehen ließ. „Tut mir leid", keuchte sie, um ein Lachen zu unterdrücken, und dann griff sie, ohne nachzudenken nach seiner verwundeten Hand.

Ihr Blut berührte sich.

Und hinter ihren Augen explodierte alles in Weiß.

Oz' Finger schlossen sich um Emilys Hand, als die Erkenntnis in ihm aufblühte.

Eine Schicksalsgefährtin.

Emily war eine Schicksalsgefährtin.

Für ihn.

Er betrachtete ihr Blut, das mit seinem verschmiert war. Ohne nachzudenken, breiteten sich seine Flügel aus, größer als er sie je zuvor gespürt hatte. Er konnte fühlen, wie die Energie in Emily pulsierte, und er war sicher, dass er sie mit seiner eigenen vereinen konnte, wenn er die Hand ausstreckte. War das ein schwacher Umriss von Flügeln hinter ihr? Wie würden sie aussehen?

Sein Blut zischte voller Kraft die sich zwischen

ihnen aufbaute. Er hatte sich von verpaarten Leuten erzählen lassen, wie es war, aber bis jetzt hatte er es nie verstanden. Nichts hätte ihn auf *das hier* vorbereiten können.

Der Boden schien sich unter seinen Füßen zu verschieben, eine Neuausrichtung von allem, was er zu wissen glaubte. Er hatte von Anfang an gewusst, dass mit Emily etwas nicht stimmte, aber er hatte sich nie vorstellen können, dass es *so etwas* sein könnte. Verpaarungen waren unter den Zulir selten genug, und noch seltener bei fremden Rassen.

Hatten die Apsyns es gewusst?

Emily zog ihre Hand zurück, und die Verbindung zwischen ihnen riss ab. Und doch nicht ganz. Sie waren nicht verbunden, sie konnten die Kraft des anderen nicht abrufen oder sich gegenseitig verstärken, aber er konnte ihr Flüstern in seinem Blut spüren, ihren Geist, der in seinen Adern sang.

„Was zum *Teufel*?" Emily presste ihre Hand an die Brust, ihre grauen Augen waren weit aufgerissen, und ihr Atem ging schnell.

Er versuchte, sich einzureden, dass es keine Ablehnung war. Emily wusste nicht, wie sich ein Schicksalsgefährte anfühlte, wie sollte sie auch? Aber die Angst, die er in ihren Augen sah, machte ihm Angst. Sie konnte nicht weglaufen. Nicht nur, weil es nicht sicher war, da die Patrouillen sicher immer noch nach ihnen suchten.

Er durfte sie nicht verlieren.

Nicht dieses Mal.

„Weißt du noch, was ich über Verpaarungen gesagt habe?", fragte er. Er konnte ihr die Wahrheit *nicht* vorenthalten, nicht, dass ihm das überhaupt in den Sinn gekommen wäre. Das könnte alles ändern. Wenn er nur einen Weg finden könnte, Emily dazu zu bringen, sich für ihn zu entscheiden.

Ihre Zunge schoss heraus, um ihre Lippen zu befeuchten, und Oz' Schwanz zuckte. Jetzt war nicht der richtige Zeitpunkt. Aber ihr Geschmack hatte sich in sein Gedächtnis eingeprägt und er würde ihn für den Rest seiner Tage mit sich tragen. Er wollte mehr.

Nach einem langen Moment nickte Emily. Sie ließ ihre Hände an die Seiten fallen, griff aber nicht mehr nach ihm. Er konnte es ihr nicht wirklich verübeln.

„Wir sind Schicksalsgefährten", sagte er. Er versuchte, seine Stimme sachlich zu halten, versuchte zu verbergen, wie viel das bedeuten konnte. Sie durfte nicht wissen, wie viel ihm das bedeutete. Nicht, wenn er wollte, dass sie einen kühlen Kopf bewahrte. „Blut-zu-Blut-Kontakt ist der Weg, es zu erkennen. Das gerade war das Aufflackern unserer Verpaarung, die uns sagte, dass wir uns verbinden können."

Sie ließ die Schultern sinken und drehte sich um. Als sie zurückblickte, war ihr Blick ausdruckslos. „Also habe ich jetzt Flügel? Wo sind sie?" Sie streckte die Hand aus, bevor sie sie fallen ließ, und Oz bemerkte, dass seine Flügel immer noch ausgebreitet waren. Er wollte sie nicht einziehen, vor allem nicht, als er sah, wie sie ihre Augen immer wieder darüber wandern ließ. Es gefiel ihm. Er wollte mehr.

„Nein, das willst du nicht." Als ihre Schultern sanken, fügte er hinzu: „Noch nicht. Dazu müssten wir uns erst einmal verbinden."

„Ich dachte, du hast gesagt, wir wären es bereits?" Sie sah verwirrt aus.

Vielleicht war das alles verwirrend für einen Menschen. Für Oz machte es durchaus Sinn, aber er wusste das schon sein ganzes Leben lang. „Die Verpaarung flackert auf und sagte uns, dass wir das Potenzial haben, uns zu verbinden. Aber wir müssen die bewusste Entscheidung treffen, die Bindung zu vollenden."

„Hat das etwas mit Sex zu tun?", fragte sie in einem seltsamen Tonfall.

Ein Lachen brach aus Oz hervor. „Bei *Braznons Eingeweiden,* nein!"

„Oh." Sie blickte zu Boden und ihre Wangen färbten sich rot.

Oz hätte sich ohrfeigen können. Er lehnte sich dicht an sie heran, umfasste mit seiner sauberen Hand ihre Wange und hob ihr Gesicht an. Er wollte sie verschlingen, aber er entschied sich für etwas, das er einmal bei

Menschen gesehen hatte. Er drückte seine Lippen auf ihre Stirn und zog sich dann zurück, wobei er ihr Gesicht noch immer festhielt. „Die Beziehung zwischen Schicksalsgefährten hat oft ein romantisches Element, aber das ist keine Voraussetzung. Wenn so etwas zwischen uns passiert, möchte ich, dass du weißt, dass ich dich wollte, lange bevor es einen Hinweis auf eine Verpaarung gab. Du bist eine erstaunliche Frau, Emily."

Ihre Wangen wurden noch röter und ihre Pupillen weiteten sich, bis das Schwarz den größten Teil des Graus zu verschlucken schien. „Wirklich?" Selbst wenn er so dicht neben ihr hockte, wie er es tat, konnte er das gehauchte Wort kaum verstehen.

„Wirklich", versprach er. Aber wenn er nicht zurückwich, würde er sie wieder küssen, und sie würden dieses Gespräch nie hinter sich bringen. Er holte tief Luft und fuhr fort. „Die Verbindung wird vollendet, wenn wir die Kraft des anderen herbeirufen und sie als unsere eigene nutzen."

„Wie?" Sie stieß sich von ihrem Sitz hoch und humpelte an ihm vorbei. „Ich kann nicht länger sitzen bleiben." Sie humpelte ein paar Schritte, bevor sie sich gegen das Fahrzeug lehnte.

Oz wollte darauf bestehen, dass sie verletzt war, aber es gab keine Anzeichen von Schmerz in ihrem Gesicht. Entweder war sie sehr gut darin, es zu verbergen, oder die Verletzung war nicht so schlimm, wie sie aussah. Und er konnte verstehen, dass sie das klaustrophobische Gefühl des Eingeschlossenseins während dieses Gesprächs nicht wollte. „Ich weiß nicht, wie sich das für einen Menschen anfühlen muss", gab er zu. „Ich kenne zwar verpaarte Menschen, aber darüber haben wir nie gesprochen. Ich kann dich ihnen vorstellen, wenn wir in Osais sind."

Sie öffnete den Mund und schloss ihn wieder, und Oz' wurde flau im Magen. Sie wollte sagen, dass sie zurück zur Erde wollte. Er musste ihr die Wahrheit sagen. Aber als er es versuchte, merkte er, dass er es nicht konnte. Noch nicht.

„Ich kann diese *Präsenz* in mir spüren, etwas, das Funken sprüht und darum bettelt, benutzt zu werden, aber es ist nicht meine eigene. Und es ist nicht wie meine Kraft. Sie hat einen ... Schutz um sie herum. Ich muss bewusst danach greifen, um sie zu nutzen. Das bist du, unsere Verbindung. Und ich denke, wenn ich diese Kraft nutze und du dasselbe für die Kraft tust, die in dir sein muss, würde dieser Schutz verschwinden und wir wären verbunden. Unser Potenzial würde durch uns beide fließen und wir würden unsere Kräfte gegenseitig verstärken. Und du hättest Flügel." Er konnte sehen, wie ihre Augen aufleuchteten, und es fühlte sich fast falsch an, sie auf diese Weise zu verführen. Aber wenn sie in Osais bleiben *wollte*, würde es vielleicht nicht so schmerzhaft sein, wenn sie herausfand, dass sie keine andere Wahl hatte.

Emily schloss die Augen und lehnte den Kopf zurück. Einen Moment später öffnete sie sie wieder. „Ja, ich glaube, ich kann etwas spüren. Ist es seltsam zu sagen, dass es irgendwie kitzelt?"

Tut es das? Oz war sich nicht sicher, ob er genau dieselben Worte benutzen würde, aber vielleicht gab es ein leichtes Unbehagen. Aber das Wissen, was es sein könnte, war zu groß, als dass es ihn interessierte.

„Wie geht es deinem Bein?", fragte er.

Emilys Gesicht verzog sich, dann blickte sie nach unten, wo ihr Hosenbein aufgerissen und die Haut rot gefärbt war. „Ich glaube, die Blutung hat aufgehört. Es ist eher nervig als alles andere. Hast du etwas, womit ich es reinigen kann?"

Er wollte ihr anbieten, sich darum zu kümmern, aber Emily war noch ein paar Zentimeter von ihm weggerückt und schien stumm zu schreien, dass sie etwas Zeit für sich haben wollte. Er öffnete den Verbandskasten, nahm einige Dinge heraus und reichte sie ihr. „Verbandszeug und Reinigungslösung." Und dann griff er nach einem kleinen blauen Fläschchen. „Heilende Creme. Sollte helfen, die Wunde vollständig zu schließen."

„Danke." Sie nahm die Sachen an sich, wobei sie darauf achtete, ihn nicht zu berühren. „Ich werde mich waschen und dir dann helfen, das Lager aufzubauen."

Das war nicht nötig, aber sie ging weg, bevor Oz etwas anderes sagen konnte.

Sein Herz war schwer und gleichzeitig zum Bersten voll. Er hatte seine Schicksalsgefährtin gefunden.

Aber wie konnte er sie behalten?

KAPITEL ZEHN

EMILY RISS sich schließlich das halbe Hosenbein ab, um ihre Wunde zu reinigen. Es sah schlimm aus. Es fühlte sich noch schlimmer an. Und sie hatte bereits ihr Shirt und ihre Jacke durchgeschwitzt, weil sie Schmerzen hatte. Sie wusste nicht, ob sie in der Lage gewesen wäre, ohne zu weinen zu laufen, wenn sie nicht jahrzehntelange Übung darin gehabt hätte, Schmerzen zu unterdrücken. Der blöde Schnitt war eine oberflächliche Verletzung. Es tat höllisch weh, aber nichts, womit sie nicht zurechtkommen würde.

Sie konnte ihr Keuchen nicht unterdrücken, als sie mit dem Reinigungspad darüber fuhr und sich fragte, ob da irgendein außerirdisches Desinfektionsmittel drauf war. Es brannte. Aber als sie die heilende Creme auf die wütende rote Haut auftrug, spürte sie sofort ein kühlendes, beruhigendes Gefühl. Neosporin auf Steroiden. Immer her damit.

Sie wickelte den Verband um ihr Bein und sah sich dann ihre Kratzer an. Sie hatte nicht vor, sich zu verausgaben, aber der Weg zurück zum Fahrzeug erschien ihr so weit. Emily gab sich zwei Minuten Zeit, um sich auszuruhen, und dann noch einmal drei, als das nicht reichte. Als sie zum Lager zurückkehrte, hatte Oz schon alles vorbereitet. Es fehlte nur noch ein loderndes Feuer und geröstete Marshmallows, und sie wären bereit.

Natürlich würde das Feuer wahrscheinlich ihren Standort verraten, und sie bezweifelte, dass Marshmallows den Zulir bekannt waren.

Schade.

Sie fand eine kleine Tüte, in der sie ihren Müll verstauen konnte, und dann kam ihr alles, was Oz ihr gesagt hatte, wieder in dem Sinn, um sie daran zu erinnern, in was für eine verkorkste Situation sie geraten war.

Verpaart.

Was *bedeutete* das überhaupt? Sicher, sie verstand die grobe Idee dessen, was er ihr erklärt hatte. Sie hatten eine Art genetische Kompatibilität, die ihr Superkräfte verleihen würde, wenn sie sie akzeptierte. Aber was bedeutete das für ihre Zukunft? Konnte sie eine Verbindung mit Oz eingehen, wenn sie immer noch plante, zur Erde zurückzukehren? Und sollte sie ihn nach der

Logistik dafür fragen? Jedes Mal, wenn sie kurz davor war, das Thema anzusprechen, schien es, als käme etwas anderes zur Sprache.

Wollte er sie davon abhalten zu fragen?

Warum sollte er?

Wollte Emily ihn jetzt fragen?

Das brachte sie aus dem Konzept. In den letzten sechs Monaten war es ihr einziges Ziel gewesen, einen Weg zurück nach Hause zu finden. Es hatte sie durch die dunkelsten Zeiten gebracht, und sie hatte dieses Ziel benutzt, um auch andere zu motivieren. Sie hatte ein Leben zu Hause. Dort sollte ein Job auf sie warten, obwohl sie keine Ahnung hatte, ob es den nach ihrem sechsmonatigen Verschwinden noch geben würde. Aber selbst wenn nicht, machte das nichts. Sie konnte eine andere Firma finden, für die sie arbeiten konnte.

Aber wie sollte sie ihr Verschwinden erklären? ‚Von Außerirdischen entführt‘ würde weder bei der Polizei noch bei künftigen Chefs gut ankommen. Und *wenn* sie die Verbindung einging und trotzdem nach Hause ging, würde sie die dann Flügel behalten?

Was würde mit Oz geschehen?

Sie hatten sich vor einer Woche kennengelernt. Sie konnte nicht einmal daran *denken*, ihn zu bitten, mit ihr nach Hause zu kommen. Aber was wäre, wenn?

Nein, das war Unsinn.

Es spielte keine Rolle, dass er der erste Mann war,

der sie ein solches *Begehren* verspüren ließ. Eigentlich war er gar kein Mann, jedenfalls kein *Mensch*. Und doch hatte sie ihn geküsst. Und sie wollte es wieder tun.

Und er wollte sie.

Emily fröstelte, und das nicht wegen der Kälte, auch wenn diese langsam in sie eindrang.

Oz wollte sie. Nicht wegen ihrer Verpaarung oder so etwas. Er wollte *sie*.

Und es war schön, begehrt zu werden.

Hatte sie wirklich auf einen anderen Planeten reisen müssen, um herauszufinden, wie das war? Zu Hause hatte es Typen gegeben, die sie zu mögen schienen. Sie hatte sich sogar mit ein paar von ihnen verabredet. Aber als es um mehr ging, hatte etwas sie zurückgehalten. Sie hatte sie nicht *gebraucht*. Sie hatte sich nicht so gefühlt, als könnte sie keinen Atemzug mehr tun, wenn sie ihnen nicht nahe war.

Sie konnte sich vorstellen, dass sie Oz brauchte. Und das machte ihr Angst. Und es machte sie an.

Was würde sie tun, wenn sie sich in ihn verliebte und ihn dann verlassen müsste? Wie würde sie sich davon erholen?

Emily ließ ihren Kopf gegen die Karosserie des Fahrzeugs sinken und zuckte nicht einmal zusammen, als sie das kalte Metall spürte. Sie sollte sich darauf konzentrieren, nach Hause zu kommen. Sie konnte nicht zulassen, dass ein *Kerl* das alles zunichte machte. Nicht einmal, wenn er Flügel hatte und ihr versprach, was sie sein könnte, wenn sie ihn akzeptierte.

Aber er hatte sie nicht gedrängt. Wenn er sie gedrängt hätte, hätte sie sich gewehrt, und sie hätte gewusst, dass sie dann nicht innerlich so durcheinander wäre. Aber Oz hatte ihr einfach die Fakten genannt und ihr erlaubt, sich zurückzuziehen. Sie wusste, dass er derjenige war, der hier die Kontrolle hatte. Wenn er sich gegen sie wenden wollte, konnte sie nicht viel tun. Aber er schien sich mehr darum zu kümmern, dass sie sich wohlfühlte.

Verdammt!

Sogar in ihrem Kopf fühlte sich das Fluchen übertrieben an, aber sie hatte das Gefühl, dass sie noch viel geschickter im Fluchen werden würde, bevor diese ganze Sache vorbei war. Vielleicht würde sie sogar ein paar der Zulir-Ausdrücke übernehmen. Was hatte Oz noch gleich gesagt? Bei Braznons Eingeweiden? Nun, das war sehr veranschaulichend.

Sie konnte sich nicht die ganze Nacht bei dem Fahrzeug verstecken. Irgendwann würde Oz sie suchen, und sei es nur, um sicherzugehen, dass sie nicht von Bären gefressen worden war. Weltraumbären. Was auch immer das Zulir-Äquivalent zu Bären war.

Sie ging zu Oz hinüber und nahm neben ihm Platz, wobei sie nach einer der Decken griff, die er ausgebreitet hatte. „Habt ihr hier Bären?" Vielleicht sollte sie etwas anderes fragen, aber jetzt, wo es ihr in den Sinn gekommen war, fraß es sie innerlich auf. Zumal sie nicht daran denken wollte, dass Bären sie äußerlich auffressen könnten.

„Bären?", fragte er und sprach es aus, als hätte er das Wort noch nie gehört.

„Große pelzige braune Tiere? Mit Zähnen? Krallen? Fressen manchmal Wanderer?" Sie erinnerte sich an eine englische Turnerin, die entsetzt darüber war, dass man in Amerika in freier Wildbahn über Bären stolpern konnte. Damals war ihr das lustig vorgekommen, aber jetzt, wo sie an die bösartigen Tiere dachte, die im Schutz der Dunkelheit auftauchen könnten, war es nicht mehr so lustig.

„In diesem Sektor gibt es keine großen Raubtiere", versicherte er ihr. „Wir haben von der Tierwelt nichts zu befürchten."

Sie hoffte, dass das stimmte, aber sie hatte nicht vor, Oz ein Versprechen abzunehmen. Es war ja nicht so, dass er irgendeine Macht über die Weltraumbären hatte. Zumindest hätte er das inzwischen erwähnt, oder? Sie hielt sich den Mund zu, um nicht fragen zu müssen. Der Blutverlust und der Schock durch die Verpaarung hatten sie offensichtlich verrückt gemacht. Sie konnte nicht dafür verantwortlich gemacht werden, was sie jetzt sagte.

Oder tat.

Denn es wäre wirklich unklug, jetzt etwas zu *tun*.

Etwas wie auf Oz' Schoß zu klettern und ihre Arme um ihn zu schlingern. Oder seinen Mund mit ihrem eigenen zu bedecken und dort weiterzumachen, wo sie aufgehört hatten.

Das sollte sie wirklich nicht tun.

Wirklich nicht.

Sie sollte es nicht tun.

Es würde die Dinge nur noch komplizierter machen.

Und die Dinge waren schon kompliziert genug.

Und doch ertappte sie sich dabei, wie sie sich an Oz' Seite lehnte, ihren Kopf an seinen Hals schmiegte und tief durchatmete. Wie konnte er immer noch gut riechen, nach allem, was sie durchgemacht hatten?

Etwas grollte in seiner Brust. *Schnurrte* er? Es war nicht genau wie bei einer Katze, aber es war ähnlich genug. Und vielleicht hätte das seltsame Geräusch sie ablenken sollen, aber Emily ertappte sich dabei, wie sie mit einer Hand über seine Brust strich, um zu sehen, ob sie es lauter machen konnte.

Jawohl. Sie konnte es.

Sie konnte den Moment nicht genau bestimmen, in dem sie beschloss, sich zu bewegen, aber ehe sie sich versah, saß sie auf seinem Schoß, die Hände auf seinen Schultern, und sah ihn direkt an. Blitze zuckten in seinen Augen, rot und blau, wie seine Flügel. Sie wollte, dass er sie hervorholte und um sie legte, aber sie konnte sich nicht überwinden, darum zu bitten. Es fühlte sich zu intim an, auch wenn sie auf ihm saß und nur einen Atemzug davon entfernt war, ihn zu küssen. Sie konnte es nicht tun.

Das brauchte sie auch nicht.

Seine Flügel breiteten sich hinter ihm aus und schlossen sich dann vor ihr, und die Elektrizität ließ die Haare auf ihren Armen zu Berge stehen. „Darf ich sie berühren?" Sie hatte sich schon einmal kaum zurückhalten können, ein zweites Mal konnte sie es nicht tun. Nicht nach all dem, was in den letzten Stunden geschehen war. Sie war mit ihren Gefühlen überfordert und hatte keine Disziplin mehr. Sie würde sich nehmen, was sie wollte, und sie konnte sich nicht dagegen wehren. Sie wollte es auch nicht.

Aber Oz ging noch einen Schritt weiter, bewegte einen seiner Flügel und strich damit über ihren Rücken.

Emily keuchte, ihre Brustwarzen zogen sich zusammen und ihr Körper krümmte sich, wo sie saß, ihr Inneres krampfte sich vor Verlangen zusammen. „Das fühlt sich gut an", sagte sie mit einer Stimme voller Ehrfurcht. „Wie?" Es sah aus, als wäre er so tödlich wie ein stromführender Draht, aber sie wollte mehr und lehnte sich in seine Berührung.

„Wir gehören zusammen", sagte Oz, als ob das alles erklären würde.

Vielleicht tat es das auch. Sie waren auf einer unbekannten Ebene im Einklang, ihre Körper, ihr Geist, ihre

Moleküle, alle waren ausgerichtet und bereit, sich miteinander zu verbinden. Emily konnte Oz' Kraftquelle spüren, und es hätte nicht viel gefehlt, und sie hätte nach ihr gegriffen, aber sie zwang sich, sich zurückzuhalten. Sie wollte das jetzt nicht tun, nicht in der Hitze des Gefechts, nicht wenn sie nicht wusste, ob sie es rückgängig machen konnte.

Sie brauchte nicht nach seiner Kraft zu greifen, um ihn um sich herum zu spüren. Heute Nacht konnte sie *ihn* haben, ohne sich um die Verbindung zu sorgen.

Und sie wollte es.

Warum sollte sie warten?

Sie beugte sich vor und drückte ihre Lippen auf seine, der Kuss war fast sanft im Vergleich zu dem Strudel des Bedürfnisses, der in ihr aufstieg. Als sie ihn im Auto geküsst hatte, war es eine Bestätigung dafür gewesen, dass sie überlebt hatten. Dies war etwas ganz anderes. Dies war ein Versprechen auf Vergnügen. In gewisser Weise hatte sie gewusst, dass Küsse verschiedene Dinge bedeuten, aber sie hatte nicht gewusst, dass sie so spezifisch sein konnten. Aber es waren Lippen und Zungen im Spiel. Natürlich würden sie eine eigene Sprache sprechen.

Seine Flügel machten sie verrückt, sie berührten sie wie zusätzliche Arme. Und Oz schien in der Lage zu sein, sie noch weiter auszustrecken als seine Hände, Ranken seiner Macht wickelten sich um ihre Beine und bedeckten sie von Kopf bis Fuß. Es war zu viel, und doch wollte sie mehr.

Seine Hose war dick, wie etwas, das für schwere Arbeit gedacht war ... oder um die Waffen der Patrouillen abzuwehren, die sie verfolgten, aber trotz des Materials konnte sie seinen härter werdenden Schwanz spüren, der sich gegen sie drückte. Emily wippte vorwärts, suchte den Kontakt. Auch wenn sie das noch nie getan hatte, wusste ihr Körper, was er wollte.

Ihn.

„Du bist ganz begierig, was?" Es klang mehr wie ein Knurren als wie Worte, und Emily erschauderte, ihr Körper spannte sich noch mehr an. Wie konnten Menschen mit solchen Gefühlen leben? Es war schon fast schmerzhaft, und sie war sich nicht sicher, wie viel sie noch aushalten konnte.

Und er berührte sie kaum. Sie würde verrückt werden, wenn er ihr noch mehr gab.

„Du scheinst dich nicht zu beschweren", schaffte sie es, zurückzugeben. Sie wünschte, sie hätte Flügel, damit sie ihn einwickeln und ihm genau das erwidern könnte, was er ihr gab. Aber sie hatte nicht vor, jetzt nach dieser Macht zu greifen. Sie küsste ihn erneut und zerrte an seinem Shirt, um es ihm auszuziehen, wobei sie die Kälte in der Luft vergaß.

Oz zog es sich über den Kopf und grinste sie an. Emilys Herz blieb stehen. *Verdammt,* er war ein gut gebauter Mann. Seine schillernde Haut verbarg starken Muskeln, die sich unter ihren Fingern anspannten. Und Tattoos. Sie hatte nicht gewusst, dass er Tätowierungen hatte. Die Muster wirbelten und tanzten in dunklen Linien über seine Arme. Aber irgendetwas schien zu fehlen, ein Fleck unmarkierter Haut, der darauf wartete, eingefärbt zu werden.

Sie wollte gerade fragen, aber er zog sie an sich, und sie küssten sich wieder.

Als er am Saum ihres eigenen Shirts zerrte, versteifte sie sich. Sie versuchte, es zu verbergen, aber es war unmöglich, die Reaktion ihres Körpers auf ihn zu verstecken, während sie auf seinem Schoß saß. Sie wollte das, wollte ihn. Es brauchte keine große Sache zu sein.

Warum also fühlte sich das Ausziehen ihres Oberteils trotzdem so an? Sie war schon vor Tausenden in hautengen Trikots aufgetreten und es hatte sie nie gestört.

Sie zog ihr Shirt aus und warf es auf den Boden, aber die kühle Luft ließ sie frösteln, und sie schlang die Arme fest um sich. *Nicht*, um sich zu bedecken, sagte sie zu der kleinen Stimme in ihrem Kopf, die darauf bestand, dass sie sich Zeit lassen sollte. Nein, es ging nur um die Temperatur.

Aber wenn Oz sie weiterhin so ansah, würde ihr nicht lange kalt bleiben.

Oz' blaue Augen wanderten an ihrem nackten Oberkörper auf und ab, nahmen ihre eigenen Muskeln und kleinen Brüste in Augenschein. Sie wusste, wie sie aussah. Es war kein romantisches Ideal, zu klein, zu muskulös, zu flach, aber es war genau der Körper, den sie für die meiste Zeit ihres Lebens gebraucht hatte.

„Du brauchst dich nicht zu verstecken", grollte seine Stimme, die ihr eine Gänsehaut über den Rücken jagte. „Lass mich dich anschauen."

KAPITEL ELF

DAS FÜHLTE SICH MONUMENTAL AN.

Das konnte es nicht sein. Emily musste einen Weg finden, eine Art emotionale Distanz zu wahren, sonst würde sie zusammenbrechen.

Warum bewegte sie sich dann nicht?

Oz legte seine Hände auf ihre Arme, machte aber keine Anstalten, sie wegzuziehen. „Es gibt keinen Grund zur Eile, meine kleine Fliegerin." Er streckte eine Hand aus, hob sein eigenes Shirt auf und reichte es ihr.

„Kleine Fliegerin?" Emily lächelte, auch wenn sich gerade eine neue Welt in ihrem Herzen entfaltete.

Jetzt war es an Oz, zu Boden zu schauen. Wurde er rot? Seine Hautfarbe und die Dunkelheit um sie herum machten es schwer zu sagen. „Du bist großartig in der Luft", sagte er. „Fliegen ohne Flügel. Ohne Angst. Ich hoffe, du lässt es mich eines Tages wieder sehen."

Das Lob überwältigte sie, und Emily konnte ihr Lächeln nicht unterdrücken. Sie hatte es immer geliebt, aufzutreten, aber sie hatte in ihrem Leben schon so viel hohles Feedback gehört, dass es schwer war, ihm Glauben zu schenken. Oz war kein Trainer, er war nicht ihre Eltern, und sie glaubte, was er sagte. Es erwärmte sie genauso wie die Hitze in seinem Blick und gab ihr den letzten Mut, die Arme an die Seite zu bewegen und sich ihm zu zeigen.

„Hast du das schon einmal gemacht?", fragte er mit noch rauerer Stimme. Er schien entschlossen, den Blickkontakt aufrechtzuerhalten, aber er war nicht aus Stein, und sie erwischte den Bruchteil einer Sekunde, in der er nach unten blickte, um zu sehen, was sie anbot.

Sie wollte lügen. Wollte so tun, als wäre sie ein lüsternes Luder, das jeden Trick innerhalb und außerhalb des Bettes beherrschte. Aber sie bezweifelte, dass sie diese Scharade aufrechterhalten konnte. Und sie wollte Oz nicht anlügen. Nicht hier. Und nicht jetzt. Aber es fiel ihr schwer, die Worte auszusprechen, also schüttelte sie den Kopf und hoffte, dass er sie verstand.

Wenn die Art und Weise, wie sich seine Flügel noch fester um sie schlangen, ein Hinweis darauf war, dann tat er es. „Ich möchte, dass du dich gut fühlst", sagte er. „Lässt du mich das machen?"

Sie würde ihn noch viel mehr als das tun lassen. „Ja", flüsterte sie, und sie erkannte den Klang ihrer eigenen

Stimme fast nicht wieder. War sie jemals zuvor so ... bedürftig gewesen?

„Gute kleine Fliegerin."

Emily zitterte. Sie konnte es nicht verhindern.

Und Oz konnte nicht anders, als es zu bemerken. „Gefällt dir das?", fragte er und presste seine Lippen auf ihr Ohr.

War es der Name? Die Apsyns hatten ihr ihren Namen verweigert und ihr einen neuen gegeben, und sie hatte ihn gehasst.

„Du machst das so gut", sagte Oz wieder, „jetzt lehn dich zurück und genieße es."

Verdammt, das war es. Nicht der Name. Darüber würde sie später nachdenken müssen, wenn ihr Körper nicht mehr vor Lust brannte und ihr Gehirn im Grunde genommen Brei war.

Obwohl er ihr gesagt hatte, sie solle sich hinlegen, hielt Oz Emily fest und breitete eine Decke auf dem Boden aus, bevor er sie hinlegte. Die Sterne über ihnen und der fremde Wald um sie herum hatten etwas Romantisches an sich. Es war, als wären sie die einzigen Menschen, die auf dieser Welt existierten und sich gegenseitig Vergnügen schenkten, ohne sich Gedanken darüber zu machen, was danach kommen würde.

Diese Sorgen versuchten, sich in ihrem Kopf einzunisten, aber Emily schob sie beiseite. Es war leicht, wenn Oz zu ihren Füßen kniete und sie ansah, als hätte er noch nie eine Frau gesehen. Sahen Zulir-Frauen unter ihrer Kleidung so anders aus? Würde er seine Hose ausziehen und eine Masse von Tentakeln zum Vorschein bringen, wo eigentlich sein Schwanz sein sollte?

„Was ist das für ein Blick?", fragte Oz. „Ist alles in Ordnung mit dir?"

Zu viel Zeit zum Nachdenken. Sie sprach diesen Teil nicht laut aus. Sie konnte sich gerade noch so zurückhalten. „Wir sind doch ...", sie wedelte mit der Hand zwischen ihnen hin und her, als ob das erklären würde, was sie dachte, aber Oz schien das nicht zu verstehen. „Unsere Teile werden ... zusammenpassen? Oder?"

Blitze knisterten in seinen Augen und die Elektrizität seiner Flügel kitzelte ihre Haut. „Oh ja", versprach er. „Wir werden perfekt zusammenpassen. Aber nicht heute Nacht."

„Warte. Was?" Sie wäre aufgesprungen, aber Oz beugte sich zu ihr herunter und legte ihr eine Hand auf die Schulter, um sie festzuhalten. „Warum?" Es klang ein wenig wie ein Wimmern, und Emily wäre es vielleicht peinlich gewesen, wenn sie nicht gespürt hätte, wie sein Schwanz gegen ihren Unterleib drückte.

„Ich will dich ordentlich betten", sagte er und küsste ihren Hals. „Du verdienst ein Bett. Und alles, was zu einem Verehrer dazugehört. Süßigkeiten. Seide. Parfümierte Bäder. All das."

War das das Synnr-Äquivalent zu Blumen und Schokolade? Sie würde es annehmen, aber … „Ich will nur dich", gestand sie.

„Du hast mich", versprach er.

Vielleicht war es nur für heute Nacht, oder so lange, wie es dauerte, von den Apsyns wegzukommen. Aber Emily konnte bereits spüren, wie er es sich in ihrem Herz bequem machte. Sie hasste es, so klischeehaft zu sein. Sie sollte sich nicht in den ersten Kerl verlieben, mit dem sie intim wurde. Aber es geschah, und sie wusste nicht, ob sie es aufhalten konnte.

Je weiter sie sich auf diese Sache mit ihm einließ, desto sicherer war sie, dass sie es wollte.

„Lass mich dir ein gutes Gefühl bescheren", sagte er.

„Okay." Sie wollte alles, aber sie würde nehmen, was sie bekommen konnte.

Sie erwartete, dass er ihr die Hose herunterreißen und sich gleich auf das gute Zeug stürzen würde. Sie mochte zwar noch Jungfrau sein, aber sie hatte viele Freundinnen, die es zu genießen schienen, über Sex zu reden. Und ihre Freunde hatten es alle gern eilig.

Aber Oz war kein Junge, er war ein Mann. Und er war nicht in Eile.

Sie hatte es fast erwartet, als seine Lippen ihre Brustwarze liebkosten. Sie war schon *fast* bereit dafür, und das brachte sie beinahe dazu, zu keuchen und sich gegen ihn zu wölben. Die feuchte Hitze war ganz anders, als wenn sie sich selbst berührte. *Wie* konnte es sich so anders anfühlen? So viel besser? Ihre Brüste hatten noch nie viel für sie getan, aber mit einem einzigen Zungenschlag hatte Oz sie vom Gegenteil überzeugt.

Seine Handfläche drückte gegen ihren Bauch und hielt sie an Ort und Stelle, während er sich mit ihrer Brust Zeit ließ. Er war böse, ein verrückter Dämon, der sie in Versuchung führen wollte. Und sie gab sich der Versuchung gerne hin, wimmerte und stieß Worte aus, von denen sie nicht wusste, ob sie einen Sinn ergaben. Aber das war ihr egal. Solange er ihr *mehr* gab.

Und das tat er auch, seine Zähne und Reißzähne reizten sie so sehr, dass sie ihre Hüften anhob. Eines ihrer Knie fiel zur Seite und bettelte darum, dass er ihr sexuelle Aufmerksamkeit schenkte. Der Stoff ihrer Hose war zu eng, und sie wollte sie loswerden, aber als ihre eigenen Finger nach ihrem Hosenbund suchten, hielt Oz sie fest umklammert.

„Nein, nein, nein", sagte er. „Du gehörst ganz mir, damit ich mit dir spielen kann."

„Fuck", purzelte der Fluch aus ihr heraus, es gab kein besseres Wort, um die wollüstige Lust zu beschreiben, die sie empfand. In den letzten drei Tagen hatte sie mehr geflucht als in ihrem ganzen Leben. Oz hatte es einfach aus ihr herausgeholt, und sie konnte nicht anders. Sie wollte es auch nicht.

Wenn er sie nicht berühren wollte und sie sich selbst

nicht berühren konnte, musste sie tun, was sie konnte, um die Berührung zu bekommen, die sie brauchte. Sie presste ihre Beine zusammen und hoffte auf ein wenig Erleichterung, aber Oz stellte sich wieder hin und kroch zwischen ihre Beine, bis sie gespreizt waren.

„Kein Grund zur Eile", flüsterte er, als seine Lippen ihre Haut wiederfanden.

„Doch", bettelte sie. „Bitte, beeil dich." Ihr Körper brannte, und er war der Einzige, der das Feuer löschen konnte.

Warum bestand er darauf, sie zu quälen?

Emilys graue Augen leuchteten vor Lust und Oz' Schwanz wurde noch steifer. Er drohte aus seiner Hose herauszuspringen, obwohl er ziemlich sicher war, dass das unmöglich war. Aber wenn es jemals passieren konnte, dann jetzt, wo er seine schöne, unberührte Fliegerin unter sich liegen hatte.

Er war ein Barbar, der in dem Gedanken schwelgte, dass er der Einzige war, der ihr je so nahe kommen durfte. Er wollte der Einzige sein, den sie *jemals* in ihr Bett ließ ... Wenn er ein Bett für sie finden konnte. Aber er musste diese Worte jetzt fest in seinem Inneren gefangen halten. Sie war noch nicht bereit, sie zu hören, und er weigerte sich, sie gehen zu lassen.

Sie schmeckte nach Salz, Haut und danach, dass all seine Hoffnungen in Erfüllung gingen. Er wollte ihr die Hose ausziehen und ihr Innerstes schmecken und herausfinden, was ihr geheimster Geschmack war. Sie musste klatschnass sein, wenn die Art, wie sie unter ihm zitterte, ein Hinweis darauf war. Es würde ihn keine Mühe kosten, in sie einzudringen, zu spüren, wie sich ihre Hitze um seinen Schwanz legte, und sich ganz in ihr zu vergraben.

Aber er hatte gesagt, dass sie ein Bett verdiente, und er meinte es auch so. Er wollte ihr jeden Luxus gönnen, jedes Geschenk eines Liebhabers. Wollte ihr beweisen, dass er das sein konnte, was sie brauchte.

Das hatte er noch nie getan. Er hatte schon viele Geliebte gehabt, aber es hatte nie etwas anderes bedeutet als eine vergnügliche Zeit.

Emily bedeutete ihm alles.

Und das nicht nur wegen der Verpaarung.

Aber diese Tatsache machte es perfekt.

Eine schöne, talentierte, brillante Frau, von der er sich nie satt sehen konnte, und dazu noch seine Schicksalsgefährtin? Das war der Stoff, aus dem Legenden geschrieben waren.

Er küsste Emily, umschloss ihre Lippen mit seinen eigenen und stöhnte auf, als ihre Zunge gegen seine glitt. Ihre Küsse waren ungeübt, aber verführerisch, und er könnte die ganze Nacht mit ihr hier liegen, seinen

Körper an ihren gepresst, während sich ihre Lippen umschlangen, bis die Sonne aufging.

Er würde noch verrückt werden. Er würde in seiner eigenen Hose kommen. Aber das wäre es wert.

Aber wenn die Art und Weise, wie sie sich an ihm rieb, irgendetwas bedeutete, würde sie ihm die Zügel aus der Hand nehmen und es mit ihm treiben, wenn er ihr nicht mehr gab, Jungfrau hin oder her.

Sie hatte Feuer in sich, und er wollte es lodern sehen.

Emily stöhnte auf, als er ihr die Hose herunterzog und sie der kühlen Nachtluft aussetzte. Er hatte noch nie einen Menschen ganz nackt gesehen, aber er wusste, dass die Frauen fast identisch mit den Zulir-Frauen waren, mit einigen kleinen Unterschieden in Statur und Muskulatur. Oz konnte es nicht erkennen. Es war ihm auch egal. Wenn Emily die einzige Person wäre, die er jemals wieder nackt sehen würde, wäre er glücklich.

Sie war so stark von der Lust überwältigt, dass sie sich ihrer Nacktheit nicht allzu bewusst zu sein schien, obwohl sie ihre Beine bewegte, als könnte sie ihn davon abhalten, zu ihrem Innersten vorzudringen. Ein Wort von ihr und er würde aufhören. Wenn sie sich zurückzog, würde er innehalten. Aber nach einem Moment entspannte sich Emily, ließ ihre Beine wieder an ihren Platz gleiten und gab ihm den Zugang, nach dem er sich sehnte.

Sie war ein Wunder, seine kleine Fliegerin, an dem er nie zweifeln würde.

Er wollte sie in die Höhe treiben.

Bei der ersten Berührung seiner Lippen mit der Hitze ihres Geschlechts zuckte sie überrascht zusammen, aber als er seine Zunge arbeiten ließ, um ihren einzigartigen Geschmack zu genießen, gab sie sich ihm hin, stöhnte und zog sich um ihn zusammen.

Oz könnte das hier tagelang tun, sich an ihr laben und wäre nie gesättigt. Aber er wollte sie in seinem Bett zu Hause haben.

Nein, dieses Bett war nicht gut genug. Er wollte ein monströses Bett finden, übermäßig dekoriert und mit Seide und Pelzen bedeckt, in dem es ihr niemals an Komfort oder Wärme fehlen würde, besonders wenn er neben ihr lag.

In ihr.

Sein Schwanz pochte, und er musste nach unten greifen, um sich zu richten, damit er nicht durchdrehte.

Dann neckten seine Finger ihren Eingang, während seine Zunge den harten Knubbel ihres Geschlechts bearbeitete. Sie bettelte um mehr; zumindest war es das, was er aus den keuchenden Worten heraushören konnte, die sie zu formulieren vermochte.

Seine Zunge folgte den Fingern und öffnete sie. Es wäre so einfach, sich mit ihr zu vereinen, in sie einzudringen und sie auszufüllen, aber er war entschlossen zu warten, entschlossen, es perfekt zu machen. Für Emily musste alles perfekt sein.

Sie zog sich um ihn zusammen und schrie auf, als sich ihre Muskeln während ihres Orgasmus verkrampfen und kurz später wieder entspannten. Oz sah zu ihr auf und beobachtete, wie die Ekstase sie überkam, wie sich ihr Gesicht entspannte, ihre Augen sich schlossen und ihr Mund sich öffnete, um kleine Luftstöße auszupusten.

Er hatte ihr dieses Gefühl bereitet, sie an diesen Punkt der Lust gebracht.

Nie hatte er sich mächtiger, vollständiger gefühlt.

Er ließ seine Flügel noch einmal ausfahren, strich damit über sie hinweg und beobachtete, wie sich ihr Körper in einem Nachbeben anspannte. Das Gefühl war seltsam für ihn, etwas zwischen einer Berührung und einem Atemzug auf seiner Haut. Aber sie ließ sich auf das Gefühl ein, und er würde seine Flügel für immer ausbreiten, wenn sie darin schwelgen wollte.

Er wollte ihr eigene Flügel geben.

Aber das war etwas für ein anderes Mal.

Emilys sextrunkene Augen öffneten sich und sie schaute auf ihn herab. „Wow", sagte sie schließlich.

„Wow", wiederholte Oz. Er richtete sich wieder auf und versuchte, eine bequeme Position für seinen pochenden Schwanz zu finden, aber es würde nichts als Unbehagen geben, bis er auch kam oder er sich endlich beruhigte. Und mit *diesem* Bild von Emily, das sich fest in seinem Kopf eingeprägt hatte, würde er sich auf keinen Fall so schnell beruhigen.

Ihr Blick war nach unten gerichtet und sie leckte sich über die Lippen.

Verpunt. Sie würde nicht viel tun müssen, damit er explodierte.

„Kann ich dich ansehen?", fragte sie, die Augen auf seine Beule gerichtet.

Er hätte sich vielleicht objektiviert gefühlt, wenn er nicht die Gelegenheit gehabt hätte, sich an ihr, die vor ihm lag, satt zu sehen. Oz zog sich schnell die Hose aus und kniete sich vor sie, sein Schwanz war steinhart und stand stramm.

Emilys Augenbrauen zogen sich verwirrt zusammen. „Das ist ... nicht das, was ich erwartet habe."

Er schaute nach unten und sah, was er immer sah: Sein Schwanz wurde vor Lust dicker, Rillen verliefen entlang der Eichel bis hinunter zu der Stelle, an der sein zweiter Stimulator zuckte und darauf wartete, Emilys Klitoris zu reizen. Die Spitze verengte sich, um das Eindringen zu erleichtern, während der Rest des Schwanzes dick genug war, um sie vollständig auszufüllen.

„Ich habe gesagt, dass ich das noch nie gemacht habe, nicht, dass ich mich nicht mit Anatomie auskenne", fügte sie hinzu, bevor er irgendwelche Fragen stellen konnte.

Und dann setzte sie sich auf und schlang ihre Hand um ihn.

Jegliche Sorge, dass sie durch die Unterschiede zwischen ihren Spezies abgeschreckt werden könnte, verflog mit der ersten Berührung.

„Fester", knurrte er.

Sie verstärkte ihren Griff und zog ihre Faust so quälend langsam über ihn, dass er dachte, er würde verrückt werden. Sie sammelte etwas von der Flüssigkeit, die aus seinem Stimulator tropfte, und benutzte sie, um das Gleiten zu erleichtern, und Oz konnte sich nicht zurückhalten, sich tiefer in ihre Faust zu schieben. Seine Hüften zuckten wie wild, als sein Körper sich bis zum Zerbersten anspannte und die Erlösung ihn durchfuhr, als er kam.

Er lehnte sich an sie, sein Kopf ruhte an ihrer Schulter, er schmiegte sich an ihren Körper und atmete tief ein. Die Gerüche ihres Geschlechts reichten aus, um etwas tief in ihm zu beruhigen, etwas, das nach ihr greifen und sie nie wieder loslassen wollte.

Egal was passierte, er musste einen Weg finden, sie zu behalten.

Er glaubte nicht, dass er eine Trennung überleben würde.

KAPITEL ZWÖLF

EIN SCHWERER ARM, der über Emilys Mitte gelegt war, sagte ihr, dass die Dinge nicht normal waren. Dann kitzelte der Geruch von frischer Luft ihre Nase, und ein kühler Wind strich über sie hinweg und rüttelte sie wach.

Sie spürte, wie Oz' Bart an ihrer nackten Schulter kitzelte.

Nackt.

Oz.

Letzte Nacht.

Wow.

Sie schmiegte sich enger an ihn, hauptsächlich um sich zu wärmen, und ein bisschen, weil sie es mochte, wie sich sein harter Körper an ihrem anfühlte.

Wenn ihr jemand vor ein paar Monaten gesagt hätte, dass sie ihre erste sexuelle Erfahrung auf einem fremden

Planeten mit einem außerirdischem Krieger machen würde, hätte sie sich gefragt, was in aller Welt derjenige geraucht hatte. Aber sie war nicht mehr auf der Erde, und sie konnte sich immer noch daran erinnern, wie es sich anfühlte, als Oz sie verschlang, als gäbe es kein Morgen.

Ihre Muschi spannte sich an und sie wusste, wenn sie ihre Finger dort hinuntersteckte, würden sie feucht vor Verlangen zurückkommen. Könnten sie das alles noch einmal tun? Schon bald? Sie war vierundzwanzig Jahre ohne Sex ausgekommen, aber jetzt, wo sie wusste, was Oz mit ihr anstellen konnte, wusste sie nicht, ob sie es noch weitere vierundzwanzig *Stunden* durchhalten würde.

Etwas surrte über ihr und Emily sah auf. Der Himmel war so blau wie immer, genau wie auf der Erde, sodass sie für einen Moment so tun konnte, als wäre sie wieder zu Hause. Doch als sie etwas direkt über sie hinwegfliegen und innehalten sah, etwas, das definitiv kein Vogel war, wusste sie, dass ihre Nacht vorbei war.

Oz sprang auf, bevor sie ihn wecken konnte, und legte den Kopf schief. Er sah, was sie gesehen hatte, und fluchte.

„Wir müssen weiter", sagte er. Alle Spuren des Liebhabers vom Vorabend waren verschwunden, und an seiner Stelle stand der Krieger, der entschlossen war, sie zu beschützen.

Emily fand ihre Kleidung und zog sie so schnell wie möglich an, dann sammelte sie die Teile ein, aus denen ihr Lager bestand. An ihr verwundetes Bein erinnerte sie sich erst, als sie zum Fahrzeug rannte. Es hat nicht einmal gezwickt. Die Heilsalbe muss gewirkt haben.

Sie ließ sich auf den Beifahrersitz gleiten, als Oz den Motor anließ. „Was war das für ein Ding?", fragte sie. Ein Teil ihres Verstandes war noch mit dem, was sie und Oz in der Nacht zuvor getan hatten, beschäftigt, aber sie versuchte, es zu ignorieren, um zu überleben.

Es hätte einfacher sein sollen.

Er verließ ihr Versteck und fuhr einen Weg entlang, den man als Straße bezeichnen *könnte*, wenn man großzügig wäre. „Sieht aus wie eine Überwachungsdrohne. Die Standardprozedur besteht darin, eine Patrouille zur Überprüfung zu schicken. Wir haben vielleicht nur ein paar Minuten Zeit, je nachdem, wie nah die nächste ist. Halt dich fest."

Emily folgte seiner Aufforderung. Die Fahrt war holpriger als in der Nacht zuvor. Bei Sonnenschein war es viel einfacher zu sehen, und das bedeutete, dass er schneller fahren konnte. Durch die Bäume hindurch konnte Emily einen Blick auf eine tiefe Schlucht erhaschen. Welche Geheimnisse barg diese Gegend noch? Waren sie in der Nacht zuvor Gefahr gelaufen, von einer Klippe zu stürzen, als sie kaum etwas sehen konnten?

Sie vertraute Oz, aber er hatte selbst gesagt, dass dies

nicht sein Heimatplanet war. Sie hatte keine Ahnung, wie gut er das Gelände kannte.

Fast wünschte sie, sie hätte sich mit Solan und den anderen Menschen in Sicherheit gebracht.

Fast. Denn selbst wenn Sicherheit eine Option wäre, hätte sie auf die letzte Nacht mit Oz nicht verzichten wollen.

Vor ihnen blitzte etwas auf, und Oz fluchte erneut. Das Fahrzeug stotterte und hustete, bis es sich abschaltete und in der Mitte der Straße zum Stehen kam.

„Was ist los?" Emily sah sich um, aber sie konnte aus dem Fenster und am Himmel nichts sehen.

„EMP." Oz tippte auf die Steuerung. „Schaltet die ganze Elektronik ab."

„Kannst du mit deinen Kräften Starthilfe geben?" Er hatte elektrische Flügel, waren die nicht wie eine Batterie?

„Gute Idee, aber nein. Ich würde eher den Motor verheizen. Los, komm. Wir müssen weiter, bevor sie das Auto finden." Er stieg aus, bevor Emily widersprechen konnte.

„Sind sie in der Nähe?" Als sie draußen war, sah sie sich um, aber sie hätten genauso gut die einzigen beiden Wesen auf dem Planeten sein können.

„Nah genug, aber ein EMP hat eine große Reichweite. Und zum Glück für uns mussten sie ihre Fahrzeuge abschalten, während sie ihn einsetzten. Wir haben also einen Vorsprung. Unsere beste Chance besteht darin, Deckung zu finden und zu hoffen, dass ich sie ausschalten kann." Er klang nicht sehr zuversichtlich, und Emily konnte es ihm nicht verdenken.

Sie gingen schnell weiter und die Bäume lichteten sich, bis sie ganz verschwanden. Keine Deckung, nur der Rand der Schlucht, und sie wollte nicht zu nah herantreten. Sie hatte offensichtlich keine Höhenangst, aber das hieß nicht, dass sie dumm war. Sie wusste nicht, wie stabil der Boden um den Felsvorsprung herum war, und sie hatte nicht vor, es herauszufinden.

„Lass uns ..." Das Geräusch eines Motors unterbrach Oz, aber sie konnte sehen, wie seine Lippen einen weiteren Fluch formten. „Wir haben keine Zeit mehr. Bleib bei mir." Er packte ihre Schultern fest und drückte ihr einen harten Kuss auf den Mund, bevor er sich zurückzog, das Gesicht völlig ernst. „Wenn ich falle, kämpfe nicht gegen sie. Sie werden dich ins Labor zurückbringen wollen. Meine Leute werden dich rausholen. Vertrau Grace."

Emily verengte ihre Augen. „Du stirbst besser nicht. Ich werde nicht zulassen, dass sie mich lebendig kriegen." Die Erinnerung an das, was sie ihr angetan hatten, reichte aus, um ihr die Galle im Rachen aufsteigen zu lassen. Sie würde nicht zurückgehen, nicht solange sie noch atmete.

Sie sah den widerstrebenden Stolz in seinem Blick

aufblühen und er küsste sie noch einmal. „Dann schätze ich, dass ich überlebe."

Er breitete seine Flügel aus. Emily gab ihm Raum, obwohl sie wusste, dass sie ihr nicht wehtun würden. Sie wollte nicht, dass er sich ablenken ließ. Sie wünschte, sie hätte eine Waffe oder so etwas, auch wenn sie nicht wusste, wie man schießt. Sie wollte keine schutzbedürftige Jungfrau sein. Ihr Fuß stieß gegen einen großen Stein und sie hob ihn auf. Das war besser als nichts, nicht dass sie einen guten Wurfarm hätte.

Sie hatte eine Armee erwartet, aber vielleicht hatte sie auf der Erde zu viele Film geschaut.

Ein einzelnes Fahrzeug fuhr durch die Bäume und hielt am Rande an. Sechs bewaffnete Soldaten stiegen aus, sie waren von Kopf bis Fuß in Schutzkleidung gehüllt. Die Ausrüstungen ließen sie identisch aussehen. Es war beängstigend, und Emilys Finger schlossen sich um ihren Stein. Sie wollte ihn direkt nach ihnen werfen, aber sie bezweifelte, dass das viel nützen würde.

Zwei Soldaten blieben bei dem Fahrzeug, gingen hinter Türen in Deckung und hielten unangenehm aussehende Gewehre hoch. Die anderen vier ließen ihre Flügel ausfahren. Zwei waren größer als die anderen, doppelt so groß wie Oz' Flügel, und sie hörte ihren Krieger erneut fluchen.

Er fluchte wirklich gerne. Sie wusste nicht, ob sie versuchen sollte, ihn aufzuhalten.

„Warum sind ihre Flügel so groß?", fragte sie.

„Das ist eine verpaarte Einheit. Die beiden haben mehr Kraft als die anderen vier zusammen. Ich weiß nicht ...", er brach den Satz ab, nicht bereit zuzugeben, was Emily ahnte, was er sagen wollte.

Sechs gegen zwei war schon eine schlechte Quote. Aber die verpaarte Einheit machte es noch viel schlimmer.

Sie wusste, was sie zu tun hatte.

Emily hatte nicht gefragt. Sie hatte es nicht angeboten. Sie wollte nicht, dass Oz ein edles Opfer brachte. Stattdessen schloss sie die Augen und griff tief in sich nach der Quelle der Macht, die ihr nicht gehörte. Sie wusste nicht, was sie tun sollte, aber nach dem, was Oz gesagt hatte, war es nicht allzu kompliziert. Sie ließ ihre Hände danach greifen und *zog* die Kraft zu sich heran.

Oz keuchte und seine Flügel flatterten.

„Was tust du da?", fragte er. Sie konnte in seinen Augen sehen, dass er es wusste, er wollte es nur nicht glauben.

Emily biss die Zähne zusammen und griff nach noch mehr von seiner Blitzeskraft. „Uns den Arsch retten. Jetzt nimm meine verdammte Kraft und rette uns beide."

Er sah sie an, die Augen weit aufgerissen und von Blitzen durchzuckt. Dann grinste er. „Du bist unglaublich, Emily Saint."

Sie spürte, wie etwas tief in ihr zerrte, und dann stolperte sie zurück, als Oz' Flügel sich in ihrer Größe verdoppelten. Die Mauer zwischen seiner und ihrer Kraft löste sich auf, und sie spürte ein wildes Feuer in ihren Adern, das durch sie hindurchzischte. Energie funkelte in ihren Fingerspitzen und sie konnte *fast* Flügel an ihrem Rücken spüren, aber als sie nachsah, war da nichts.

Das mit den Flügeln würde sie später herausfinden.

Im Moment gab ihre Verbindung ihnen eine reelle Chance zu kämpfen.

Sie wollte sehen, was Oz draufhatte.

Es war keine Zeit zum Feiern, und die Freude, die zusammen mit der Energie durch seine Adern floss, war angesichts der vier Wachen, die auf sie zukamen, fehl am Platz. Selbst verbunden glaubte er nicht, dass sie gegen eine andere verpaarte Einheit und vier weitere Soldaten eine Chance hatten. Aber er würde bis zum Ende kämpfen, um Emily aus dieser Situation zu befreien. Er hatte nicht an ihr gezweifelt, als sie gesagt hatte, sie würde sich nicht lebend gefangen nehmen lassen. Also würde er *alles* tun, was in seiner Macht stand, um sicherzustellen, dass sie sie nicht bekamen.

Sie hatte ihm bereits das größte Geschenk gemacht,

das sie nur konnte. Er musste dafür sorgen, dass es nicht umsonst war.

Er kannte die Reichweite seiner Flügel unter normalen Umständen, aber mit der Macht ihrer Verbindung musste sie größer sein. Und er testete sie nun.

Gestern wären die Soldaten außerhalb der Reichweite gewesen. Heute wusste er es nicht. Es war an der Zeit, es herauszufinden.

Er wartete nicht ab, ob die Soldaten sie zum Aufgeben auffordern würden. Er rief den Funken in sich auf, seinen eigenen, der sich mit dem von Emily vermischte, bis er zu etwas wurde, das größer war als sie beide. Und dann schlug er zu.

Der Soldat, der ihm am nächsten war, ging zu Boden und blieb regungslos liegen.

Er hatte nicht nur eine viel größere Reichweite, sondern auch seine Kraft war exponentiell gewachsen.

Die Soldaten hinter dem Wagen eröffneten das Feuer, aber Oz hatte damit gerechnet und zog seine Flügel ein, um sich und seine Schicksalsgefährtin zu schützen. Nichts würde ihr etwas anhaben können, solange er atmete.

Sie hatten keine Deckung, keinen Platz zum Fliehen, und es fielen immer mehr Schüsse, bis sie abrupt aufhörten.

Oz brauchte keine Sekunde, um dankbar zu sein.

Der einzige Grund, warum sie aufhören würden, war, dass die anderen Soldaten im Weg waren.

Blitze explodierten um sie herum, und dieses Mal waren es nicht seine. Es waren auch nicht Emilys, nicht dass sie schon herausgefunden hätte, wie sie ihre Blitze beschwören konnte. Nein, es war etwas Fremdes, etwas, das auf seine Zerstörung aus war.

Es war schwer, durch den Schild zu sehen, den er aus seinen Flügeln geformt hatte, aber es gelang ihm dennoch, und er sah, wie nahe die Soldaten gekommen waren. Zu nahe. Viel, viel zu nah.

Oz konzentrierte sich auf seine innere Kraft und sammelte sie. Es war ein riskanter Zug, der ihn und Emily in den Sekunden, die er brauchte, um den Trick vorzubereiten, ungeschützt zurückließ, aber als er sie in einer Explosion nach außen schickte, flogen die Soldaten zurück, und nur einer schaffte es, den Sturz mit seinen Flügeln abzufangen.

Oz umklammerte Emilys Hand und begann zu rennen. Sie konnten nirgendwo hin, nicht wirklich, aber sich zu bewegen war besser, als still zu stehen. An der Stelle, an der sich ihre Hände berührten, sprühte Elektrizität, und die ersten Anzeichen der Macht, die Emily in sich trug, manifestierten sich. Er wollte sehen, wie sie sie einsetzte. Es würde ein großartiger Anblick sein.

Aber jetzt hatte er keine Zeit, sie zu unterrichten.

Er ließ seine Kraft blindlings hinter ihnen auf die

Soldaten einschlagen. Er konnte nicht sagen, ob er richtig getroffen hatte, aber ihre Flucht war an dieser Stelle vorbei. Sie konnten nirgendwo mehr hin. Die Soldaten standen zwischen ihnen und dem Weg in die Freiheit, und er konnte vielleicht allein in die Schlucht hinuntergleiten, aber nicht, wenn er Emily tragen musste.

Die Soldaten kamen langsam näher, und Oz fühlte sich wie ein Tier in der Falle. „Versuch hinunterzuklettern", befahl er. „Ich gebe dir Deckung."

Emily funkelte ihn an und öffnete den Mund, um zu widersprechen, schloss ihn aber wieder. Sie trat näher an den Rand heran, bevor sie ein paar Schritte zurück machte. „Es geht nicht steil hinunter, aber bis zum ersten Vorsprung sind es mindestens zehn Meter. Und er ist *winzig.*"

Bei Braznons Eingeweiden. Das würde nicht funktionieren.

Seine Kraft schwoll an, aber es war nichts, was er tat, und Emily stieß einen triumphierenden Schrei aus. „Ja!"

Er warf ihr einen Blick zu und grinste wie wahnsinnig, als er sah, wie Elektrizität zwischen ihren Fingern aufflammte. „Wunderschön", sagte er. Er wollte sie küssen, wollte in ihrer neu erlernten Kraft schwelgen, aber einer der Soldaten nutzte den Moment der Ablenkung, um zuzuschlagen, und Oz konnte gerade noch rechtzeitig seinen Flügel ausstrecken, um sie abzuschirmen.

Als er ihn sinken ließ, sandte Emily ihre eigenen Blitze neben ihm aus, aber sie waren nicht stark genug, um sie zu treffen. Im Moment bestand sie nur aus roher Kraft und Instinkt, und das musste zu etwas Stärkerem verfeinert werden, wenn sie diese Kräfte erfolgreich in einem Kampf einsetzen wollte. Aber es reichte aus, um die Soldaten einen Moment lang zu verwirren. Sie wussten, dass sie ein Mensch war, und obwohl sie gesehen hatten, wie seine Flügel wuchsen, als sie sich mit ihm verband, waren die Apsyns nicht daran gewöhnt, dass menschliche Schicksalsgefährten ihre Kräfte einsetzten.

Oz drückte auf die Tube und gewann ein wenig an Boden, während sie zurückfielen. Er schaltete den anderen nicht verpaarten Soldaten aus und wagte es, einen Hauch von Hoffnung zu verspüren.

Und in diesem Moment verlor er *alles*.

Zwischen einem Atemzug und dem nächsten holte der ihm am nächsten stehende verpaarte Soldat aus. Oz zog seinen Schild einen Moment zu spät hoch und wappnete sich für den Aufprall. Er wusste, wie es sich anfühlte, wenn der Funke eines anderen ihn durchbohrte, und er konnte dem standhalten. Er musste es. Für Emily.

Aber es war nicht er, den die Blitze trafen. Und seine Flügel reichten nicht weit genug.

Er hatte nicht bemerkt, dass Emily einen Schritt zu weit weg war. Und als ihr Schrei die Luft zerriss, brach sein Herz entzwei. Er drehte sich um, warf seine Flügel hoch, um sicherzugehen, dass sie ihn nicht treffen konnten, und sah, wie sie zurückstolperte. Sie fuchtelte wild mit den Armen und ihre Augen weiteten sich, als der Boden unter ihr nachgab.

Er stürzte auf sie zu, griff nach ihr, zog sie mit seiner Kraft und seinen Flügeln, mit all der Kraft, die in ihr steckte, um sie noch rechtzeitig zu erreichen. Es geschah alles innerhalb von einer Sekunde, aber in seinem Kopf fühlte es sich wie eine Ewigkeit an.

Sie schien in Zeitlupe zu fallen, unfähig, ihr Gleichgewicht und ihren Halt wiederzufinden, trotz all der erstaunlichen Drehungen und Biegungen, von denen er wusste, dass sie sie in der Luft ausführen konnte.

Dann fiel sie.

Und dann war sie weg.

KAPITEL DREIZEHN

DER SCHMERZ durchfuhr Emily an der Stelle, an der der Blitz sie getroffen hatte, aber er war nur wenig stärker als das, was sie in der Obhut der Apsyns, die an ihr experimentiert hatten, ertragen musste. Dennoch reichte es aus, damit sie den Halt verlor, und von einem Atemzug zum nächsten schwebte sie.

Nein, sie schwebte nicht.

Sie stürzte.

Sie zog ihre Gliedmaßen fest an sich, als ob ihr das irgendeine Form von Kontrolle geben würde. Sie sah den Vorsprung, den sie entdeckt hatte, nicht vorbeifliegen, aber so schnell, wie sie flog, wollte sie nicht dagegen stoßen.

Wie weit war der Boden noch entfernt?

Würde sie wirklich auf diese Weise sterben?

Sie hatte noch nicht einmal Oz' Bett gesehen.

Der Boden kam schnell näher, und wenn sie nicht handelte, war das ihr Ende.

Sie versuchte nicht weiter darüber nachzudenken und schloss die Augen, atmete tief durch und ließ sich von ihren Instinkten leiten. Aber es waren nicht ihre Instinkte. Sie spürte Oz' Kraft, *ihre* Kraft, in sich aufsteigen. Sie war in der Lage gewesen, Funken zu sprühen, aber das war nichts, was ihr jetzt weiterhalf. Und wenn sie darüber nachdachte, *wie* sie es tun musste, würde sie es nie schaffen.

Also *tat* sie es einfach.

Flügel schossen aus ihrem Rücken und sie spürte, wie sich die Luft um sie herum verlangsamte. Sie breitete sie so weit wie möglich aus und verlangsamte ihren Fall zu einem sanften Gleiten. Der Boden rauschte ihr immer noch entgegen, aber nicht mehr so schnell wie zuvor, und sie konnte einer Baumgruppe ausweichen, die ihr garantiert Schaden zugefügt hätte.

Sie stürzte auf den Boden, aber nichts knackte. Ihre Knochen kribbelten, aber sie brachen nicht. Sie blickte die steile Klippe hinauf und konnte nicht glauben, dass sie es geschafft hatte. Sie schaute über ihre Schulter und sah rote und blaue Flügel, die denen von Oz sehr ähnlich waren, und dann sah sie ein ähnliches Flügelpaar herabschweben.

Emily hielt den Atem an, um zu sehen, ob die

Soldaten ihr folgen würden, aber als Oz hinunterglitt, war nichts weiter zu sehen. Er war allein.

Und er landete nicht einmal in ihrer Nähe.

Sie wollte ihm etwas zurufen, befürchtete aber, dass sie damit die Soldaten alarmieren würde, also stand sie auf und schüttelte ihre Beine aus, wobei sie das leichte Kribbeln von der unsanften Landung ignorierte. Das Einziehen ihrer Flügel funktionierte nicht wirklich. Sie konzentrierte sich darauf, sie wieder in ihren Körper zu ziehen, aber nichts geschah. Nach mehr als einer Minute gab sie auf. Sie stellten nicht wirklich ein zusätzliches Gewicht dar, es war eher wie ein Phantomgliedmaße im Rücken. Sie konnte sie nicht *wirklich* spüren, aber sie wusste, dass sie da waren. Sie störten die Luft um sie herum und sorgten dafür, dass sie ihr Gewicht seltsam verlagerte, aber sie selbst hatten keine Masse.

Also ließ sie ihre Flügel so, wie sie waren, und lief zu der Stelle, an der sie Oz hatte herunterkommen sehen. Der Grund der Schlucht war schön und grün, und sie fragte sich, ob er bei Regen überflutet wurde. Sie blickte nach oben und war erleichtert, keine Wolken am Himmel zu sehen. Das war etwas, das sie nicht gebrauchen konnten.

Oz war nicht genau dort, wo sie ihn erwartet hatte, aber ein gequälter Schrei verriet seine Position. Sie eilte auf ihn zu. War er verletzt? Lag er im Sterben? Würde sie das spüren?

Das Band zwischen ihnen war erst ein paar Minuten alt, aber es war, als wäre er jetzt ein Teil von ihr, und das wollte sie nicht aufgeben.

Als sie ihn fand, suchte er verzweifelt nach etwas, das sie nicht sehen konnte. War er auf dem Gipfel der Schlucht getroffen worden? Hatte man ihm das Gehirn vernebelt? Sie hatte keinen Erste-Hilfe-Kasten, keine Möglichkeit, ihn zu versorgen. Aber sie waren beide am Leben, und sie war fest entschlossen, das so zu belassen.

Sie muss ein Geräusch gemacht haben, obwohl sie es nicht beabsichtigt hatte. Oz drehte sich um, seine Flügel blitzten auf, als wolle er sie verletzen. Emilys eigene Flügel hoben sich aus eigenem Antrieb und schützten sie vor einem Angriff, der nicht kam.

„Em-*Emily*!" Ein Schluchzen entrang sich ihm, und er stürzte auf sie zu, streckte seine Arme aus, zog sie aber zurück, bevor er sie berührte. „Du bist am Leben." Er flüsterte es, seine Augen suchten sie ab, als könne er nicht glauben, was er sah. Dann schaute er wieder hin und betrachtete ihre Flügel.

„Ich bin am Leben", sagte sie. „Und du bist es auch. Und wenn du mich jetzt nicht küsst, dann werde ich noch verrückt."

Er brauchte keine zweite Einladung. Seine Lippen stürzten auf ihre und er verschlang sie. Emily ließ ihn gewähren. Sie musste ihn um sich herum spüren, musste völlig von ihm *verzehrt* werden, nach dem, was sie gerade durchgemacht hatten. Ein Kuss war nicht genug, nicht wenn er ihr fast genommen worden wäre, bevor sie sehen konnten, was wirklich zwischen ihnen passieren konnte.

Alle Gedanken an die Rückkehr nach Hause lösten sich unter der Kraft von Oz' Kuss auf. Während seine Zunge in ihrem Mund war, konnte sie sich nicht einmal mehr daran erinnern, warum sie das wollte.

Sie ließ ihre Hand wandern, aber als sie seine Taille erreichte, riss Oz sich los. Seine Augen funkelten, und sie fragte sich, ob ihre Augen das gleiche taten. „Ich schenke dir ein Bett", sagte er, die Stimme rau vor Lust.

Emily glaubte, einen besonders einladenden Felsen zu sehen, aber Oz war entschlossen. Und als sich ihr Herzschlag verlangsamte, wurde ihr klar, dass er recht haben könnte. Sie blickte wieder zur Wand der Schlucht hinauf und fragte sich, wo die Soldaten abgeblieben waren.

Oz musste die Frage in ihrem Gesicht gelesen haben. Oder ihre Gedanken. Bedeutete diese Verbindung, dass er ihre Gedanken lesen konnte?

„Ich habe sie verbrannt", sagte er. „Ich dachte, du wärst weg und ich ..." Sein Atem ging ruckartig und er schloss für einen Moment zitternd die Augen. Er schien es noch einmal zu erleben, und Emily wollte ihn da herausziehen.

Sie legte ihre Arme auf seine Schultern und drückte

ihre Stirn gegen seine. „Ich bin hier“, versprach sie. „Ich bin am Leben. Wir sind am Leben.“

Er nickte, wich aber nicht von ihr zurück. „Es war unglaublich riskant. Mein Captain hätte mich auspeitschen lassen, wenn ich es auch nur versucht hätte. Es hätte nach hinten losgehen und mich umbringen können, aber das war mir egal. Ich musste sie dafür bezahlen lassen. Ich habe noch nie so viel Macht abgerufen und ...“ Sein Atem zitterte wieder, aber dieses Mal war es nicht vor Kummer. Er klang erschöpft. Und jetzt bemerkte sie, dass seine Augen blutunterlaufen waren. Und war das getrocknete Blut unter seiner Nase?

Emily bewegte ihre Hände von seinen Schultern, um sein Gesicht zu streicheln. Sie sah genau hin, konnte aber keine weiteren Verletzungen entdecken. „Wirst du wieder gesund?“

„Ja, natürlich“, sagte er schnell, aber Emily sah ihn nur an, und er gab nach. „Ich glaube, ich werde meine Funken eine Weile nicht benutzen können. Oder meine Flügel.“ Es war nicht ungewöhnlich, sie eingezogen zu sehen, aber sie hatte nicht bemerkt, dass er sie *nicht* benutzen *konnte*.

„Also kein Klippenspringen mehr?“ Sie versuchte, die Stimmung aufzulockern.

„Nicht in nächster Zeit.“ Dann grinste er. „Ich wusste, dass deine Flügel prächtig sein würden.“

Sie strahlte ihn an. Jetzt war *nicht* der richtige Zeitpunkt, um sich das Lob zu Kopf steigen zu lassen, aber von Oz konnte sie nicht genug davon bekommen. Dann erinnerte sie sich an ihr Problem. „Wie kriege ich sie wieder weg?"

Er sah verwirrt aus. „Was?"

„Ich kann sie nicht einziehen." Sie versuchte es noch einmal und war sich ziemlich sicher, dass sie eine Sekunde lang um sie herum schimmerten, aber sie verschwanden nicht.

Es dämmerte ihm. Er trat näher und legte seine Hand auf ihr Herz, aber das hatte nichts Sexuelles an sich, nicht dass der Rest ihres Körpers das bemerkte. Wenn er bei dieser ganzen Forderung nach einem *Bett* nachgeben sollte, war sie bereit zu gehen.

„Dein Herz rast", sagte er. „Du bist auf der Hut, bereit für Bedrohungen. Und deine Flügel sind dein Schild. Du musst dich beruhigen, bevor sie sich zurückziehen."

Sie war so voller Adrenalin gewesen, dass sie das Herzrasen nicht bemerkt hatte, aber jetzt, wo er es erwähnte, konnte sie es in ihrer Schläfe pulsieren spüren. „Also werden meine Flügel jedes Mal herauskommen, wenn mein Herz rast?"

Er lächelte und behielt seine Hand, wo sie war. Sie war beruhigend. Erdend. „Nein, nicht, wenn du gelernt hast, dich zu beherrschen. Aber sie werden wahrscheinlich aufblitzen, wenn du dich bedroht fühlst, bis du lernst, wie du das stoppen kannst."

Emily atmete tief durch und ließ sich in seine Berührung sinken. Mit Oz an ihrer Seite fühlte sie sich sicher, auch wenn sie wusste, dass er seine Kräfte ausgeschöpft hatte, bevor er zu ihr kam. „Wie hast du deine Flügel benutzt, wenn du deine Blitze verbraucht hast?" Sie war sich immer noch nicht sicher, wie das alles funktionierte, aber sie beschwerte sich nicht darüber, dass er sie gefunden hatte.

„Reine Willenskraft. Als die Chance bestand, dass du ...", unterbrach er sich.

Emily atmete tief durch, und nach und nach beruhigte sie sich. Es dauerte einige Minuten, aber schließlich verlangsamte sich ihr Herzschlag auf seinen normalen Rhythmus und ihre Flügel schienen sich aufzulösen. Es war nicht das, was sie erwartet hatte. Sie hatte geglaubt, sie würde sie in sich spüren oder zumindest eine Zunahme der Elektrizität, des *Funkens*, wie Oz es nannte, in ihren Adern spüren. Aber es blieb alles beim Alten. Also musste sie hoffen, dass die Flügel zurückkommen würden, wenn sie sie brauchte.

„Und was machen wir jetzt?", fragte sie. Sie hatten kein Fahrzeug und es würden sicher noch mehr Soldaten kommen, die wütend darüber sein würden, was Oz ihren Brüdern angetan hatte.

Er umarmte sie fest. „Wir suchen uns einen Platz zum Ausruhen und gehen dann zurück in die Stadt."

„Die Stadt?" Dieselbe Stadt, aus der sie geflohen waren? „Warum dorthin?" Dort waren die Bösewichte. Aber die Soldaten auf dem Gipfel der Schlucht waren Beweis genug, dass es überall Bösewichte gab.

„Solan wird bald zurückkehren. Und dann können wir uns neu formieren."

Emily hoffte, dass er recht hatte. Sie glaubte nicht, dass sie einen weiteren Kampf mit Soldaten überleben würden.

Oz führte den Marsch durch die Schlucht an. Er kannte sich in dieser Gegend nicht gut aus, aber zumindest hatte er Karten gesehen. Emily machte deutlich, dass sie kein Fan von der freien Natur war, und er konnte es ihr nicht verdenken. Die Sonne brannte heiß auf sie herab, und der Schweiß rann ihnen beiden in Strömen herunter.

„Ich werde heute Abend so verbrannt sein", grummelte sie und verschränkte die Arme vor sich.

Oz blieb stehen und betrachtete sie von oben bis unten. Ihre blasse Haut sah noch genauso aus, wie vorher, nur dass sie ein paar blaue Flecken aufwies. Wenn die Soldaten nicht schon tot wären, hätte er sie für das, was sie seiner Schicksalsgefährtin angetan hatten, umgebracht. „Verbrannt?" Es gab kein Feuer, und ihr eigener Funke konnte ihr nichts anhaben.

Sie sah ihn an, als sei *er* ein Schwachkopf, und zeigte mit dem Finger nach oben. „Sonnenbrand?"

„Sonnen ... brand?" Natürlich konnte die Hitze und das Licht unter bestimmten Bedingungen Brände verursachen, aber er hatte keine Ahnung, wovon sie sprach.

Sie fuchtelte mit dem Finger, zeigte abwechselnd nach oben und dann wieder auf ihre Haut. „Sonnenbrand. Rötet die Haut? Lässt sie Blasen werfen? Tut weh und verursacht Schüttelfrost? Kann auf lange Sicht Krebs verursachen? Der Grund, warum wir Sonnenschutzmittel brauchen? Kommt dir das bekannt vor?"

Er war immer noch verwirrt. Keiner der Menschen, denen er bisher begegnet war, hatte dieses Leiden erwähnt. „Was für ein rauer Planet ist die Erde, dass deine eigene Sonne dich verletzt?" Er hatte immer gedacht, dass sie ein recht gutmütiger Ort sei, aber wie konnte das, was ihnen das Licht gab, sie verletzen? „Wie funktioniert das?" War es die Sonne selbst? Oder würde er einen Weg finden müssen, Emily zu schützen? Sicherlich hätten Grace oder einer der anderen Menschen, die er kannte, erwähnt, dass das ein Problem war.

„UV-Strahlen oder so?" Emily zuckte mit den Schultern. „Ich weiß nur, dass man einen Sonnenbrand bekommt, wenn man ohne Sonnenschutzmittel in die

Sonne geht. Na ja, wenn man so blass ist wie ich, zumindest. Und das ist nicht angenehm."

Was für ein Brand war das? „Die Atmosphäre von Kilrym filtert viele Dinge heraus", versicherte er ihr. „Von Sonnenbrand habe ich noch nie gehört. Aber wir werden irgendwo eine heilende Creme finden, falls du davon betroffen bist. Das verspreche ich dir. Wann wird es sich bemerkbar machen?" Er musste es irgendwie bekämpfen, aber er konnte schlecht die *Sonne* bekämpfen.

Emily rieb sich mit der Hand über die Arme und runzelte die Stirn. „Wir sind schon eine Weile unterwegs. Aber meine Haut ist überhaupt nicht rot. Das ist ..." Sie blickte zum Himmel hinauf. „Kein Sonnenbrand? Daran könnte ich mich gewöhnen. Und niemand wird mir sagen, dass ich braun werden muss."

Braun werden?

Sie musste die Verwirrung in seinem Gesicht gelesen haben. „Bei vielen Menschen wird die Haut dunkler, bevor sie rot wird. Bei Menschen, die so blass sind wie ich, passiert das nicht wirklich. Das hält aber niemanden davon ab, zu bemerken, wie blass ich im Sommer bin."

„Menschen verletzen sich absichtlich, um ihre Haut zu verändern?" Die Erde klang immer seltsamer.

Jetzt lachte Emily. „Willst du mir sagen, dass diese Tattoos auf deinem Arm wie von Zauberhand entstanden sind?" Sie trat näher und fuhr mit den Fingern über die feinen Linien seiner Tinte.

Oz' Schwanz regte sich und er wollte sie näher zu sich ziehen und ihr sagen, was sie ihm angetan hatte, aber das Funkeln in ihren Augen verriet ihm, dass sie es wusste. „Das ist etwas anderes", beharrte er. „Und ich weiß, dass Menschen auch Tätowierungen haben."

Sie ließ ihre Finger über seinen Arm gleiten, bis sie ihre Hände ineinander verschränken konnte. Sie setzten ihren Weg fort, während die drohende Sonne schwächer wurde. „Kennst du viele Menschen?", fragte sie.

„Einige", sagte er. Er war sich nicht sicher, was „viele" bedeutete. „Die Mutter von Grace. Und sie hat ihre menschlichen Freunde in Osais. Die Synnrs heißen Leute von anderen Planeten willkommen. Wir haben Menschen von der Erde und anderen Kolonien. Zusammen mit einem halben Dutzend anderer empfindungsfähiger Rassen. Ich kann nicht behaupten, dass ich dieses System jemals verlassen habe, also weiß ich nicht, was der Weltraum sonst noch zu bieten hat."

„Und ich dachte, ich wäre durch all die Wettbewerbe, an denen ich teilgenommen habe, weit gereist." Sie schüttelte den Kopf. „Es hat mich um die ganze Welt geführt. Aber du sprichst von Reisen zwischen Planeten, als ob das nichts wäre."

„Nicht zwischen Planeten", beharrte er. „Nur zwischen diesem Planeten und seinem Mond. Reisen zwischen Planeten ...", unterbrach er sich. Jetzt war nicht der richtige Zeitpunkt, um *darüber* zu reden.

Und Emily schien nicht zu merken, was er nicht sagte. Wie sollte sie auch? „Warte, macht mich das zur kultivierteren von uns beiden?" Sie lachte. „Ich habe technisch gesehen mehr Planeten gesehen als du."

Er zuckte mit den Schultern. Er hatte keine Lust, darüber zu reden. Nicht jetzt. „Ich nehme an, das hast du. Aber erzähl mir mehr von der Erde. Eure Sonne greift euch an. Was gibt es da noch? Zittert der Boden unter euren Füßen? Regnet es Feuer vom Himmel?" Er lachte, als er das sagte.

Und Emily erwiderte sein Lachen. „So in etwa? Ich meine, es gibt hier und da Erdbeben. Und ich schätze, Vulkane spucken Magma. Zählt das auch?"

Er hatte einen Scherz gemacht, aber jetzt war er beunruhigt. „Von was für einem Katastrophenplaneten kommst du denn?"

Sie lachte wieder. „Eigentlich ist es ganz angenehm. Wo ich wohne, gibt es keine Erdbeben. Auch keine Wirbelstürme. Nur gelegentliche Tornados."

Damit war die Sache erledigt. Selbst wenn es eine Option gewesen wäre, hätte er sie nicht auf die Erde zurückkehren lassen. Das war viel zu gefährlich.

„Was ist das für ein Gesicht?", fragte sie und stupste ihn sanft an der Schulter an.

Er könnte fast so tun, als würden sie umeinander

werben, als wäre dieser Spaziergang nichts weiter als ein gemütlicher Spaziergang. Aber das würde bedeuten, dass er ignorieren würde, wie träge sein Blut durch seine Adern floss, dass sein Funke sich fast komplett aufgelöst hatte. Und er würde nie vergessen können, wie Emily von der Klippe stürzte.

Aber er schob diese Gedanken beiseite. Sie waren beide am Leben, und er hatte die feste Absicht, dass das auch so blieb. „Dein Planet klingt erschreckend", gab er zu. Sicher, auf Kilrym und Aorsa gab es Stürme und Wetterereignisse, aber das, was Emily beschrieb, war eine Katastrophe, die nur alle zehn Jahre vorkam. Er konnte sich nicht vorstellen, mit der ständigen Bedrohung seines Lebens und seiner Existenzgrundlage zu leben.

„Es ist wirklich nicht so beängstigend, wie es klingt. Du könntest ..." Sie presste die Lippen zusammen, als ob sie etwas andeuten wollte, das nicht mehr zurückgenommen werden konnte.

Er musste ihr die Wahrheit sagen. Je länger das so weiterging, je länger er sie glauben ließ, dass es einen Weg zurück zu dem Zuhause gab, das sie einst gekannt hatte, desto mehr würde sie ihn hassen, wenn sie die Wahrheit erfuhr. „Emily, ich ...", aber jetzt war er an der Reihe, den Mund zu halten. Die Lichtung vor ihnen hätte nichts Besonderes sein sollen, nur ein weiteres

Stück offener Fläche, auf der sich Wildtiere ausruhen konnten.

Aber das Fahrzeug, das auf dem Feldweg stand, war ganz sicher keines der Tiere, das er je gesehen hatte.

„Bleib hier", befahl er seiner Schicksalsgefährtin.

Emily protestierte nicht, obwohl er spüren konnte, wie ihr Funke sich entzündete, als wäre sie bereit, ihn vor jeder Bedrohung zu schützen, die ein verlassenes Fahrzeug darstellen könnte. Oz konnte sein Lächeln nicht unterdrücken. Seine Schicksalsgefährtin war eine wilde Frau, und er konnte es kaum erwarten, zu sehen, wie es sein würde, wenn sie erst ein wenig trainiert war.

Er umkreiste das Fahrzeug, bevor er ihm zu nahe kam, aber er konnte nichts Ungewöhnliches entdecken. Sie waren ziemlich weit von der nächsten Siedlung entfernt, also hatte er keine Ahnung, warum das Fahrzeug dort stand. Sie waren an keiner Siedlung vorbeigekommen, als sie den Pfad hinaufwanderten, der aus der Schlucht führte.

Aber *irgendjemand* musste den Pfad angelegt haben.

In der Gewissheit, dass das Fahrzeug nicht plötzlich explodieren würde, wenn er ihm zu nahe kam, öffnete Oz die Tür und schlüpfte hinein.

Das Ding war leer.

Er versuchte jeden Knopf, jeden Schalter, aber es ließ sich nicht einschalten.

Bei Braznons Eingeweiden.

Er griff nach seinem Funken, in der Hoffnung, das Fahrzeug selbst mit Energie versorgen zu können, aber sein Funke war schwach und gab ihm nicht die nötige Energie. Er schlug mit dem Kopf gegen die Navigationstafel, als die Hoffnung aus ihm wich.

Aber er war nicht der Einzige, der einen Funken hatte.

Er winkte Emily herüber, die ihm entgegenlief. „Was ist los?", fragte sie. „Ist es ... laufen eure Autos mit Benzin?"

„Benzin? Nein. Es gibt eine wiederaufladbare Batterie. Leider hat dieses seine Ladung verloren. Ich vermute, dass der Besitzer dieses Fahrzeugs vorhat, es abschleppen zu lassen, aber es könnte einige Zeit dauern, einen Abschleppwagen hierher zu bekommen." Das bedeutete auch, dass sie wahrscheinlich nicht so weit von der Zivilisation entfernt waren, wie er dachte.

„Es ist also leer? Verdammt." Emily lehnte sich gegen die Karosserie des Fahrzeugs und ließ den Kopf hängen.

„Es braucht ein bisschen Strom", erklärte Oz. „Und ich bin immer noch ausgebrannt."

Seine Schicksalsgefährtin strahlte. „Ich aber nicht."

„Du nicht", bestätigte er. „Also willst du helfen?"

Sie nickte eifrig. „Was soll ich tun? Und warum konnte es die Person, der das Auto gehört nicht tun?

Hast du nicht gesagt, du würdest den Motor des anderen Wagens vermutlich nur verheizen?“

Gute Fragen. „Manche Leute haben ihren Funken nicht unter Kontrolle, vor allem solche ohne militärische Ausbildung. Wer auch immer das Fahrzeug besitzt, hätte es wahrscheinlich genauso gut zerstören wie reparieren können. Es ist auch möglich, dass sie das Innenleben nicht genug verstehen, um zu wissen, *wo* sie die Energie einsetzen müssen. Und wir hatten es vorhin so eilig, dass ich mir nicht die nötige Zeit nehmen konnte, um meinen Funken zu entfachen.“

Sie blinzelte ihn zweimal mit Lippen zusammengepressten Lippen an. „Ich bin mir ziemlich sicher, dass das auf mich zutrifft. Ich bin nicht einmal mit der Funktionsweise von Autos auf der Erde vertraut, geschweige denn mit außerirdischen Fahrzeugen.“

Es war seltsam zu hören, dass sein eigener Planet als außerirdisch bezeichnet wurde. *Emily* war hier die Außerirdische. Aber er hatte nicht vor, sie zu korrigieren. „Deshalb hast du ja mich“, sagte er zu ihr. „Theoretisch sollte ich in der Lage sein, Kraft aus dir zu ziehen. Und wenn nicht, kann ich dir sagen, was du tun sollst.“

„Warum hast du es dann nicht einfach getan?“ Sie kletterte neben ihn auf den Beifahrersitz und drehte sich zu ihm um.

„Ich fand es unhöflich, nicht zu fragen.“

Sie zuckte mit den Schultern. „Ich bin noch neu in dieser ganzen Sache. Nimm dir, was du willst."

Hitze durchströmte ihn. Er würde alles nehmen, was sie ihm anbot, und noch mehr. Aber noch nicht, nicht jetzt. Patrouillen könnten die Gegend nach ihnen absuchen, und sie mussten sich in Sicherheit bringen. Schnell.

Er konzentrierte sich, bis er die Verbindung spüren konnte, die er jetzt mit Emily teilte. Obwohl sich ihre Kräfte größtenteils vermischten, hatten sie immer noch ihre eigenen persönlichen Reserven. Er hatte seine im Kampf gegen die Soldaten ausgeschöpft, aber sie strotzte nur so vor Kraft. Es kostete ihn fast keine Mühe, ihre Kraft abzurufen, und sie keuchte und bewegte sich in ihrem Sitz, lehnte sich dicht an ihn heran.

„Das fühlt sich komisch an", flüsterte sie.

Das tat es auch. Die Kräfte, die sie zuvor geteilt hatten, waren miteinander verschmolzen, bis er nicht mehr wusste, wo ihre aufhörten und seine anfingen. Diese Kraft gehörte ganz ihr. Aber er war eingeladen worden, sie zu nutzen, und er wusste das Geschenk zu schätzen.

Es war eine gefährliche Sache, die er da tat, und vielleicht hätte er ihr erklären sollen, dass er, wenn er nicht vorsichtig war, ihre Lebenskraft anzapfen und sie als leere Hülle zurücklassen konnte. Aber er brauchte nicht viel Kraft, und er sah keinen Grund, ihr Angst zu machen.

Er richtete die Energie vor sich auf die Fahrzeugbatterie und erweckte sie mit einem kontrollierten Aufflackern von Emilys Funken wieder zum Leben. Es dauerte zwei weitere Anläufe, bis das Fahrzeug ansprang, aber als es das tat, ließ Oz die Kraft seiner Schicksalsgefährtin los und spürte, wie sie aus ihm herausfloss.

Aber diese wenigen Sekunden geliehener Energie hatten ausgereicht, um seinen eigenen Funken zusammen mit dem Motor wieder zum Leben zu erwecken. Er lächelte Emily an, und dann beugte er sich zu ihr und küsste sie, froh darüber, dass sie einen Ausweg gefunden hatten.

„Lass uns zurück in die Stadt fahren", sagte er, als er sich von ihr löste. „Ich bin bereit, diesen Planeten zu verlassen."

KAPITEL VIERZEHN

EMILY WAR NOCH NIE in ihrem Leben so glücklich, in einem Auto zu sitzen. Sie schaute aus dem Fenster, während sie langsam über den Feldweg rumpelten. „Keine fliegenden Autos?", fragte sie nach einer Weile.

Oz blickte hinüber und nahm ihre Hand. Das taten sie oft, sie tauschten kleine Berührungen aus, als könnten sie es nicht ertragen, zehn Minuten lang keinen Kontakt zu haben. Es gefiel ihr. Noch nie hatte sich jemand so verzweifelt nach ihr gesehnt, und sie hatte noch nie dasselbe Gefühl gehabt. „Fliegende Autos?", fragte er.

„In all den Science-Fiction-Geschichten zu Hause gibt es fliegende Autos. Ich meine, ihr habt Raumschiffe, solltet ihr nicht auch fliegende Autos haben?" Sicher, Kilrym war nicht gerade wie *Die Jetsons*, aber Emily wünschte sich ein wenig mehr technischen Fortschritt. Welchen Sinn hatte es, durch das Universum zu reisen, wenn der Ort sie so sehr an zu Hause erinnerte?

„Einige Fahrzeuge sind mit einem Schwebeantrieb ausgestattet", sagte er, „aber der Anti-Schwerkraft-Antrieb dieser Einheit ist kaputt. Wir werden uns auf die Räder verlassen müssen." Er hielt einen Moment inne und warf ihr dann einen Blick zu. „Es gab noch keine Raumfahrt, als du ...", unterbrach er sich.

Das hatte er schon oft getan. Zuerst hatte Emily es nicht bemerkt, aber jetzt, wo sie einen Moment Zeit zum Durchatmen hatten, begann sie, seine Seltsamkeiten zu katalogisieren. Jedes Mal, wenn sie länger als dreißig Sekunden über die Erde sprachen, schien Oz verzweifelt nach einem anderen Thema zu suchen. Sie hatte keine Ahnung, warum.

Nein, das war nicht ganz richtig. Sie hatte einen Verdacht.

Er wollte nicht, dass sie zurückging, aber er war nicht bereit, ihr das zu sagen, weil er Angst hatte, sie würde zurückgehen wollen.

Würde sie das?

Was würde sie sagen?

Konnte sie sich wirklich vorstellen, auf Kilrym zu bleiben, oder wo auch immer Oz lebte, und die Rückkehr zur Erde aufzugeben? Sie sollte ihr Leben in der Heimat beginnen. Sie hatte viel Zeit und noch mehr Geld investiert, um eine Ausbildung zu absolvieren, die auf seinem

Planeten praktisch nutzlos war. Es war ja nicht so, dass sie einen Anwalt von der Erde bräuchten. Oder eine Turnerin.

Andererseits wusste sie auch nicht viel über die Synnrs. Vielleicht hatten sie ein solides Rechtssystem und sie konnte etwas *darüber* lernen. Hatte Oz nicht gesagt, dass sie Anwälte haben? Sie könnte eine außerirdische Anwältin sein.

Das brachte sie fast dazu laut aufzulachen.

„Definiere Raumfahrt", sagte sie schließlich. Wie würde sich die begrenzte Mission der Erde für einen Mann anhören, der das Hin- und Herfliegen vom Planeten zum Mond wie einen normalen Flug behandelte?

„Dass ich sie überhaupt definieren muss, bedeutet, dass es sie gibt, oder?" Er grinste sie mit blitzenden Reißzähnen an.

Emily wurde flau im Magen. Aber das war nur die Hälfte dessen, was Oz' Anwesenheit bei ihr auslöste. War es eine Schwärmerei? Konnte man es nach dem, was sie in der Nacht zuvor getan hatten, noch Schwärmerei nennen? Sie wünschte, sie wüsste es. Sie wünschte, sie wäre nicht allein auf diesem blöden Planeten gestrandet und hätte einen Freund, mit dem sie reden könnte.

Nicht, dass Oz kein Freund wäre. Sie war sich ziemlich sicher, dass er ihr *bester* Freund werden könnte, wenn sie ihn ließe. Aber das bedeutete nicht, dass sie ihm alles erzählen wollte. Vor allem, wenn es darum ging, wie sehr ihre Gefühle für ihn sie verwirrten.

War das überhaupt das richtige Wort?

Sie war nicht *verwirrt*, weil sie ihn mochte, weil sie sich zu ihm hingezogen fühlte. Aber sie hatte sich ihr ganzes Leben lang so sehr auf andere Dinge konzentriert, dass sie jetzt, wo sie Beziehungsfragen hatte, genauso verloren war wie eine Turnerin bei ihrem ersten Training.

„Glaubst du, wir schaffen es heute noch zurück in die Stadt?", fragte sie. Sie freute sich nicht gerade darauf, dorthin zu kommen, aber es war ein weiterer Schritt, um den Apsyns zu entkommen, die sie gefangen nehmen wollten.

Oz spähte aus dem Fenster. Der unbefestigte Weg war langsam einer asphaltierten Straße gewichen. Sie hatte das Zeitgefühl verloren, nicht dass sie *jemals* wirklich ein Zeitgefühl gehabt hätte, denn das Auto schien keine Uhr zu haben, die sie ablesen konnte, und sie war sich nicht sicher, wie lange sie schon gefahren waren. Eine Stunde oder so? Sie konnte nicht glauben, dass es weniger als das war.

„Ich hoffe es", antwortete Oz. „Diese kleineren Straßen sollten uns bis nach Vanen bringen, und es gibt keinen Grund, warum dieses Fahrzeug überwacht werden sollte. Ich habe nach einem Peilsender gesucht, bevor wir losgefahren sind, und es gibt keinen. Wenn alles gut geht, wirst du heute Nacht in einem Bett schlafen."

„Werde ich alleine schlafen?" Hätte Emily darüber nachgedacht, was sie sagte, bevor sie die Worte herausbrachte, hätte sie es nie gesagt. So aber flammten ihre Wangen nun auf, aber sie sagte nichts weiter und versuchte auch nicht, es zurückzunehmen.

Oz atmete scharf ein und sah sie länger an, als es angesichts der Tatsache, dass er am Steuer saß, sicher war. Würde sie Blitze in seinen Augen tanzen sehen, wenn sie ihn anders als aus dem Augenwinkel betrachten könnte? „Das hängt ganz von dir ab", sagte er mit der gleichen rauen, sexy Stimme, die er benutzte, wenn er an sie beide dachte.

„Es ist ja nicht so, dass ich noch einmal in Solans Bett schlafen möchte." Sie meinte es als Scherz, aber wenn der raubtierhafte Laut, der aus Oz' Mund kam, ein Hinweis darauf war, war er *kein* Fan. Hat er seine Reißzähne gezeigt? Sie sollte es wahrscheinlich nicht so heiß finden, dass er sich besitzergreifend verhielt. „Wenn du also meine andere Option bist ..."

„Mein Bett gehört dir", sagte er mit der Ernsthaftigkeit von etwas viel Bedeutungsvollerem. Emily war sich *sicher*, dass er eine weitere Erklärung abgeben wollte, aber er sagte nichts weiter.

Der Rest der Fahrt verlief reibungslos, aber als sie

von den kleinen Nebenstraßen auf den Highway abbogen, stieg Emilys Angst ins Unermessliche. Sie war sich sicher, dass eine Patrouille sie entdecken und anhalten würde, dass man sie festnehmen würde, lange bevor sie die Stadt erreichten. Der Tag ging in die Nacht über, keine Patrouille belästigte sie. Sie fuhren zwischen hohen Gebäuden hindurch, die Stadt schien plötzlich um sie herum zu entstehen, und niemand schenkte ihnen Beachtung. Trotzdem sackte sie in ihrem Sitz zusammen, als würde sie dadurch weniger als Zielscheibe erscheinen, weniger offensichtlich menschlich. Natürlich würde das aus der Ferne sowieso niemand erkennen können.

Und sie hatte jetzt ihre eigenen Flügel. Das würde sie eine Minute lang täuschen.

Sie erkannte die Straßen nicht, in die Oz abbog. Sie waren nicht in der Nähe des Clubs, des Labors oder seiner alten Behausung. Aber die Stadt war groß, also war sie nicht überrascht. Ein paar Minuten später hielt er ihr gestohlenes Auto in einer Parklücke. „Ich bringe dich ins Haus, dann muss ich das Fahrzeug woanders abstellen. Wenn es als gestohlen gemeldet wird, möchte ich nicht, dass es zu uns zurückverfolgt werden kann."

Das ergab Sinn. Emily war nicht erpicht darauf, allein gelassen zu werden, aber sie konnte damit umgehen. „Ich nehme an, es ist sicherer, wenn ich drinnen warte?"

„Ich werde zu Fuß zurückgehen müssen", sagte er, „oder vielleicht einen oder zwei Busse nehmen, um die Spur zu vertuschen. Es ist das Beste, wenn wir nicht zusammen gesehen werden."

Sie wusste, dass er recht hatte. Aber sie fühlte sich dadurch nicht besser.

Anders als die letzte Unterkunft, in der Oz und Solan gewohnt hatten, war dies ein freistehendes Haus mit einem kleinen Garten. Es war groß genug für zehn Personen, und wenn die Mieten auf Kilrym mit denen auf der Erde vergleichbar waren, wollte sie nicht daran denken, was die Wohnung monatlich kosten würde. War ihr Schicksalspartner stinkreich? Nicht, dass sie ihn mehr mögen würde, wenn er reich wäre. Außerdem, wenn er aufgrund einer militärischen Angelegenheit hier war, zahlte wahrscheinlich sowieso das Militär dafür.

Aus irgendeinem Grund gingen sie nicht durch die Vordertür hinein. Oz führte sie an der Seite des Hauses entlang zu einer kleinen Außentreppe, die unter das Straßenniveau hinabführte. Dort öffneten sie eine Tür und traten in den kalten Keller. Es war dunkel und feucht, und Emily wollte sich nicht lange dort aufhalten. Man konnte nicht wissen, was für Ungeziefer dort lauerte, und sie wollte es nicht herauszufinden.

Oz hatte gerade das Licht angeschaltet, als er Schritte hörte. Er schob sie hinter sich und breitete seine Flügel aus. Emily versuchte, ihre abzurufen. Sie konnte den Funken tief in ihrem Inneren spüren, arbeitete aber immer noch daran, ihn auszulösen, als sie ein weiteres Paar Flügel erblickte, das sich eng um ihren potenziellen Angreifer schlang, bereit, ihn vor allem zu schützen, was Oz ihm entgegenwerfen könnte.

Aber sie waren nicht in Gefahr. „Malsan Ozar", ertönte Solans Stimme begleitet von einem erleichterten Seufzer. „Du bist am Leben."

Malsan? War das Oz' richtiger Name? Sie merkte es sich für später.

Oz zog seine Flügel ein. „Wir sind in ein paar Schwierigkeiten geraten." Er nahm ihre Hand und führte sie durch den Keller zur Treppe, wo Solan wartete. Solan musterte sie beide, und Emily war sich nicht sicher, ob er nach Verletzungen oder etwas anderem suchte. Er schien gesund zu sein, abgesehen von den Tränensäcken unter seinen Augen. Er war völlig ausgezehrt.

„Ich habe den Unterschlupf gefunden. Ich war mir sicher, dass du entführt wurdest. Oder Schlimmeres." Er schauderte, als ob er es sich immer noch vorstellte.

„Uns geht es gut. Aber ich muss ein Fahrzeug verstecken. Kannst du auf Emily aufpassen, während ich weg bin?" Oz drückte ihre Hand.

Solan blickte auf ihre verschränkten Hände hinunter und dann wieder hoch, eine Frage stand ihm in die Augen geschrieben. Aber Oz schien nicht darauf aus zu sein, sie zu beantworten. Und Emily war sich nicht sicher, was sie sagen sollte. Wie würde diese Verpaarungs-Sache bei seinem Volk ankommen? Er hatte gesagt, dass die Synnrs nichts gegen Verpaarungen von Nicht-Zulir hatten, aber war das die ganze Geschichte?

Was würde sein Captain denken? Seine Familie? *Hatte* er überhaupt eine Familie? Die Dinge hatten viel mehr Sinn ergeben, als sie nur zu zweit waren. Vielleicht war sie aber auch nur in der Lage gewesen, die Realität auszublenden.

„Möge deine Rückkehr schnell erfolgen", sagte Solan, und Emily fragte sich, ob sie etwas verpasst hatte. Sie waren an der Treppe, aber Oz schien nicht nach oben gehen zu wollen. Er drückte noch einmal ihre Hand und sie drehte sich zu ihm um. Sie sahen sich einen langen Moment lang an, ohne dass ein Wort zwischen ihnen gesprochen wurde. Dann streckte Oz seine freie Hand aus, zog sie an sich und küsste sie innig. Besitzergreifend. Er markierte sie stumm.

Er konnte so lange weitermachen, wie er wollte.

Doch nach einem Moment zog er sie zurück und nickte einmal, bevor er sich umdrehte und sie in Solans Obhut gab.

Der andere Synnr räusperte sich und sah sie eine lange Minute lang an, aber auch er schien nichts zu sagen zu haben. Er führte Emily die Treppe hinauf.

Sie hoffte, dass Oz bald zurückkehrte.

Oz brauchte fast zwei Stunden, um zurück zum Haus zu gelangen, und die Zeit war noch nie so langsam vergangen. Natürlich hatte er noch nie sein Herz zurückgelassen. In der kurzen Zeit, in der sie zusammen waren, hatte Emily es völlig für sich gewonnen.

Er vertraute Solan. Er wusste, dass er ein guter Mann und ein fähiger Soldat war, aber Oz würde keine Ruhe finden, bis er Emily wiedersah. Ihren Funken in seinen Adern zu spüren, war nicht genug. Nicht jetzt.

Würde das Bedürfnis nachlassen? Wollte er es?

Oz konnte keine dieser Fragen beantworten. Aber als er wieder im Haus ankam und Solan und Emily am Küchentisch sitzen und eine köstlich duftende Mahlzeit essen sah, konnte er endlich wieder aufatmen. Es ging ihr gut. Und Solan auch. Das war gut.

„Wie es scheint, habt ihr ein ziemliches Abenteuer hinter euch", sagte sein Freund. „Obwohl Emily mir nicht alles erzählt hat." Es klang wie eine Anschuldigung, und Oz wurde stutzig.

Emily schenkte ihm ein zaghaftes Lächeln. „Ich dachte, du solltest hier sein, bevor wir darüber sprechen, was passiert ist."

Oz lächelte zurück, ohne zaghaft zu sein. „Ich danke dir. Aber ich vertraue Solan mit meinem Leben. Und deinem. Du kannst ihm alles erzählen."

Ihre Augen weiteten sich und ihre Wangen wurden rot. „Alles?"

Bevor Oz etwas sagen konnte, stellte Solan einen Teller mit Essen schwer vor ihm ab. „Iss", befahl er. „Und wenn ihr beide versucht zu verbergen, dass ihr miteinander geschlafen habt, dann scheitert ihr. Auf erbärmliche Weise."

Emilys Wangen wurden noch röter und Oz blickte Solan an. „Lassen wir die privaten Angelegenheiten aus dem Spiel."

„Weil Cru keine Fragen haben wird?", schoss er zurück.

Oz wollte gar nicht daran denken, was sein Captain sagen würde. Cru war bestenfalls ein Arschloch. Er konnte Oz nicht dafür bestrafen, dass er sich in Emily verliebt hatte, nicht wirklich. Und er *glaubte* nicht, dass Cru ihnen ihre Verbindung übelnehmen würde, aber das konnte man erst sagen, wenn sie wieder auf dem Schiff waren und mit ihm gesprochen hatten.

„Stimmt etwas nicht?", fragte Emily. Ihre Schüssel war fast leer und sie schob sie weg, anstatt die letzten Bissen zu essen.

Oz schaufelte sich das Essen in den Mund, um sich einen Moment Zeit zum Nachdenken zu verschaffen. Solan schien auch nicht darauf erpicht zu sein, zu antworten. Andererseits hatte er auch nicht alle relevanten Informationen. Und Emily musste es gemerkt haben, denn sie ließ Oz nicht aus den Augen. Das Kauen seines Essens konnte nur eine gewisse Zeit in Anspruch nehmen, und obwohl er versucht war, einen weiteren Bissen zu nehmen, widerstand er dem Drang. „Unser Captain, Crubok Scofoyl, kann ein bisschen ..." Wie konnte er das sagen, ohne in eine Verleumdung abzugleiten? Er glaubte nicht, dass Solan ihn verraten würde, aber auch sein Freund musste seine Grenzen haben. „Er kann in seinen Überzeugungen verbohrt sein", sagte Oz schließlich. „Und wir sind ab und zu aneinandergeraten. Ich bin mir nicht sicher, ob er glücklich über unsere Verpaarung sein wird."

Solan stotterte: „Verpaarung?"

„Ich bin noch nicht dazu gekommen, ihm diesen Teil zu erzählen", gab Emily zu. „Wenn euer Captain ein Problem damit hat, müssen wir es ihm dann sagen? Es ist ja nicht so, dass er es merken würde, wenn er meine Flügel nicht sieht. Es sei denn, ich verpasse ihm aus Versehen einen Stromschlag."

„Flügel?" Solan war noch mehr entrüstet. „Strom-schlag?" Er richtete seinen Blick auf Oz. „Emily ist also nicht nur deine Schicksalsgefährtin, du hast dich mit ihr verbunden. Weiß sie ..."

„Wir waren dabei zu sterben", unterbrach sie ihn. „Und ich wusste, was ich wissen musste. Ich kann nicht sagen, dass ich jedes Detail verstehe, aber Oz hat es mir erklärt. Und es war meine Entscheidung."

Solan sah sie an, dann Oz, dann wieder Emily. Als er Oz ein letztes Mal ansah, wusste Oz, dass sie besser unter vier Augen über die Dinge sprechen würden. „Du solltest eine Verpaarung oder eine Verbindung nicht vor unserem Captain geheim halten. Er ist vielleicht ... resistent, aber er kann nichts dagegen tun. Und es ist eine wichtige Information. Es zu verheimlichen wäre unvorsichtig."

Oz hatte befürchtet, dass er so etwas sagen würde. „Wann fahren wir zurück zum Schiff? Hat er dir Ärger gemacht?"

Emily antwortete für Solan. „Er hat Lena an dein Med ... Ding angeschlossen", sie zog eine Grimasse, als hätte sie das Wort vergessen. „Und er sagte, die anderen wären in Sicherheit."

„Das Timing war gut", sagte er. „Der Captain war in einer Besprechung mit dem Oberkommando, und Jori war der amtierende Captain. Er versprach, sich um die Menschen zu kümmern und einzugreifen. Wir brechen morgen früh auf."

„Wenn dieser Typ so ein schlechter Captain ist, warum hat er dann das Kommando?", fragte Emily, verschränkte ihre Arme und lehnte sich in ihrem Stuhl zurück. „Es scheint, als würde ihn keiner von euch besonders mögen."

„Familienname, Geld, gute Noten an der Akademie. Das alles führt zu so einem Posten und einer kleinen

Mannschaft. Er ist ... kompetent", das musste Oz ihm zugestehen. Cru machte seine Arbeit gut. Meistens jedenfalls. Und es gab genug Leute im Oberkommando, die wie er dachten, sodass er seine Position nicht riskieren würde, indem er einige seiner eher ... zulirzentrierten Ansichten äußerte.

„Sie sollten nicht zu viel mit ihm zu tun haben", fügte Solan hinzu. „Er ist sehr beschäftigt und wird keine Zeit haben, einen Haufen Menschen zu beobachten."

„Im Moment ist alles besser als der Zustand, in dem wir uns befinden", sagte Emily. Sie stand auf. „Ich brauche eine drei Stunden lange Dusche. Ich sehe dich später." Sie küsste Oz nicht, aber sie strich ihm mit der Hand über die Schultern, als sie das Zimmer verließ.

Solan wartete, bis sie hörten, wie sich die Tür zum Badezimmer schloss und das Wasser zu laufen begann, bevor er sprach. „Du hattest auf keinen Fall Zeit, deinem Menschen alles über Verpaarungen zu erklären. Sie wäre nicht annähernd so ruhig gewesen."

„Du sprichst davon, als wäre es ein Todesurteil." Oz schaufelte sich das Essen in den Mund und kümmerte sich nicht mehr um Manieren.

„Weiß sie, dass sie eingezogen werden könnte? Dass du *sie* brauchst, wenn du in der Rangordnung aufsteigen willst? Sie ist kein Soldat." Solan starrte ihn an.

„Sie *ist* eine Kämpferin", gab Oz zurück. „Und sie hat mehr Mut als zehn Soldaten. Jede Entscheidung, die wir in Zukunft treffen, werden wir gemeinsam treffen."

„Selbst wenn das bedeutet, dass du deine Karriere aufgeben musst?" Solan sah nicht überzeugt aus. Er kannte Oz seit Jahren und wusste, wie entschlossen er war, seine Position zu halten.

„Ja." So genau hatte Oz darüber nicht nachgedacht. Noch nicht. Es war alles noch zu neu. Aber er konnte jetzt nicht nur an sich denken. Emily würde ein Teil dieser Entscheidungen sein. *Wenn* sie ihm verzeihen konnte.

„Die Menschen sprachen von einer Rückkehr zur Erde", bemerkte Solan. „Was hat deine Schicksalspartnerin dazu zu sagen? Kennt sie die Wahrheit?"

„Sie weiß nicht genug über Raumfahrt, um es herauszufinden." Die Worte hinterließen einen sauren Geschmack auf der Zunge, und er sprach leiser, als er musste. Sie konnte sie wegen des Rauschens des Wassers in ihrer Dusche nicht hören, aber er wollte es nicht riskieren.

„Das Leben, das sie kennen, ist vorbei", sagte Solan. „Wir können es ihnen nicht zurückgeben."

„Warum erzählst du mir etwas, das ich schon weiß?", fragte er finster.

„Weil ein Leben, das auf Lügen aufgebaut ist, zwangsläufig zerbricht. Deine Schicksalspartnerin muss alle Informationen haben."

„Ich werde es ihr sagen", versprach Oz. „Irgendwann. Wir *waren* ein bisschen beschäftigt." Er nahm seine und Emilys Schüssel und brachte sie in die Küche, um sie abzuwaschen. „Ich werde Emily helfen, ihren Funken zu zügeln. Wir werden im Keller arbeiten."

„Ach? Ist das alles?" Solan schenkte ihm ein finsteres Grinsen.

Früher hätte Oz vielleicht mitlachen können. Aber seine Gefühle kochten zu sehr an der Oberfläche, und was er für Emily empfand, war kein Witz.

Er ließ Solan in Ruhe. Entweder das oder er würde den Mann schlagen.

KAPITEL FÜNFZEHN

„OKAY, das habe ich nicht erwartet, als du sagtest, du wolltest mir im Keller etwas zeigen", sagte Emily und sah sich an, was Oz aufgebaut hatte. Wenn ein Typ ein Mädchen einlädt, in seinem Keller abzuhängen, kann er nur eines heißen.

Zumindest dachte sie das.

Andererseits *luden* wahrscheinlich auch Mörder Leute in ihre Keller ein. Vielleicht konnte ein Typ also zwei Dinge meinen.

Sie hatte wirklich gehofft, mit ihm rummachen zu können. Nicht was auch immer ... das hier war. Im ganzen Keller waren in Abständen alte Möbel aufgestellt. So einen Aufbau hatte sie noch nie gesehen. Und es sah nicht bequem aus. Aber wenn man bedenkt, dass einige der Stühle halb verrottet aussahen, konnte sie sich nicht vorstellen, dass jemand dort sitzen wollte. „Warum sind wir hier unten?", fragte sie.

Oz lehnte sich gegen die Betonwand - oder zumindest sah sie wie Beton aus; sie war sich nicht sicher, ob Zulirs das gleiche Material verwendeten - und nickte in Richtung des ersten Stuhls. „Ich konnte nicht gerade einen regulären Übungsplatz einrichten. Aber für heute Abend wird das ausreichen. Ich möchte, dass wir versuchen, unsere Kräfte einzusetzen. Und ich möchte, dass du lernst, wie *du* deine einsetzen kannst."

„Ich habe keine Kräfte." Sicher, sie war in der Lage gewesen, diese coolen Flügel heraufzubeschwören ... Einmal, aber wenn sie die Kraft hätte Blitze zu beschwören, hätte sie sie sicher irgendwann in ihren vierundzwanzig Jahren ausgelöst. Ein paar Funken in der Hitze des Gefechts zählten nicht. Sie glaubte nicht, dass Oz so besonders war, dass er sie spontan Superkräfte entwickeln lassen konnte.

Aber das konnte sie ihm natürlich nicht sagen.

„Als wir uns verbunden haben, sind unsere Funken verschmolzen", sagte er. „Und während du deine als ungebundener Mensch nicht abrufen konntest, solltest du jetzt dazu in der Lage sein. Wenn wieder etwas passiert, möchte ich, dass du dich verteidigen kannst." Er stieß sich von der Wand ab und schritt auf sie zu, legte seine Hände auf ihre Schultern und sah auf sie herab. Sein Blick war offen, ermutigend, verletzlich. So hatte sie noch nie jemand angeschaut, und Emily könnte ein bisschen verrückt werden, wenn er so weitermachte.

Es gefiel ihr. Sehr sogar.

Und wenn die Beschwörung von Superkräften, von denen sie ziemlich sicher war, dass sie sie nicht besaß, Oz dazu bringen würde, sie so anzusehen, würde sie den Blitz von Zeus selbst stehlen. Nicht, dass das jemals zu etwas Schlimmem geführt hätte.

„Was soll ich denn jetzt tun?" Sie öffnete ihre Handflächen, streckte ihre Finger aus und formte sie zu Krallen, wie sie es in Superheldenfilmen gesehen hatte. Bei Thor sah das ganz einfach aus. Aber andererseits hatte er ja auch den Hammer.

Oz verschränkte ihre Finger miteinander und zog ihre Hand hoch, küsste ihre Knöchel, bevor er sie losließ und zurücktrat, um ihr Raum zu geben. „Dein Funke ist ein Teil von dir", erklärte er. „Du musst ihn finden und ihn an die Oberfläche bringen. Versuche nicht, ihn zu unterdrücken."

Emily schloss die Augen und versuchte, sich einen Reim darauf zu machen. Sie konnte *fast* spüren, wie etwas in ihr brodelte, etwas, das sie nie zuvor bemerkt hatte. Vielleicht war das ihre Verbindung zu Oz. Ihr Funke. Sie konzentrierte sich und versuchte, ihn zu etwas mehr zu schüren. Aber er war so substanzlos wie Luft, und als sie versuchte, ihn festzuhalten, löste er sich in nichts auf. Sie öffnete die Augen und ließ die Arme sinken, obwohl sie gar nicht gemerkt hatte, dass sie sie ausgestreckt hatte.

Oz sah nicht enttäuscht aus, aber sein Blick wurde nachdenklich. „Erzähl mir, wie sich das angefühlt hat."

Sie erklärte es so gut sie konnte, aber Worte schienen nicht auszureichen. „Ich kann nicht einmal herausfinden, wie ich meine Flügel wieder herausbekomme. Wie soll ich denn da Blitzkräfte einsetzen?"

Sie hatte nicht mit dem Grinsen gerechnet und auch nicht damit, wie seine Augen aufleuchteten. „Gutes Argument", sagte er.

War es das? Emily versuchte, ihr Lächeln zu verbergen. Aber wenigstens *eine* Sache konnte sie richtig machen.

„Lass uns mit deinen Flügeln anfangen. Du *weißt*, dass du das kannst. Du hast es bereits getan. Also, breite deine Flügel aus."

„Ach ja, weil das ja so einfach ist", brummte sie. Sie wusste nicht, was in sie gefahren war. Emily hätte ihren Trainern *nie* so widersprochen. Und war es nicht das, was Oz in dieser Situation war? Ein Trainer? Der Gedanke ließ sie erschaudern. Sie hatte noch nie unanständige Gedanken über einen Trainer gehabt, aber in diesem Moment fragte sie sich, welchen Trick sie anwenden musste, um Oz aus seinen Kleidern zu bekommen.

Das war ein Ansporn.

„Das!" Oz schnippte mit den Fingern. „Was hast du getan? Ich habe das Aufflackern deiner Kraft gespürt."

Emilys Wangen wurden heiß und sie wollte es nicht sagen. Aber was war der Sinn dieser Übung, wenn sie es nicht konnte? „Ich ... habe vielleicht daran gedacht, dass du mich anleitest. Und welche ... Anreize du mir bieten könntest. Damit ich es gut mache." Sie wollte sich ein Loch buddeln, in dem sie sich verstecken konnte. Im Auto war sie vielleicht ein wenig frech und kokett gewesen, aber dieser Mut hatte sie eindeutig verlassen. Zuzugeben, was sie dachte, fühlte sich an, als würde sie sich nackt ausziehen und dort stehen und darauf warten, dass er sie verurteilte.

Ihre Finger zuckten, und dieses Mal konnte sogar sie den Funken der Macht spüren.

Was wäre, wenn sie nackt vor Oz stünde, mit nichts als ihren Flügeln? Wie würde er sie dann ansehen? Würden seine Blitze in seinen Augen aufblitzen?

„Du denkst etwas", sagte Oz. „Sag mir, was es ist. Es funktioniert."

Emilys Herz schlug wie verrückt und ihr Körper spannte sich vor Verlangen an. Konnte sie es ihm wirklich erzählen? War es wirklich das, was sie jedes Mal tun musste, wenn sie versuchte, ihre Kräfte zu beschwören? Wollte sie sie am Ende beschwören, wenn sie zusammen im Bett lagen? Sie wollte nicht das Haus mit der Kraft ihrer Lust in Brand setzen. „Ich glaube nicht, dass das funktionieren wird", sagte sie. „Lass mich etwas anderes versuchen." Sie spürte die Wärme von Oz' Körper in ihrer Nähe; sie brauchte nur eine Hand auszustrecken, und sie konnte ihn berühren. Sie wollte es, wollte ihn, und sie wusste, dass er sie wollte. Wäre es so schlimm, ihn zu schmecken?

„Denk weiter, woran du gerade denkst", flüsterte Oz. „Und jetzt beschwöre deine Flügel herbei." Es war ein Befehl, der keinen Raum für Diskussionen ließ.

Und das drang zu Emily durch. Er wollte ihre Flügel sehen? Gut, sie würde sie ihm zeigen. Sie schloss erneut die Augen und stellte sich vor, wie Oz sie ansehen würde, wenn sie bis auf ihre Flügel nackt wäre. Ihre Brustwarzen spannten sich an, sie mussten durch ihr Shirt drücken, und das hatte nichts mit der Kälte im Keller zu tun. Sie bewegte ihre Hüften, sie presste ihre Beine zusammen, aber sie wollte Oz zwischen ihnen spüren. Er hatte etwas in ihr geweckt, und es wollte nicht wieder einschlafen.

Flügel. Sie brauchte ihre Flügel.

Und da waren sie. Sie konnte spüren, wie sie sich entfalteten, auch wenn es nicht gerade ein körperliches Gefühl war. Da war ein Flüstern der Luft hinter ihr, wie eine sanfte Brise, die gegen ihre Kleidung wehte, aber die Flügel selbst hatten fast kein Gewicht. Sie konnte sie fühlen. Sie wusste, dass sie da waren. Aber nur, weil sie eine Verlängerung ihrer selbst waren. Sie streckte sie so weit wie möglich aus, aber sie dehnten sich weiter aus, ohne durch einen physischen Körper gebunden zu sein. Sie hörte erst auf, als sie die Wände auf beiden Seiten von ihr berührten und mindestens drei Meter in jede Richtung reichten.

Oz sah sie erstaunt an und leckte sich über die Lippen.

Emilys eigenen Blitze knisterten. Sie schaute auf die Ziele, die er aufgestellt hatte, und konzentrierte sich auf das nächstgelegene. Jetzt, da sie ihre Kraft spüren konnte, begann sie zu verstehen, was Oz damit meinte, nach ihr zu greifen. Sie ließ sie an die Oberfläche steigen und zielte. Es war nicht perfekt. Es war sogar eher ein bisschen traurig. Aber ein kleiner Blitz zuckte von ihr weg und versengte das raue Holz des alten Stuhls, sodass der Raum nach Ozon und Feuer roch.

Das war nicht gut genug. Wenn das eine Übung für einen Wettbewerb gewesen wäre, hätte sie es nie in die Mannschaft geschafft.

Sie versuchte es noch einmal. Diesmal war der Funke stärker, stärker als der kleine statische Schock, der ihr zuvor gelungen war. Aber immer noch nicht gut genug. Nicht, wenn sie Oz beeindrucken wollte.

Emily griff tief in ihr Innerstes, bis ihre Hand von der Kraft, die über und durch sie kroch, juckte. Dann ließ sie die Kraft los und sah zu, wie sie in einem Bogen durch den Raum flog und den Stuhl verbrannte.

Bevor sie etwas anderes tun konnte, legten sich ihre Hände auf ihre Schultern und ihre Kraft strömte in einem *Rausch* aus ihr heraus, wirbelte herum und vermischte sich mit der von Oz. Sie konnte sie immer noch spüren, war sich sicher, dass sie immer noch danach greifen und sie wenn nötig einsetzen konnte, aber die Elektrizität sprühte nicht mehr in ihren Händen, bereit, eines ihrer Ziele in die Luft zu jagen.

Und wenn man bedachte, wie sehr der Stuhl glühte, war das wahrscheinlich auch gut so.

Oz wirbelte sie herum und seine Augen waren voller Blitze, intensiver als sie jemals zuvor gesehen hatte. Seine Brust hob sich. „Gute Arbeit", sagte er mit einer Stimme voller Verlangen.

Emilys Körper brannte unter seinem Blick, und das hatte nichts mit ihren Kräften zu tun. Sie wollte ihn. Brauchte ihn. Musste ihn haben. Sie hatte Angst, verrückt zu werden, wenn sie es nicht tat. Und bevor sie an sich zweifeln konnte, bevor sie sich Sorgen machen konnte, dass sie unüberlegt handelte oder dass diese ganze Sache etwas war, das sie ignorieren sollte, schlang sie ihre Arme um Oz und zog seinen Kopf nach unten, um seine Lippen zu erobern.

Er schmeckte nach der Kraft, die zwischen ihnen aufflackerte, und sie wusste, dass sie nie genug davon bekommen würde.

Irgendwie schafften sie es bis zu Oz' Zimmer. Zwischen den Küssen stolperten sie die Treppe hinauf. Vielleicht hatte sie ihr Shirt im Flur verloren. Emily hatte nicht darauf geachtet und es war ihr auch egal, solange sie Oz weiter berühren konnte. Sein Körper war ein verdammter Ofen und sie liebte ihn.

Ein *sehr* entfernter Teil von ihr erinnerte sich an die Existenz von Solan, aber dann tat Oz' Zunge etwas Verruchtes und alle Gedanken an Solan verschwanden. Es war ihr egal, ob er sie sah oder hörte, wenn ihr Körper so sehr von Oz eingenommen war.

Ihr Shirt war längst verschwunden, und Oz machte sich schnell an ihrer Hose und seiner eigenen Kleidung zu schaffen. In der letzten Nacht war sie vielleicht schüchtern gewesen, aber jetzt wollte sie sich unter ihm ausstrecken und sich stundenlang von ihm anstarren lassen.

Anstarren und berühren. Sie musste seine Hände auf ihrem Körper spüren.

Im Handumdrehen war er nackt, seine Haut schimmerte und irisierte im schwachen Licht des Raumes. Sein außerirdischer Schwanz stand stolz da, triefend vor Verlangen und bereit für das, was kommen würde.

Das Ding würde in sie eindringen. Es war ein bisschen einschüchternd, wenn sie darüber nachdachte.

Aber Emily war über jeden Gedanken und jeden Zweifel erhaben. Sie verschränkte ihre Finger hinter ihrem Kopf und öffnete ihre Beine, sodass sie sich völlig für ihn zur Schau stellte.

Oz' Zunge schnellte heraus, um über seine Lippen zu lecken und über seine Reißzähne zu fahren, während seine Augen sie abtasteten. „Du bist wunderschön, kleine Fliegerin", sagte er. „Du liegst da nur für mich. Ganz für mich."

Ganz für ihn. Der Gedanke daran bereitete ihr Vergnügen. Oz ließ keine Fragen aufkommen, was er wollte, es war eindeutig. Sie wusste es, weil er es sagte, und sie glaubte es, weil etwas tief in ihr sich seiner sicher war.

Sie ließ ihren Blick über ihn schweifen. Er war auf seine Art wunderschön, das Vertraute und das Fremde verbanden sich zu etwas Einzigartigem, etwas, das nur ihr gehörte. Als sie so im Bett lag, zweifelte sie nicht an ihrer Verbindung, stellte nicht in Frage, wie schnell sich die Dinge ergeben hatten. *Hier* ergab alles einen Sinn.

Oz legte seine Finger um seinen Schwanz und streichelte sich langsam, sein Kiefer spannte sich an, als wollte er ein Stöhnen unterdrücken.

Das würde sie nicht zulassen. Sie wollte ihn hören.

Sie bewegte einen ihrer Arme und fuhr mit den Fingern über ihre Brust, fuhr durch das Tal zwischen ihren Brüsten, bis sie die feuchte Hitze ihres Schritts erreichte. Sie wirbelte ihre Finger herum und biss sich auf die Lippe, bevor sie selbst einen peinlichen Laut von sich geben konnte.

Dann umklammerte Oz' Hand ihr Handgelenk und hielt ihre Hand fest. „Ich will dich hören", forderte er. Es war heiß und einschüchternd und es ließ ihr Herz so schnell schlagen, dass ihr der Atem stockte.

„Das will ich auch", schoss sie zurück. „Dich hören."

„Du wirst mich hören", versprach er. Er führte ihre Hand, benutzte sie als Instrument, um ihr Vergnügen zu bereiten. Und obwohl es ihre Fingerspitzen waren, die über ihr Geschlecht glitten, in der Feuchtigkeit ihrer Lust, hatte sie keine Kontrolle über das Ganze. Sie gehörte ganz Oz.

Sie wand sich unter ihm und versuchte, ihre Beine zu spreizen. Sie brauchte mehr. Aber die Art und Weise, wie er über sie gebeugt war, machte es unmöglich. Er hatte sie an ihrem Platz gefangen.

Unter anderen Umständen hätte sie sich vielleicht gewehrt. Bei Oz bettelte sie. „Bitte", brachte sie keuchend heraus. „Ich brauche mehr."

„Mehr was?" Es klang mehr wie ein Knurren als wie eine Frage.

„Mehr!" Es fiel ihr schwer, sich auf etwas anderes zu konzentrieren als auf das Vergnügen, und sie konnte nicht sagen, was sie von ihm brauchte, wenn sie doch alles nehmen würde.

Oz zog ihre Hand weg und sie wimmerte. Und dann stöhnte sie auf, als er ihre Finger zu seinem Mund führte und mit seiner Zunge über sie fuhr, um sie zu schmecken.

„Ich habe dir versprochen, was ich mache, wenn ich dich ins Bett kriege", sagte er.

„Ja", und das war ihr im Hinterkopf herumgeschwirrt, seit er die Worte ausgesprochen hatte. „Bitte. Fick mich." Das Wort schmeckte unanständig auf ihrer Zunge. Sie benutzte solche Ausdrücke nicht, niemals, aber etwas so Ursprüngliches wie das hier brauchte harte Worte.

Zumindest dachte sie das, bis etwas in Oz' Blick weicher wurde. „Ich werde mich mit dir vereinen", sagte er und verteilte Küsse auf ihrem Hals und ihrem Kiefer, seine Reißzähne kratzten und ließen sie vor Verlangen schmerzen. „Ich werde dich zu den Höhen der Lust bringen, bis wir beide nicht mehr können. Und dann werde ich dir zeigen, dass du jeden kostbaren Edelstein in den königlichen Tresorräumen und noch mehr wert bist, meine *Itaktika*."

Sie wusste nicht, was dieses Wort bedeutete, aber er sagte es mit einer solchen Sanftheit, dass es etwas Besonderes sein musste, und sie vergrub es tief in ihren Gedanken, um es für die Nächte festzuhalten, in denen sie Oz nicht in ihrer Nähe haben konnte.

„Mach Liebe mit mir." Die Worte waren ihr einmal

banal vorgekommen, aber die Wärme und die Liebe, die sich in Oz' Augen widerspiegelten, waren genug, um ihr die Bedeutung zu zeigen.

Diesmal benutzte er seine eigenen Finger, hielt ihre Arme über Kopf, eine Hand umklammerte ihre Handgelenke, während die andere sie spreizte, um sie für seinen beeindruckenden Schwanz bereit zu machen. Sie hatte keinen Grund, daran zu zweifeln, ob er in sie hineinpassen würde, wenn er so selbstsicher wirkte, und sie war zu betrunken von dem Vergnügen, um sich Sorgen zu machen, als er gegen ihren Eingang stieß.

Er ließ es langsam angehen, ohne zu vergessen, dass sie das noch niemals gemacht hatte. Die Dehnung brachte sie fast um, aber es war nicht *sehr* schmerzhaft. Oder wenn doch, dann war es die gute Art von Schmerz, die sie ihr ganzes Leben lang im Fitnessstudio gejagt hatte.

Sie konnte fast nicht atmen, weil sie sich ihm so nah fühlte. Sie hatte die Mechanismen des Sex bereits vor langer Zeit verstanden, aber es war alles eher technisch gewesen. Sie hatte nicht wirklich begriffen, was es bedeutete, wenn zwei Körper auf diese Weise miteinander verbunden waren.

Er vergrub sich ganz in ihr. Er hatte es schon lange aufgegeben, ihre Arme zu halten, aber Emily war wie erstarrt. Sie wollte sich bewegen, ihr Körper *flehte* sie an, sich zu bewegen, aber sie wollte auch nicht, dass dieser

Moment endete. Könnten sie für immer so erstarren, verbunden als zwei Seelen für alle Ewigkeit?

Sie zuckte zusammen, als etwas in ihrem Inneren summte, und ihr Blick hob sich, um Oz' zu treffen. Es fühlte sich *gut* an, aber sie wusste nicht, was passiert war. Organe sollten nicht vibrieren. „Was ist hier los?" Das letzte Wort keuchte sie, als Oz sich bewegte und das, was da schwirrte, mit sich zog.

Oz' Augen schlossen sich und er atmete tief ein, als ob auch er am Rande der Kontrolle war. „Ich bin nah dran, sagte er. „Das machen Zulir-Schwänze, wenn wir kurz davor sind zu kommen. Um unseren Partnern noch mehr Vergnügen zu bereiten."

Er traf etwas in ihr, und Vergnügen explodierte. Der Rest ihrer Fragen löste sich auf und sie ließ sich einfach treiben. Über die Biologie von Zulir konnte sie sich am Morgen Gedanken machen.

Sie bewegten sich synchron, Emilys Hüften tanzten mit Oz, während sie sich gegenseitig in die Höhe der Lust trieben. Er drang wieder und wieder in sie ein, sein Schwanz vibrierte wie verrückt, bis er anzuschwellen schien und sie kam. Ihre Wände spannten sich um ihn, als er ihr eine Sekunde später folgte und sich in ihr entleerte.

Danach lagen sie noch lange beieinander, keiner von beiden schlief ein, aber sie begnügten sich damit, zu schweigen, während sie sich an dem erfreuten, was sie miteinander geteilt hatten.

Emily wollte mit der Zufriedenheit einschlafen, mit einem Mann geschlafen zu haben, mit dem sie sich vorstellen konnte, für immer zusammen zu sein, aber dann begann sie an den kommenden Tag zu denken, und der Schlaf verweigerte sich ihr.

„Wird alles in Ordnung sein, wenn du mich zu deinem Schiff bringst?", fragte sie. „Wirst du in Schwierigkeiten geraten?"

Oz seufzte und zog sie noch enger an sich. „Ich kann nicht sagen, ob ich in Schwierigkeiten kommen werde. Aber du wirst in Sicherheit sein. Das ist das Wichtigste."

Sie fragte nicht, ob er einen Weg finden würde, sie nach Hause zu schicken. In seinen Armen liegend, konnte sie nicht daran denken ihn zu verlassen.

Und was bedeutete das nun für sie?

KAPITEL SECHZEHN

SOLAN WARF Oz einen Blick zu, als er ihn dabei erwischte, wie er sich am Morgen unter die Dusche schlich. Es war unmöglich, dass sein Kamerad ihn und Emily letzte Nacht nicht gehört hatte. Oz würde seinen Anspruch gerne für alle sichtbar machen. Sein Arm fühlte sich leer an und er war bereit, ihn markieren zu lassen, um allen offen zu zeigen, dass er verpaart war. Aber das bedeutete nicht, dass er zulassen würde, dass Solan - oder irgendjemanden - Kommentare über seine Verpaarung machte.

Und Solan tat es auch nicht.

Der Morgen war zu ruhig, und Oz wollte etwas dagegen tun, aber nach einem schnellen Frühstück durchsuchten er und Solan das Haus, um sicherzustellen, dass keine belastenden Beweise zurückblieben, und nachdem Emily fertig war, machten sich die drei auf den Weg zum Shuttle, der sie zum Schiff bringen sollte.

Emily war auch ruhig, aber sie hatten sich gegenseitig mit sanften Küssen und Berührungen geweckt, und wenn es ein anderer Tag gewesen wäre, hätte es auch eine weitere Runde Liebesspiele gegeben. Sobald seine Schicksalsgefährtin in Sicherheit war, würde er sie eine Woche lang im Bett behalten und ihr alle Freuden beibringen, die er kannte. Und dann würden sie gemeinsam mehr entdecken.

Aber zuerst mussten sie sie von diesem Planeten wegbringen, und dann hatten Oz und Solan noch einen Job zu erledigen. Grace musste bereit sein, den Planeten zu verlassen, und sie konnten nicht viel länger auf Kilrym bleiben.

Es flogen keine Patrouillen über ihm, und er sah auch niemanden am Boden. Solan flog geradewegs auf den Himmel zu, und nach ein paar wackeligen Minuten durchbrachen sie die Atmosphäre.

Emily keuchte auf.

Oz schaute zu ihr hinüber und lächelte, als er den erstaunten Gesichtsausdruck seiner Partnerin sah, die den weiten Raum um sie herum in sich aufnahm. Er war schon dutzende Male auf diese Weise gereist, ganz zu schweigen von all den Trainingsläufen, die er an der Akademie absolviert hatte. Aber sie hatte noch nie einen

Weltraumflug miterlebt, also war selbst ein so einfacher Flug wie dieser etwas zum Staunen.

Er reichte ihr die Hand, verschränkte die Finger mit seinen und drückte sie, wobei er einen Hauch von seinem Funken durch ihre Verbindung schickte. Es war nicht genug, um außerhalb ihres Körpers sichtbar zu sein, da der erhöhte Sauerstoffgehalt im Shuttle eine Explosion zur Folge hätte, aber es war eine Bestätigung dessen, was sie sah. Was dies für sie bedeutete.

„Ich hätte nie gedacht, dass ich so etwas erleben würde", sagte sie.

„Es gibt Wunder, die du dir nicht vorstellen kannst und die ich dir gerne zeigen möchte."

Sie lächelte, und dann wurde es ihr bewusst. Sie musste sich daran erinnern, warum sie überhaupt im Weltraum war.

Er musste ihr die Wahrheit sagen. „Emi ..."

„Andocken in zwei Minuten", brach Solans Stimme durch. „Beginn mit den Kontrollen."

Er hätte denken können, dass der Mann das absichtlich tat, aber es gab Sicherheitsvorkehrungen, die sie treffen mussten, um sicherzustellen, dass sie nicht verletzt wurden und ihr Shuttle oder das Schiff keinen Schaden erlitten.

Er küsste seiner Schicksalsgefährtin die Hand und machte sich dann an die Arbeit, um gemeinsam mit

Solan sicherzustellen, dass alles für das Andocken vorbereitet war.

Es wird schon alles gut gehen, sagte er sich. Cru mochte verärgert sein, aber er würde nichts tun, was Emily oder ihren Mitmenschen schaden könnte. Er war ein Tyrann, grausam und kleinlich, aber er hatte trotzdem seine Grenze..

Das *hoffte* Oz zumindest.

Sie fuhren in die Anlegestation ein, und jede Hoffnung auf einen Begnadigung zerschlug sich in dem Moment, als er, Solan und Emily aus dem Shuttle stiegen. Das Schiff war für ihn nichts Besonderes, ein Standard-Orbiter, der nach Apsyn-Vorgaben gebaut wurde. Es war auf eine Firma auf Kilrym registriert, die angeblich Kommunikationssatelliten überwachte, aber wenn sich jemand die Mühe machte, all die Schichten von Firmen und Identitäten zu durchforsten, würde klar werden, dass niemand diese Kommunikationsfirma tatsächlich benutzte. Aber es gab ihnen die Freiheit, sich durch den Himmel zu bewegen, ohne Angst haben zu müssen, dass eine Apsyn-Patrouille auf sie schoss.

Es bedeutete auch, dass sie keine äußeren Waffen und nur einen schwachen Schild hatten. Aber das war eine Sorge für ein anderes Mal.

Emily sah sich mit großen Augen um, aber ihr Blick schnellte nach vorne, als Cru sich räusperte.

Hauptmann Scofoyl war das Paradebeispiel des

Synnr-Militärs. Er stand kerzengerade und seine Miene verriet nichts. Zu Hause wünschten sich viele Leute an seiner Seite zu sein, und Oz wusste, dass man ihm mehr als einen Heiratsvertrag gemacht hatte, allein aufgrund seines Aussehens. Aber Oz glaubte nicht, dass jemand, der mehr als fünf Minuten mit diesem Mann verbracht hatte, ein Leben lang an ihn gebunden sein wollte.

Oz hatte Mitleid mit demjenigen, der sich mit ihm verpaaren würde.

„Du hast noch einen Menschen mitgebracht", sagte Cru. Er blickte nicht düster drein, dazu war er zu professionell, aber sein Gesicht war verkniffen, als ob er etwas Unangenehmes gerochen hätte. „Jori hat mich über euren Ausflug informiert. Würdet ihr mir bitte erklären, warum ihr meine Anrufe abgelehnt habt?" Das Versprechen von Gewalt lag schwer in der Luft. Als Captain konnte er sie disziplinieren, wie er es für angemessen hielt, und seine Peitsche hing schwer an seinem Gürtel.

Oz blieb still. Wenn er das Wort ergriff, wäre eine Auspeitschung ein *gutes* Ergebnis. Solan wusste, wie man mit Cru umging. Meistens jedenfalls. Er griff in seine Tasche und holte seinen Kommunikator heraus. „Er ist beschädigt. Er hat seit zwei Tagen keinen Anruf mehr entgegengenommen."

Cru kniff die Augen zusammen, als er Solan den Kommunikator abnahm. Er betrachtete ihn einen Moment lang, bevor er den Blick abwandte. „Ich lasse unseren Techniker einen Blick darauf werfen." Das hätte keine Drohung sein sollen. Und dennoch ruhte seine freie Hand auf seiner Peitsche. „Bringt das Mädchen zu den anderen. Wir treffen uns dann auf der Brücke." Er wandte sich ab und ließ die drei allein zurück.

Emily wartete, bis er durch die Tür gegangen war und sie sich hinter ihm schloss, um zu sprechen. „Das ist also euer Captain."

„Ich kann euch zehn Minuten verschaffen", sagte Solan. „Aber verspäte dich nicht. Er ist bereits aufgebracht und wird sich so schnell nicht davon erholen." Er ließ Oz keine Zeit zu antworten, sondern lief dem Captain hinterher.

„Was ist hier los?", fragte Emily, die sich auf die Lippe biss und ihre Stirn vor Sorge runzelte.

Oz wünschte sich, er könnte sie in den Arm nehmen und küssen, bis diese Sorge verschwand, aber nichts, was er sagen konnte, würde etwas ändern, worauf er keinen Einfluss hatte. „Der Captain wird Solan und mir einiges zu sagen haben. Lass mich dich zu deinen Freunden bringen."

„Woher weißt du, wo sie sind?"

„So groß ist das Schiff nicht." Er führte sie den Gang hinunter zur Krankenstation und war nicht überrascht, dass alle vier von Emilys Freunden im Gang saßen, wo Lena an die Maschinen angeschlossen war, die sie am

Leben hielten und hoffentlich ihre Wunden heilten. Die vier Menschen sprangen auf und umringten Emily.

Oz wollte in ihrer Nähe bleiben. Das wäre viel besser als das, was er sich nun von seinem Captain gefallen lassen musste. Aber die Zeit drängte, und er konnte Cru nicht warten lassen.

Er versuchte, die Aufmerksamkeit seiner Schicksalsgefährtin zu erlangen, aber sie hörte Luci aufmerksam zu, also drehte er sich um und ging.

Es würde ihr gut gehen.

Er würde alles opfern, um das sicherzustellen.

Oz schien von einem Augenblick zum nächsten verschwunden zu sein. Emily sah auf, als Luci einen Atemzug machte, während sie von dem Flug von Kilrym zum Raumschiff erzählte, und stellte fest, dass sie allein gelassen worden war. Sie versuchte, sich nicht verletzt zu fühlen.

Es gelang ihr nicht.

Aber der Schmerz konnte nicht lange anhalten, nicht, wenn Zac, Joel und Luci jeweils viel zu sagen hatten. Es war, als wären sie Wochen getrennt gewesen und nicht nur zwei Tagen.

„Was ist mit dir passiert?", fragte Zac. Er hatte Tränensäcke unter den Augen. Keiner von ihnen sah aus, als hätten sie gut geschlafen. In Anbetracht von Lenas Zustand und den Turbulenzen der letzten Monate war das kaum überraschend.

Emily errötete. Sie konnte nichts dafür, dass ihr erster Gedanke dahin ging, wo sie die Nacht zuvor verbracht hatte und was sie getan hatte.

Joel stupste sie an der Schulter an und grinste. „Klingt, als hättest du etwas zu erzählen.“

Nachdem sie ihre Begrüßung hinter sich gebracht hatten, setzten sie sich alle auf den Boden. Es gab eine kleine Bank, aber sie war für keinen von ihnen groß genug. Und anscheinend hatte man ihnen ein Zimmer mit vier Kojen zum Schlafen gegeben, aber sie wollten in Lenas Nähe sein, falls etwas passieren sollte.

Emily sah auf ihre Hände hinunter. Sie konnte den Funken unter ihrer Haut spüren, konnte sich an Oz' Berührung erinnern, an seinen Geschmack. Aber all das zuzugeben, fühlte sich wie eine Art Verrat an. Sie war Oz in zwei Tagen nähergekommen, als sie es in sechs Monaten mit einem der Menschen getan hatte. Die Gefühle, die sie für ihn hegte, wuchsen so schnell, dass sie ernsthaft in Erwägung zog, jede Möglichkeit, nach Hause zu gehen, aufzugeben. Was würden ihre Freunde von ihr denken?

„Was ist los?“, fragte Luci, als Emily lange Zeit still war.

„Nichts ist los.“ Emily zwang sich zu einem Lächeln.

„Nicht jetzt, wo wir alle zusammen sind. Oz und ich hatten ein paar Probleme auf dem Planeten, aber wir haben es in einem Stück hierhergeschafft, also betrachte ich das als Erfolg."

„Ich bin vielleicht nicht die Abschiedsrednerin des Jahrgangs 2013, aber selbst ich bin klug genug, um zu merken, dass du etwas verheimlichst." Luci verschränkte die Arme und warf ihr einen strengen Blick zu.

Aber das war es nicht, was Emily auffiel. Und Zac auch nicht.

„2013?", stotterten sie beide.

Lucis Gesicht verzog sich. „Mein Abschlussjahr? *Dieses* Jahr?"

„Ich habe 2013 meinen Abschluss gemacht", sagte Emily, und sie hatte seitdem sowohl das Grundstudium als auch das Jurastudium absolviert.

„Wir haben 2007!", sagte Zac.

Alle vier sahen sich an. „Ich habe meinen Abschluss schon vor langer Zeit gemacht", sagte Joel. „Aber als ich das letzte Mal nachgesehen habe, war es 2016."

2019. 2013. 2016. 2007. Welches Jahr würde Lena denken, dass es war? Und wie war das möglich?

Emily stand auf und begann auf- und abzugehen. Sie musste sich bewegen. Der Funke in ihren Adern flammte auf, und sie wusste, dass es sie fast keine Mühe kosten würde, etwas in Brand zu setzen. Was für einen Unter-schied ein paar Stunden doch machten. Jetzt, da sie wusste, wie es sich anfühlte, schien es, als könne sie ihre neuen Kräfte nach Belieben abrufen.

„Es ist erst sechs Monate her, dass ich entführt wurde. Ich dachte, wir wären *alle* vor sechs Monaten entführt worden." Wenn sie den Grundriss des Schiffes kennen würde, hätte sie die Brücke gestürmt und Antworten von Oz Antworten verlangt.

Aber Oz war nicht derjenige, der sie entführt hatte. Er könnte am Ende genauso verwirrt sein.

„Seid ihr alle schon länger gefangen? Wie lange haben euch die Apsyns schon festgehalten?" War Zac wirklich mehr als ein *Jahrzehnt* in ihrer Gewalt gewesen?

Aber die anderen schüttelten nur den Kopf. Emily hatte noch mehr Fragen, aber eine Bewegung am Fenster von Lenas Zimmer ließ sie aufhorchen.

Sie bewegte sich auf ihrem Bett.

Zac war der Erste, der aufsprang, und die anderen folgten ihm dicht auf den Fersen und eilten zur Tür und in den Raum. Es herrschte ein schwerer antiseptischer Geruch, nicht unähnlich dem in Krankenhäusern zu Hause. Wenn Emily die schicken Bildschirme in der Ecke und das, was wie ein Roboter aussah, ignorierte, und wenn sie vergaß, dass sie sich auf einem Raumschiff befanden, war es auch fast wie in einem Krankenhaus zu Hause.

Lenas Augen waren schon offen, als sie sie umringten, und einen Moment lang schien sie niemanden zu

erkennen. Der Nebel lichtete sich und sie versuchte, sich aufzusetzen.

Sowohl Emily als auch Joel hielten sie so sanft wie möglich fest.

„Du bist in Sicherheit", sagte Emily zu ihr. „Du bist bei unserer Flucht verletzt worden, aber es geht dir gut. Es geht uns allen gut."

Na ja, einigermaßen gut. Sie vergaß nicht, dass sie vor einem zeitlichen Rätsel standen, aber das waren Fragen, um die sie sich später kümmern konnten. Jetzt mussten sie erst einmal sehen, wie es Lena ging.

„In welchem Jahr hast du die Highschool abgeschlossen?", fragte Luci.

Emily blickte das Mädchen an. „Nicht der richtige Moment", zischte sie.

Lena sah noch verwirrter aus, aber sie antwortete nicht. Wahrscheinlich war das auch gut so.

„Das Letzte, woran ich mich erinnere, ist, dass ich aus der Einrichtung rausgelaufen bin." Lenas Stimme war rau, und bevor Emily sich nach Wasser umsehen konnte, reichte Joel ihr eine Flasche.

Lena nahm ein paar dankbare Schlucke, bevor sie sie wieder abstellte. „Danke." Das hörte sich schon viel besser an.

„Es ist eine Menge passiert", sagte Emily.

„Wir sind in einem Raumschiff", fügte Luci hinzu.

Lena sah noch verwirrter aus. „Was? Wie?"

Sie versuchten, es alle gleichzeitig zu erklären, spuckten Wörter wie Synnr und Apsyn, Zulir, Kilrym, Osais aus, und Lena sah einfach nur verloren aus. Vier Leute konnten das nicht auf einmal erklären, vor allem, wenn sie alle etwas anderes zu sagen hatten.

„Wartet!" Emily hob die Hände. „Ich werde reden, und dann könnt ihr alle hinzufügen, was ihr wollt, wenn ich fertig bin."

Lena sah dankbar aus, und die anderen widersprachen nicht.

Emily tat ihr Bestes, um am Anfang zu beginnen, erklärte den Konflikt zwischen Apsyns und Synnrs, so wie sie ihn verstand, und ließ Lena wissen, dass die Synnrs ihre Freunde waren. Sie ging auf die Verpaarungen ein, *die* sie langsam zu verstehen begann, und auf die Theorie, dass die Apsyns an Menschen experimentierten, um die Vorteile einer Verpaarung ohne Bindung zu nutzen.

Am Ende tat ihr selbst der Hals weh, und sie hätte fast gefragt, ob sie einen Schluck von Lenas Wasser nehmen könnte. Aber dann übernahm Luci das Reden, erzählte von dem Schiff und wurde rot, als sie einen Synnr-Soldaten namens Ax erwähnte.

Interessant.

Zac und Joel hatten nicht viel hinzuzufügen, und als sie fertig waren, war schon fast eine halbe Stunde vergangen.

„Gibt es hier einen Arzt oder so?", fragte Emily. „Sollten wir jemandem Bescheid geben, dass Lena aufgewacht ist?"

„Kein Arzt", sagte Joel. „Jori sagte, sie würde aufwachen, wenn die Maschinen mit ihr fertig sind. Oder ..." Er räusperte sich. „Sie ist wach, also ist das gut."

„Klingt, als hättet ihr alle ein ziemliches Abenteuer hinter euch", sagte Lena. „Und ich bin es leid, mich auszuruhen. Ich will duschen. Und dann will ich diese sogenannten netten Außerirdischen kennenlernen." Sie setzte sich auf, und dieses Mal hielt sie niemand auf.

Emily betrachtete sie. Sie hatte eine gesunde Hautfarbe, und sie schien keine Schmerzen zu haben. Und selbst wenn das nicht der Fall gewesen wäre, bezweifelte Emily, dass irgendjemand Lena davon abhalten konnte, zu tun, was sie wollte, wenn sie bei Bewusstsein war.

„Wir sollen sie nicht stören", warnte Luci.

Das erregte sowohl Lenas als auch Emilys Aufmerksamkeit. „Wer hat dir das gesagt?", fragte sie. Oz hatte sie zwar allein gelassen, aber sie glaubte nicht, dass sie ihm jetzt aus dem Weg gehen sollte.

„Ich glaube, sein Name war Jori?" Luci zuckte mit den Schultern, ihr Gesicht verzog sich, als sie darüber nachdachte. „Er war nicht der Captain, aber er hatte das Kommando, als wir hier ankamen."

„Ich habe schon einiges über den Captain gehört." Oz mochte ihn nicht, also war Emily nicht gerade unvoreingenommen. „Er ist anscheinend nicht besonders gut. Seid also vorsichtig, wenn ihr mit ihm redet.“

„Hat Oz das gesagt?“, fragte Zac neugierig.

„Warum?“ Emily wollte nicht abwehrend klingen, aber es kam so rüber.

„Hast du den Kerl nicht gehasst?“, fragte Luci.

„Ich hasse Oz nicht“, sagte Emily. Aber woher sollten die Menschen das wissen? Sie hatten sich nicht gerade gut verstanden, als Solan sie mitgenommen hatte, auch wenn sie sich vertragen *hatten*. „Das tue ich nicht.“

„Du seufzt jedes Mal, wenn du seinen Namen sagst“, bemerkte Lena. „Ich glaube, du hasst ihn *überhaupt* nicht."

Emilys Augen weiteten sich. „Ich weiß nicht, wovon du sprichst.“

„Ich wette zehn Dollar, dass er dich das nächste Mal, wenn du ihn siehst, küsst“, wettete Lena.

„Ich habe kein Geld“, beschwerte sich Zac.

„Ihr seid alle komisch.“ Dieses Gespräch war schnell aus dem Ruder gelaufen. „Lasst uns die Aliens suchen gehen. Ich habe Fragen.“

KAPITEL SIEBZEHN

OZ BRAUCHTE NEUN MINUTEN, um die Brücke zu erreichen, und Cru starrte ihn an, als er durch die Tür kam. Offenbar hatte Solan nicht genug Zeit schinden können. „Nenne mir einen Grund, warum ich dich nicht wegen Missachtung eines direkten Befehls in eine Zelle werfen lassen sollte", forderte Cru zu erfahren.

Alle waren da. Solan, der das linke Bein belastete, als wäre etwas mit dem rechten passiert, Jori und Crowze, die etwas abseits und außer Sichtweite von Cru standen, und Ax, der die Arme verschränkt hatte, als wolle er jemanden schlagen, obwohl Oz nicht sicher war, wen. Spannung lag in der Luft. Wäre dies eine Bar gewesen, hätte es eine Schlägerei gegeben. Es könnte immer noch so enden, aber egal, wer die meisten Schläge austeilte, Cru würde gewinnen.

Es sei denn, er wäre tot.

Aber nicht einmal Oz würde so weit gehen.

Er suchte nach einer Ausrede und schluckte schwer, als er bemerkte, dass Cru seine Peitsche herausgeholt hatte und sie wie eine Art Spielzeug durch seine Finger gleiten ließ. Oz wollte das Schnalzen des Leders auf seiner Haut nicht spüren, aber er wusste, dass es kommen würde. Und bevor er eine Ausrede vorbringen konnte, schlug Cru zu, ließ die Waffe gegen sein Bein schnippen, sodass sie gegen seine Hose peitschte und ein kleines Loch hineinriss.

Es tat weh, aber Oz war ein stolzer Mann. Er wollte Cru nicht die Genugtuung geben, ihn leiden zu sehen. Aber er war auch ein kluger Mann, der schon seit Monaten unter Crus Kommando stand. Eine kleine Demütigung war der schnellste Weg, das Temperament des Captains zu besänftigen.

Sein Bein brannte, aber es würde wahrscheinlich nicht einmal einen Bluterguss geben. Cru hob sich seine schweren Schläge für Orte weit entfernt von der Brücke auf, wo es keine Kameras und keine Zeugen gab.

Aber Oz war durch die letzten Tage schon sehr angespannt, und er konnte nicht verhindern, dass sich seine Flügel ausbreiteten, um sich zu verteidigen. Er bemerkte seinen Fehler erst, als die ganze Mannschaft aufschrie.

„Ihr habt euch verbunden." Er war sich ziemlich sicher, dass es Crowze war, der das sagte, obwohl er ein

Narr wäre, wenn er seine Augen von dem Captain abwenden würde.

Oz schämte sich nicht dafür. Er wollte, dass jeder auf dem Planeten und dem Mond wusste, dass Emily ihm gehörte. Aber er hatte noch nicht darüber nachgedacht, wie er dem Captain die Nachricht überbringen sollte. Bindungen entstehen normalerweise nicht so schnell.

„Wer?", fragte Cru. „Ich wusste nicht, dass du dich so sehr mit deinen Apsyn-Freunden angefreundet hast."

„Meine Schicksalsgefährtin ist kein Apsyn." Er hätte daraufhin am liebsten gespuckt, aber das hätte ihm einen weiteren Schlag von Crus Peitsche eingebracht.

Cru war verwirrt, obwohl er versuchte, es zu verbergen. Und nach einem Moment wurde ihm klar, was Oz gemeint haben musste. „Ein Mensch? Einer der unbefugten Menschen auf dem Schiff? Welcher Mensch? Gib mir einen Namen."

Oz wollte Emily beschützen. Er würde Cru die Peitsche aus der Hand reißen, bevor er zuließ, dass der Captain ihr etwas antat. Aber es waren nur fünf Menschen an Bord, und es würde nicht lange dauern, bis er es herausfand. „Emily", gab er zu. „Die, mit der ich heute angekommen bin."

Cru rollte die Peitsche zusammen und steckte sie zurück in ihr Holster. Er war einige Augenblicke lang still, so still, dass Oz sich Sorgen machte. Er würde ihr nichts antun. Er könnte es nicht.

Oder doch?

Cru wandte sich von Oz ab und sah Jori mit einem berechnenden Gesichtsausdruck an. „Lass die Menschen auf ihre Verpaarungs-Kompatibilität testen, Jorissan. Vielleicht können sie ja doch nützlich sein."

Oz sah zu Jori hinüber, dessen Gesicht keine Farbe mehr hatte. „Sir?", fragte er mit brüchiger Stimme.

„Ihr habt mich gehört", schnauzte der Captain. „Ich will ihre DNS noch vor dem Abendessen im System haben. Es kann Tage dauern, die Daten zu übertragen." Er nahm Platz und rief dann eine Datei auf dem Holo-player auf. „Wir holen die Agentin heute Abend zurück. Sie hat mitgeteilt, dass sie bereit ist. Oz und Crowze, ihr werdet mich begleiten. Sorgen wir dafür, dass uns keine weiteren Pannen passieren. In Ordnung?"

Das Letzte, was Oz wollte, war, mit seinem Captain auf eine Mission zu gehen, aber es führte kein Weg daran vorbei. Als er entlassen wurde, folgte er Jori aus der Brücke und rannte hinterher. „Warte!"

Jori wartete. Er sah genervt aus. „Denk gut nach, bevor du mir sagst, dass ich den Befehl des Captains ignorieren soll", sagte er.

Oz sagte nicht sofort etwas. Jori hatte recht. Sein erster Gedanke war, von dem anderen Mann zu verlan-gen, Cru zu ignorieren und das Richtige zu tun. Aber Handlungen hatten Konsequenzen. „Wir können sie nicht einfach ohne ihre Zustimmung in das System aufnehmen. Verpaarungen sind eine ernste Angelegenheit.“

„Sagt der Mann, der sich anscheinend an einem Tag verpaart und verbunden hat?“, gab Jori zurück.

Niemand außer ihm und Emily kannte den genauen Zeitplan, und jetzt war nicht der richtige Zeitpunkt, ihn aufzuklären.

„So machen wir das nicht“, beharrte Oz. „Wir lassen den Menschen eine Wahl. Wenn wir ihnen die wegnehmen, sind wir nicht besser als die Apsyns, die wir bekämpfen.“ Er musste seine Arme verschränken, um nicht wie wild zu gestikulieren. Sein Funke war bereit, herauszuschießen, um die Bedrohung zu verletzen, die da draußen lauerte. Aber er konnte Cru nicht angreifen, und Jori hatte auch keine andere Wahl.

„Testen ist keine Verpaarung“, sagte Jori. „Und Verpaarung ist keine Verbindung.. Niemand sagt, dass ihnen die Wahl genommen wird.“ Aber er klang nicht überzeugt. Sie wussten beide, wie hartnäckig die Leute werden konnten, wenn es um potenzielle Schicksalsgefährten ging, und wie prekär die Lage der Menschen sein konnte, wenn sie Osais erreichten. Er holte tief Luft und warf einen Blick über Oz’ Schulter zurück, als könnte Cru aus dem Nichts auftauchen. „Ich werde so langsam wie möglich vorgehen, aber es wird passieren. Wenn man bedenkt, wie lange es dauern kann, bis die Ergebnisse aus dem Labor vorliegen, werden wir wahrscheinlich erst zu Hause erfahren, ob es eine Übereinstimmung gibt."

Das ließ Oz immer noch unbefriedigt zurück, aber er hatte keine andere Wahl, es sei denn, er wollte Jori körperlich außer Gefecht setzen. „Tu, was du tun musst. Ich werde mich von meiner Schicksalsgefährtin verabschieden, bevor ich gehe."

„Das Letzte, was ich gehört habe, ist, dass sich alle Menschen in der Krankenstation bei ihrer verwundeten Freundin versammelt haben." Er hielt inne und sprach dann bedächtig weiter. „Ich werde zuerst in ihrem Zimmer nachsehen. Erzähl ihnen, dass ich nach ihnen suche." Er ging weg, während Oz noch darüber nachdachte, was er sagte.

Vielleicht war Jori also doch eher bereit, Befehle zu umgehen, als Oz dachte.

Oz eilte zur Krankenstation und war überrascht, Lena aufrecht sitzend vorzufinden, während der Rest der Menschen sie umgab. Sie alle starrten ihn mehrere Sekunden lang an, als wären sie schockiert, ihn zu sehen.

„Wir wollten gerade zu dir kommen", sagte Emily schließlich. „Die anderen haben ein paar Fragen."

„Eine *Menge* Fragen", fügte Luci hinzu. „Zum Beispiel: Welches Jahr haben wir?"

„Luci", unterbrach Zac sie. Sie sah nicht reumütig aus.

„Ich werde alles beantworten, was ich kann", sagte

er, „aber ich fürchte, meine Zeit ist knapp bemessen. Ich würde gerne kurz mit Emily sprechen." Er wusste nicht, warum er es als Bitte formulierte. Es muss das Gespräch mit Cru gewesen sein, das ihn in eine seltsame Gemütsverfassung versetzte. Er ergriff die Hand seiner Schicksalsgefährtin und zog sie aus dem Zimmer und ein Stück den Flur hinunter, damit sie nicht durch das Fenster gesehen werden konnten.

„Stimmt etwas nicht?", fragte Emily, das Gesicht sorgenvoll verzogen.

Oz konnte das nicht zulassen, auch wenn sie einen Grund dafür hatte. Er küsste sie sanft, aber der Kuss verwandelte sich schnell in etwas Heißes und Verzweifeltes. Er wollte sie gegen die Wand drücken und sich an ihr vergehen, er wollte sie auf seiner Haut spüren, wenn er auf den Planeten zurückkehrte.

Aber er zwang sich, sich zurückzuziehen, obwohl er das selbstgefällige Grinsen auf seinem Gesicht nicht unterdrücken konnte, als er sah, dass sich Emilys Augen zu einem stürmischen Grau verdunkelt hatten.

„Das war schön", sagte sie und streckte die Zunge heraus, um sich die Lippen zu lecken, „aber was ist los?"

Professionell. Er musste professionell bleiben. „Ich gehe zurück auf den Planeten zu einer Mission. Es sollte schnell gehen."

Sie griff nach seinen Händen und hielt sie fest. „So schnell?"

„Ja. Ich werde vorsichtig sein", versprach er. Mehr konnte er ihr nicht versprechen, auch wenn er sagen wollte, dass er sicher war, unverletzt zurückzukehren.

Emily schien das zu begreifen. Sie schloss die Augen, atmete tief durch und nickte. „Ich hätte nie gedacht, dass ich mich ..." Sie brach ab, und er hatte keine Ahnung, was sie eigentlich sagen wollte. „Das ist scheiße. Ich will nicht, dass du gehst. Und ich will nicht, dass du verletzt wirst. Wird es irgendwann leichter?"

„Ich wünschte, ich könnte das beantworten." Er küsste sie erneut, aber dieses Mal sanfter. „Ich möchte, dass du und deine Freunde etwas für mich tun, während ich weg bin."

„Was denn?" Sie klang verwirrt, war aber bereit, ihm Folge zu leisten.

„Teilt euch auf." Vielleicht konnte Oz nicht verhindern, dass alle Menschen gegen ihren Willen in das Verpaarungs-System aufgenommen wurden, aber er konnte es schwierig machen.

Jetzt sah sie noch verwirrter aus. Oz' Kommunikator piepte, und er sah, dass Cru sich mit ihm treffen wollte, bevor sie zu ihrer Mission aufbrachen.

„Warum, Oz?", fragte sie. „Sind wir in Gefahr?"

„Nein." Bevor er weiter erklären konnte, piepte es erneut. Cru würde ungeduldig werden. „Jori hat den Auftrag erhalten, Informationen von euch zu sammeln. Ich möchte, dass ihr alle besser informiert seid, bevor er den Test macht. Aber selbst wenn er euch findet, werdet ihr unverletzt bleiben. Es ist nur ..." Sein Kommunikator piepte ein drittes Mal. „Teilt euch auf. Macht es ihm schwer, euch zu finden. Er ist jetzt auf dem Weg in euer Zimmer." Er küsste sie auf die Stirn und ging. Wenn er noch länger wartete, würde Cru ihn wieder mit seiner Peitsche vertraut machen.

Oz hoffte, dass er ihr genug Informationen gegeben hatte, aber dem verwirrten Blick nach zu urteilen, den sie ihm beim Weggehen zuwarf, hatte er alles nur noch schlimmer gemacht.

Emily sah zu, wie Oz wegging, und in ihrem Kopf wirbelten all ihre Gedanken durcheinander. Was zum Teufel sollte das? Testen? Auf was mussten sie getestet werden? Und warum wollte er, dass sie es vermieden?

Sie konnte den ganzen Nachmittag rumsitzen und Fragen stellen, oder sie konnte tun, um was er sie bat, und die Gruppe dazu bringen, sich zu trennen. Und da Oz keinen Grund hatte, sie zu belügen oder auszutricksen, beschloss sie, seinen verwirrenden Anweisungen zu folgen.

Für den Moment. Sie würden sich *unterhalten*, wenn er von seiner Mission zurückkam.

Und sie wollte nicht an die Gefahr denken, in der er

schwebte. Es würde helfen, ihre Freunde dazu zu bringen, seine Anweisungen zu befolgen.

Sie eilte zur Krankenstation zurück und fand alle im Grunde genau dort vor, wo sie sie zurückgelassen hatte.

„Was sollte das denn?", fragte Lena. Wenn sie kein graues Gewand getragen hätte, das sie ihr irgendwoher besorgt haben mussten, wäre es unmöglich gewesen, zu erkennen, dass sie gerade zwei Tage lang im Koma gelegen hatte.

„Irgendetwas Seltsames geht hier vor. Wir sind nicht in Gefahr, aber Oz sagte, wir sollten uns aufteilen und versuchen, Jori zu meiden. Er soll eine Art medizinischen Test an uns durchführen, und Oz sagt, wir sollen das nicht zulassen." Zumindest *glaubte* sie, dass Oz das gesagt hatte. Den Blicken ihrer Freunde nach zu urteilen, waren sie genauso verwirrt wie sie. Und als sie sah, dass Zac sich zum Sprechen bereit machte, wusste sie, dass alles schnell aus dem Ruder laufen konnte. „Ich weiß, dass es seltsam ist und ihr keinen Grund habt, ihm zu vertrauen, aber ich tue es. Was auch immer los ist, er wird es euch erklären, wenn er zurückkommt."

„Von wo?", fragte Joel.

„Er wird auf eine Mission geschickt. Zurück nach Kilrym. Ihr habt gesehen, dass wir uns nur zwei Minuten unterhalten haben, ich habe nicht viele Informationen. Vertraut ihr mir?" Sie war verzweifelt. Was, wenn sie es nicht taten?

Die vier tauschten einen Blick aus. Dann übernahm Lena das Kommando. „Ich will nicht, dass jemand alleine ist. Also teilen wir uns in zwei Gruppen auf. Zac, Joel, Luci, ihr drei bleibt zusammen und versucht, Jori zu meiden. Emily und ich werden dasselbe tun. Nutzt die Gelegenheit, um das Schiff zu erkunden, aber macht keinen Ärger. Wir wollen nicht in unserem Zimmer eingesperrt werden.“

Erleichterung durchströmte Emily. Luci wollte protestieren, aber ihre Begleiter machten sich schon auf den Weg und ließen Lena und Emily allein zurück. Als Lena sicher war, dass sie weg waren, schien sie ein wenig in sich zusammenzusinken und lehnte sich gegen ihr Bett.

Emily eilte zu ihr hinüber. „Geht es dir gut?“

„Ja“, sagte Lena mit zusammengebissenen Zähnen. „Nur ein bisschen erschöpft. Lass uns weitergehen.“

Vielleicht wäre es besser, Lena in der Krankenstation zu lassen, aber Emily wusste, wenn sie es vorschlug, würde Lena nur versuchen, sie mit irgendetwas zu schlagen. „Irgendetwas Seltsames geht hier vor“, sagte Emily.

„Das merkst du erst jetzt?“, gab Lena zurück.

Sie gingen einen Korridor entlang und dann einen anderen. Es war alles grau und blau, langweilig und verwirrend. Emily hatte keine Ahnung, wohin sie gingen oder wem sie begegnen würden. Wahrscheinlich gab es irgendwo eine Karte des Schiffes, aber niemand hatte ihr gezeigt, wo man sie finden konnte.

„Wann wurdest du entführt?", fragte Emily.

„Vor ungefähr sechs Monaten, das weißt du doch." Lena warf ihr einen seltsamen Blick zu und hielt inne, als sie an eine Gabelung im Gang kamen. Für Emily sah alles gleich aus, also überließ sie Lena die Wahl ihres Weges. Sie gingen an mehreren identischen Türen vorbei, bevor Lena stehen blieb und versuchte, eine zu öffnen.

Sie war verschlossen.

„Aber *wann* war vor sechs Monaten?", beharrte Emily.

„April. Warum ist das so wichtig?" Lena versuchte es weiter mit den Türen und schließlich öffnete sich eine, die wie ein kleiner Aufenthaltsraum aussah. Es war niemand dort drinnen, also traten sie beide ein und schlossen die Tür hinter sich. „Hier können wir uns eine Weile verstecken. Wir brauchen nicht weiter zu laufen."

Sie musste erschöpft sein, wenn man von dem Schweiß auf ihrer Stirn ausging. Aber Emily wusste, dass Lena das niemals zugeben würde, nicht einmal, wenn sie nicht kurz davor war, umzufallen.

„Welcher April?" Was war an dieser Frage so schwierig?

„Ich kann mich nicht erinnern. Ich hatte gerade

meine Steuererklärung abgegeben, also vielleicht am siebten?" Lena klang frustriert.

„Welches Jahr?" Emily wollte sie schütteln, aber das wäre wahrscheinlich nicht gut für eine Frau, die gerade aus dem Koma aufgewacht war.

„Oh. 2006, natürlich. Warum?"

„Weil es 2019 war, als ich entführt wurde. Vor sechs Monaten." Und somit fügte sich ein weiteres Jahr dem Rätsel zu.

Sie waren beide still. Emily begann zu begreifen, dass sie vielleicht vor sechs Monaten auf Kilrym aufgewacht war, aber sie hatte keine Ahnung, wie lange es her war, dass sie die Erde verlassen hatte. Und sie hatte keine Ahnung, ob es überhaupt ein Zuhause gab, zu dem sie zurückkehren konnte.

KAPITEL ACHTZEHN

OZ WAR NOCH NIE ALLEIN mit Cru und Crowze auf einer Mission gewesen, und das Unbehagen saß ihm schwer in den Knochen. Wenigstens hatte Cru seine Peitsche gegen einen Blaster getauscht.

Crowze war aus derselben Abschlussklasse wie Cru, ihre Familien kannten sich gut, und es waren dieselben Hände geschüttelt worden, um Crowze einen guten Platz an der Akademie zu sichern. Nach allem, was Oz gesehen hatte, war der Mann ein anständiger Soldat, aber er konnte die Verbindung, die er zu dem Captain hatte, nicht vergessen. Er konnte nicht sagen, ob Cru und Crowze tatsächlich befreundet waren oder ob sie sich einfach auf ihre gemeinsame Familiengeschichte stützten, um soziale Kontakte zu knüpfen.

Aber die Verbindung zwischen Crowze und Cru sorgte dafür, dass Oz ihm gegenüber niemals ein Wort gegen den Captain äußern würde. Nein, das behielt er meist Solan vor, den er gut genug kannte, und gelegentlich Jori.

Die Fahrt mit dem Shuttle war angespannt. Oz war sich sicher, dass Cru einen Weg finden würde, ihn zu bestrafen, wenn er auch nur im Geringsten aus der Reihe tanzte, und er wusste, wie er ihm schaden konnte. Eine Tracht Prügel wäre das geringste seiner Probleme, wenn der Captain dem Hauptquartier einen schrecklichen Bericht vorlegen würde.

Aber darüber konnte er sich keine Gedanken machen, wenn sie auf dem Weg waren, die Agentin zu holen. Sie war das Einzige, was jetzt zählte.

Eine angespannte Fahrt mit dem Shuttle führte zu einer angespannten Wartezeit in der Nähe des Treffpunkts. Seine Nerven waren gespannt, aber es müsste alles gut gehen. Diese Mission war so routinemäßig wie nur möglich. Grace übernahm den schwierigen Teil, indem sie sich selbst aus der Einrichtung befreite und durch die halbe Stadt reiste, um sie zu treffen. Trotzdem hielt er seinen Funken in Bereitschaft. Er spürte, dass es Ärger geben würde.

Aber irgendetwas fühlte sich auch mit seinem Funken *nicht richtig* an, als ob er tiefer als sonst greifen müsste, um ihn zu finden. Es war das erste Mal, dass er seine Kräfte einsetzte, wenn er nicht bei Emily war, und das war wahrscheinlich auch der Grund dafür, aber Oz würde in Zukunft trainieren müssen, um sicherzugehen, dass nichts schiefging.

Das erste Anzeichen von Ärger war das ferne Heulen von Sirenen. Es war vielleicht etwas, das man ignorieren konnte. Schließlich befanden sie sich im Herzen der Stadt, und die Patrouillen suchten nach mehr als nur Grace. Aber sein Bauchgefühl sagte Oz, dass sie seinetwegen kamen. Und die anderen schienen es auch zu spüren.

Eine rennende Gestalt erschien in der Lücke zwischen zwei Gebäuden und winkte ihnen wie wild zu. „Runter!", rief sie, kurz bevor etwas hinter ihr explodierte.

Oz tauchte ab, und Crowze auch, aber Cru war nicht schnell genug. Oder er wollte keine Befehle von einem Menschen annehmen.

Ein Trümmerstück traf ihn an der Schulter, und ein weiteres zerquetschte seinen anderen Arm, als er zu Boden ging. Er schrie auf und wurde dann unheimlich still. Die Sensoren, die sie alle zur Überwachung ihrer Gesundheit trugen, zeigten an, dass er verletzt war, aber noch lebte.

Gerade noch so.

Oz und Crowze entfalteten ihre Flügel. Oder sie versuchten es. Crowze schaffte es, aber Oz konnte gerade noch einen Blitz abfangen, bevor sie sich zurückzogen.

Er versuchte es wieder und wieder, ohne Erfolg, bis er schließlich aufgab.

Grace kroch den Rest der Strecke zwischen der Gasse und dem Treffpunkt. Ihr Gesicht war schmutzverschmiert, und eine hässliche Prellung bedeckte ihren halben Hals. Sie hatte definitiv schon bessere Tage gesehen, aber ihre Augen leuchteten vor Entschlossenheit.

„Das sollte sie für eine Minute aufhalten", sagte sie schwer atmend.

„Das warst *du*?", fragte Crowze.

„Ein Sprengstoff, den ich gelegt habe, ja." Ihr Blick fiel auf Cru und sie zog eine Grimasse. „Tot?"

„Verletzt", sagte Crowze mit völlig emotionsloser Stimme.

„Das werden wir auch gleich sein, wenn wir hierbleiben. Ist der Shuttle in der Nähe?" Sie sah sich um, aber sie hatten ihn gut versteckt.

„Kannst du uns Deckung geben, während wir den Captain in den Shuttle bringen?", fragte Oz Crowze. Er hatte gerade die zuverlässigste Kraft, und obwohl Grace ziemlich mitgenommen aussah, war sie immer noch in der Lage, einen Mann zu tragen. Das hoffte er zumindest.

Crowze nickte und sie verschwendeten keine Zeit mehr. Im Shuttle schnappte sich Oz den Erste-Hilfe-Kasten von der Wand und schloss den tragbaren Med-Bot an den Captain an. Er würde mit der Arbeit beginnen, die die komplexeren Maschinen auf dem Schiff fortsetzen konnten. Sie hatten zwar keinen Arzt an Bord, aber die Maschinen konnten eine Menge reparieren.

Cru rührte sich nicht, während Oz an ihm arbeitete, und seine Atmung war so flach, dass Oz ein oder zwei Mal innehalten und sich vergewissern musste, dass er überhaupt noch atmete.

„Ist der Captain gesichert?", rief Crowze vom Pilotensitz aus.

„Ja." Oz würde den Med-Bot seine Arbeit machen lassen müssen. Er schnallte sich neben dem Captain an und vergewisserte sich, dass auch Grace gesichert war. In Sekundenschnelle hatte Crowze den Shuttle gestartet und sie hoben ab.

Oz konnte noch nicht durchatmen. Die Patrouillen waren dicht hinter ihnen, und wenn die Sensoren sie erfassten, konnten sie bis in den Orbit verfolgt werden. Der Shuttle war nicht für den Kampf gemacht, aber sie hatten die Geschwindigkeit auf ihrer Seite. Und Crowze schien ein geschickter Pilot zu sein.

Niemand folgte ihnen.

„Was ist da hinten passiert?", fragte Oz Grace.

„Ich wurde entdeckt, nachdem ich die Anlage verlassen hatte. Ich hatte das Gefühl, dass so etwas passieren könnte und habe deshalb den Sprengstoff mitgenommen, als ich ging." Sie warf einen Blick auf den Captain. „Wie geht es ihm?"

„Nicht gut." Oz brauchte keine umfassende medizinische Ausbildung, um das zu wissen. „Aber unser Schiff ist gut ausgerüstet."

„Med-Bots sind kein Ersatz für Ärzte", sagte sie leise.

Oz wusste das. Und obwohl Cru der letzte Mann war, den er als Captain haben wollte, hatte er ihm nie den Tod gewünscht. Er hatte seine Grenzen.

Die Fahrt zurück war trübsinnig, aber ging schnell. Als sie sich auf das Andocken vorbereiteten, teilte Crowze den anderen mit, dass sie eine Bahre brauchen würden, und als sie am Schiff ankamen, warteten Solan und Ax bereits auf sie. Beide sahen besorgt aus, aber ihre Gesichtszüge entspannten sich, als sie sahen, dass es der Captain war, der verletzt war.

Oz half ihnen, ihn auf der Trage zu befestigen, aber dann übernahm Jori. „Ich schließe ihn an."

Solan nickte Crowze zu. „Geh mit ihm, falls er Hilfe braucht."

Und einfach so übernahm Solan das Kommando über das Schiff.

Irgendetwas stimmte nicht.

Oz war schon ein paar Stunden weg und Lena und Emily hatten sich die ganze Zeit versteckt gehalten, aber jetzt konnte Emily die Spannung in der Luft spüren, als hätte sie das Schiff infiziert. Sie konnte keine weitere Minute in ihrem gemütlichen Versteck bleiben. Lena brauchte nicht überzeugt zu werden. Sie standen beide auf und verließen ohne ein weiteres Wort den Raum, und Emily folgte einem unausgesprochenen Instinkt, bis sie die Brücke erreichten.

Als sie Oz sah, sprang sie ihm in die Arme, erleichtert, dass es ihm gut ging. Eine Sekunde später bemerkte sie, dass Grace auch da war. Sie ließ ihn nicht ganz los und legte einen Arm um seine Taille, weil sie Angst hatte, er würde irgendwie verschwinden, wenn sie ihn nicht berührte. Das war Unsinn, aber sie brauchte ihn, und sie hatte nicht vor, das infrage zu stellen. Nicht jetzt.

Grace warf Emily und Oz einen durchdringenden Blick zu, aber sie sagte nichts. Emily wollte sie fragen, was es war, dass sie *nicht* aussprach, aber das war nicht wichtig.

„Ich habe gehört, dass Jori Probleme hatte, dich und deine Freunde zu finden", sagte Solan.

Oz versteifte sich, aber niemand sah ihn an.

„Wir wollten das Schiff erkunden", antwortete Emily. Sie fand, dass sie nicht *zu* abwehrend klang.

Solan warf erst Oz, dann Lena einen Blick zu. „Deine Freunde können aus ihrem Versteck kommen. Jori ist im Moment beschäftigt und wir haben andere Prioritäten."

„Ich bin mir immer noch nicht ganz sicher, warum

wir uns überhaupt versteckt haben", murmelte sie. Oz'
Arm legte sich fester um sie.

„Was ist denn hier los?", fragte Lena.

„Müssen sie hier sein?" Grace starrte sie an.

Wunderbar. Vielleicht hatte sie Graces Loyalität
falsch eingeschätzt, als sie von den Apsyns festgehalten
wurden, aber das machte sie nicht gerade zu einer ange-
nehmen Person.

„Es ist in Ordnung", sagte Solan. Emily war immer
noch ein wenig verwirrt. Seit wann hatte Solan das
Sagen? Sollte es nicht irgendwo einen bösen Captain
geben? Sie behielt diese Fragen für sich, denn sie war
sich sicher, dass sie, wenn sie zu viel fragte, aus dem
Meeting verbannt werden würde, und sie war sich
sicher, dass Lena ihr nie verzeihen würde, wenn sie
wegen einiger dummer Fragen rausgeworfen werden
würden.

„Die neue Einrichtung ist so weit fertig, dass sie mit
der Verlegung der Probanden beginnen können", sagte
Grace. „Kannst du eine Karte der Großen Kilrym-Wüste
aufrufen?"

Solan nickte dem Mann zu, dessen Namen sie nicht
kannte. „Tu es, Ax."

Ax. Sie prägte sich den Namen ein.

Die Wüste nahm einen halben Kontinent ein. Die
holografische Karte enthielt Details, die Emily nicht
lesen konnte. Wenn sie hierbleiben wollte, musste sie

unbedingt herausfinden, ob es eine Art Übersetzer für das geschriebene Wort gab, so wie sie ihn für das gesprochene hatte. Oder sie würde eine neue Sprache lernen müssen.

Sie hoffte wirklich auf den Weltraumübersetzer.

„Gleich hinter den Sonnenaufgangsdünen und Rygors Tal haben sie ihre Anlage errichtet. Es gibt keine Straßen die dorthin führen und das Land gehört der apsynischen Regierung. Was auch immer dorthin gebracht wird, können wir nicht mehr erreichen. Oder nur mit deutlich mehr Vorbereitung. Wenn wir also versuchen wollen, die Testpersonen zu befreien, müssen wir jetzt handeln. Den Gerüchten zufolge, die ich gehört habe, stehen die Wissenschaftler kurz vor einem Durchbruch." Graces Haltung war angespannt und erst ganz am Ende ihres Berichts sickerten Emotionen in ihre Stimme. Sie wollte die Menschen nicht im Stich lassen.

Emily fragte sich, was ihre Geschichte war. Wie landete eine menschliche Frau in der Rolle einer Spionin für eine außerirdische Rasse gegen ihre außerirdischen Feinde? Wenn die Lage nicht so angespannt wäre, hätte sie vielleicht nachgefragt.

Die Tür zur Brücke öffnete sich und ein weiterer Außerirdischer trat ein. Nicht Jori und auch nicht der verletzte Captain.

„Crowze", sagte Solan. „Der Captain?"

Crowze schwieg einige Augenblicke, bevor er leicht

den Kopf schüttelte. „Er ist an alles angeschlossen, was wir haben. Aber ohne einen Arzt bin ich mir nicht sicher, ob er es schaffen wird. Und selbst dann ...“

Emily betrachte Solan, aber sein Gesichtsausdruck verriet nichts. Würde er einen Arzt für den Captain suchen, anstatt die Menschen zu retten? Würde er das Leben seines Captains aufs Spiel setzen, um eine riskante Mission durchzuziehen?

„Wurdest du verletzt?“ Zuerst verstand Emily nicht, warum Grace Oz ansah, als sie sprach. Er schien in Ordnung zu sein, aber sie ließ ihre Augen an ihm auf und ab wandern, um zu sehen, ob sie etwas übersehen hatte.

Oz sah ebenso verwirrt aus. „Keine Verletzungen zu melden.“

„Was ist dann mit deinen Flügeln passiert?“

Das lenkte die Aufmerksamkeit von der Notlage des Captains ab. „Oz?“, fragte Solan.

Oz streckte seine Flügel aus und hielt sie einige Sekunden lang ausgebreitet, wobei er einen davon um Emily schlang, bevor er sie zurückzog. „Ich hatte ein kleines Kontrollproblem auf Kilrym. In Anbetracht meines neuen Status muss ich vielleicht ein paar Dinge neu lernen, aber wie du sehen kannst, ist alles in Ordnung.“

Grace verengte ihre Augen. „Du bist verpaart? Seit wann?“

„Seit ungefähr zwei Tagen", murmelte jemand. Emily war sich nicht sicher, wer es war oder warum er so verärgert klang.

„Und du hast versucht, eine Mission aus der Ferne zu erfüllen? Bist du verrückt?" Sie wandte sich an Solan. „Bist *du* verrückt?"

„Cru hat mich dorthin geschickt", erwiderte Oz, bevor sie mehr tun konnte, als zu sprechen.

„Und du solltest auf deine Worte achten", mahnte Solan. „Du gehörst zu meiner Mannschaft, bis wir ins Hauptquartier zurückkehren."

„Ja, Sir." Sie quälte die Worte heraus, und sogar Emily konnte die unausgesprochenen Flüche hören. „Erlaubnis zu sprechen?"

„Tu das nicht", sagte Solan. „Du weißt, wie man sich richtig verhält."

„Nach ...", unterbrach sie sich mit einem tiefen Atemzug. „Du hast recht. Was ich sagen *wollte*, ist, dass die Trennung eines frisch verbundenen Paares Folgen hat. Solange sie die Feinheiten ihrer Verbindung nicht verstehen, funktionieren ihre Funken nur in relativer Nähe zueinander."

„Woher weißt du das? Bist du nicht ein Mensch?", fragte Lena, bevor Emily etwas sagen konnte.

Grace sah beleidigt aus. „Meine Eltern sind verbunden", sagte sie mit einem Hauch von Überlegenheit in der Stimme.

Und dieser Ton erinnerte Emily daran, warum sie Grace von Anfang an nicht gemocht hatte. Aber vielleicht musste sie das beiseiteschieben, denn sie war vermutlich die beste Quelle für Informationen über Emilys und Oz' Bindung.

„Gibt es noch andere Überraschungen, die wir erleben könnten?", fragte Oz.

Grace zuckte mit den Schultern. „Jede Bindung hat ihre eigenen Überraschungen. Es überrascht mich, dass du nichts von der Entfernung wusstest. Das ist gut dokumentiert."

„Das ist ja alles sehr interessant", warf Ax ein, „aber wir können nicht die ganze Nacht hier herumstehen und die Feinheiten der Verpaarungen durchgehen. Was machen wir, Captain?"

Solan zuckte bei der Anrede zusammen, aber er war nun einmal der Captain, bis der andere sich erholt hatte.

Falls er sich erholte.

Dann schien er zu einem Entschluss zu kommen, ein Teil der Anspannung fiel von seinen Schultern ab und ein entschlossener Blick huschte über sein Gesicht. „Wenn dies unsere beste Chance ist, die Testpersonen zu bergen und den Apsyns einen Schlag zu versetzen, dann holen wir die Menschen. Grace und ich werden einen Angriffsplan ausarbeiten. Dann werden Ax, Grace, Crowze und ich auf den Planeten gehen, um die Menschen zu bergen."

Grace gab einen Laut von sich, sagte aber nichts.

Dennoch reichte es aus, um die Aufmerksamkeit des Raumes zu erregen.

„Was?", fragte Solan.

„Du hast ein verbundenes Paar, die stärkste Waffe, die eine Zulir-Kriegergruppe haben kann. Warum willst du sie zurücklassen?", fragte Grace.

„Weil Emily keine Kriegerin ist", erklärte er, als würde er mit einem kleinen Kind sprechen.

Das hätte Emily nicht stutzig machen dürfen. Sie war *keine* Kriegerin und sie war nicht darauf erpicht, in den Kampf zu ziehen. Aber wenn Oz ihre beste Chance war, die Menschen zu retten, hatte sie dann nicht eine Verpflichtung? „Ich werde gehen", sagte sie. „Ich bin zwar keine Soldatin, aber ich bin ziemlich flink und kann Befehle befolgen."

Oz versteifte sich neben ihr, aber bevor er etwas einwenden konnte, legte sie ihre Hand auf seinen Arm. Sie wollte keinen Streit, und sie wussten beide, dass es das Beste war.

Solan starrte sie an, als könne er tief in ihre Seele blicken. Dann nickte er. „Du wirst dich uns anschließen."

„Und ich", fügte Lena hinzu.

„Bei Braznons verdammten Eingeweiden", hörte sie einen der Soldaten murmeln, aber Emily sah zwischen

Solan und Lena hin und her und bekam nicht mit, wer es war.

„Nein", sagte Solan mit fester Stimme.

„Ich war eine Soldatin auf der Erde", beharrte Lena, „und ein DEA-Agent. Ich habe eine Vielzahl an Kämpfen erlebt. Ich wäre eine Bereicherung. Und was dieser Med-Bot mit mir gemacht hat, gleicht der reinsten Magie. Ich bin bereit, den Apsyn in den Arsch zu treten." Sie bewegte sich auf ihren Füßen und strotzte vor Energie.

„Und ich bin sicher, dass euer Erdenmilitär froh war, dich zu haben, aber ..." Solan verschluckte sich an seiner Antwort, als Lena angriff.

Doch sie griff nicht ihn an. Ax stand ihr am nächsten, und er hatte es nicht kommen sehen. Sie schlug zu, traf ihn an der Kehle und trat ihm dann in den Magen, sodass er sich vorn über beugen musste. Sie schnappte sich seinen Blaster und hatte ihn blitzschnell auf Solan gerichtet.

Oz hatte seine Flügel ausgebreitet, bereit zuzuschlagen, und Crowze sah ebenso bereit aus, aber Solan hatte abwehrend die Hände erhoben. „Beeindruckend." Er wandte sich an Grace. „Du kennst die Macht ihrer Kräfte besser. Wir müssen einen Soldaten auf dem Schiff zurücklassen für unsere Rückkehr. Könnten wir die Hilfe dieses Menschen gebrauchen?"

„Wir könnten jeden einsetzen, den wir haben, und es wäre immer noch riskant. Ja."

„Nun gut. Crowze und Ax, ich möchte, dass ihr unsere Shuttles vorbereitet. Grace, Lena und ich werden die Informationen von Grace überprüfen, sobald ich Jori über unsere Pläne informiert habe. Oz, übe mit deiner Schicksalsgefährtin, was du kannst. Wir treffen uns in zwei Stunden."

Es war Zeit, sich auf den Krieg vorzubereiten.

19

KAPITEL NEUNZEHN

OZ WUSSTE, dass er Befehle befolgen sollte. Er war im Begriff, seine Schicksalsgefährtin in die Schlacht zu führen, und wenn er ihr nicht so viel Training wie möglich gab, könnte er der Grund für ihren Untergang sein. Aber zwei Stunden waren nicht genug, um viel zu lernen, und es gab etwas viel Wichtigeres, das sie tun mussten, bevor sie den Tod riskierten.

Sie mussten sich daran erinnern, dass sie am Leben waren.

Emily stand still neben ihm, aber sie verschränkte ihre Hände miteinander. Es gefiel ihm, dass sie ihn genauso berühren wollte, wie er sie berühren wollte. Er wusste nicht, ob er jemals genug davon bekommen würde.

Er öffnete leise die Tür zu seinem Zimmer und führte sie hinein. Trotz des Ernstes der Lage grinste

Emily. „Ich bin mir nicht sicher, ob die Art von Training, von der Solan gesprochen hat, in einem Schlafzimmer stattfinden kann."

Es gab vieles, was er ihr sagen wollte, Versprechen und Schwüre. Aber im Moment blieben sie ihm im Hals stecken, und so tat er das Einzige, was er konnte. Er zog sie an sich und bedeckte ihren Mund mit seinem eigenen.

Emily schmolz mit ihm zusammen, ihre Arme legten sich um seine Schultern und sie presste ihren Körper fest an seinen. Es passte perfekt, als wären sie füreinander geschaffen. Er drückte sie mit dem Rücken gegen die Wand, und sie schlang ihre Beine um seine Taille, wölbte sich gegen ihn und presste sich gegen seinen steinharten Schwanz.

Er wollte es ihr langsam besorgen, ihr die Aufmerksamkeit schenken, die sie verdiente, aber sein Körper war bereits angespannt vor Verlangen und wenn er sie nicht bald bekam, würde er explodieren.

Emily war vielleicht neu in Liebesangelegenheiten, aber ihr Bedürfnis war genauso groß. Sie zerrte an seinen Kleidern, brach den Kuss aber nicht ab. Es war eine schwierige Sache, und angesichts der Art, wie seine Knöpfe und Riemen funktionierten, gab es keine Möglichkeit, sich auszuziehen, ohne sich zurückzuziehen.

Aber er wollte es nicht tun.

Er verschlang ihren Mund, bis sich ihr Geschmack in ihm eingeprägt hatte, wie etwas, das er nie vergessen würde. Er wollte sie küssen, bis sie beide alt wurden, und darüber hinaus, wenn ihre Körper dahinschwanden und sie eins mit den Sternen wurden. Er wollte ein erfülltes Leben mit ihr führen, eines voller Lachen und Küsse, Kinder und Glück. Er wollte seine Schicksalsgefährtin nicht in eine Schlacht führen, aus der keiner von ihnen zurückkehren würde.

Emily musste die Wendung seiner Gedanken gespürt haben. Sie legte ihre Hände auf seine Wangen und schob ihn so weit weg, dass sie sich ansehen konnten. „Wir werden beide von dieser Mission zurückkommen", sagte sie. „Ich vertraue dir, und du wirst nicht zulassen, dass ich verletzt werde. Also fick mich jetzt ordentlich, und wenn wir dann zu Hause sind, kannst du die ganze Nacht mit mir Liebe machen." Er konnte den Funken in ihren Augen sehen, und ihre Kraft prickelte auf seiner Haut.

Sie hatten keine Zeit, sich auszuziehen. Nicht mit diesem Bedürfnis, das ihn durchströmte.

Und obwohl er seine Schicksalsgefährtin immer noch mit Sorgfalt behandeln wollte, konnte er ihr geben, was sie brauchte, hart und schnell und explosiv.

Er stellte sie lange genug auf die Beine, um ihr die Hose herunterzuziehen und seinen Schwanz zu befreien, und dann neckte er ihren Eingang, während er sie in seinen Armen hielt und gegen die Wand drückte.

Ihre Augen klebten an seinem Gesicht, als er in sie eindrang, und Oz konnte die Tiefe ihrer Verbindung spüren. So schnell. So vollkommen. So richtig. Er wusste nicht, warum er sich jemals Sorgen über die Intensität einer Verpaarung gemacht hatte. Emily war alles, was er sich nur wünschen konnte, und er würde ihr alles geben, was sie brauchte.

Er bewegte sich langsam genug, um ihr Zeit zu geben, sich an ihn zu gewöhnen, aber als sie mit einer Hand durch sein Haar fuhr und ihn anflehte, schneller zu werden, verlor er seine Beherrschung. Oz stieß hart zu, vergrub sich völlig in ihr und stöhnte mit ihr, als ihre enge Hitze ihn einhüllte.

Hatte er jemals etwas Vollkommeneres als diese Frau gespürt? Nein, und das würde er auch nie. Sie war *es* für ihn, und er konnte es sich nicht anders vorstellen.

Das waren seine letzten zusammenhängenden Gedanken, bevor die Gefühle ihn überwältigten und es nur noch ihn und seine Frau in einem Tanz gab, der so alt war wie die Zeit selbst. Sie umklammerte ihn fester und gab Geräusche von sich, die in keiner Sprache der Galaxis Worte hätten sein können. Und dann schrie sie auf, bebte um ihn herum, als er sie an den Rand der Lust und darüber hinaus brachte.

Mit einem Gebrüll entleerte sich Oz in ihr. Glückseligkeit explodierte hinter seinen Augen und er vergaß für einige lange Momente, wo er überhaupt war.

Emily schlang sich um ihn und legte ihren Kopf an seine Schulter, während er ihr ganzes Gewicht trug. Er ging mit ihr von der Wand weg, und legte sie in sein Bett. Sie sah dort richtig aus. Perfekt. Und er wünschte, er könnte sie dort liegen lassen, während er sich in die Gefahr stürzte, aber er wusste, dass sie ihm niemals verzeihen würde.

Er säuberte sie und holte ihr einen neuen Satz Kleidung aus der Maschine des Versorgungslagers, die die Kleidung für die gesamte Besatzung verteilte. Die Maschine hatte bereits die Maße der Menschen gespeichert und konnte mit wenigen Knopfdrücken Kampfanzüge herstellen.

Oz legte sie neben Emily auf dem Bett ab.

„Leg dich einen Moment zu mir", sagte sie und tätschelte das Bett neben ihr.

„Wir haben nicht viel Zeit", warnte er.

„Ich möchte dich festhalten, bevor wir gehen", gestand sie.

Diesem Wunsch konnte er nicht widerstehen. Er umarmte seine Schicksalsgefährtin und versuchte, sich auf den Krieg vorzubereiten. Er konnte sie nicht verlieren. Er konnte sie auch nicht in der Sicherheit zurücklassen. Und der Konflikt zerriss ihn innerlich.

Emilys Hände zitterten. Sie wollte nicht, dass Oz wusste, wie nervös sie war, und war froh, dass er sich mit Solan unterhielt. Lena warf ihr einen mitfühlenden Blick zu. Als Solan die anderen angewiesen hatte, die Shuttles vorzubereiten, hatte sie gedacht, sie würden in zwei Fahrzeugen reisen, aber es stellte sich heraus, dass sie eine Art Technologie benutzten, um sie wie Zugwaggons miteinander zu verbinden. Das bedeutete, dass sie alle zusammen reisten, und wenn sie ausflippte, würden es alle sehen.

Emily würde also nicht ausflippen.

Sie hatten einen Plan. Und ihre einzige Aufgabe war es, nah genug bei Oz zu bleiben, um sicherzustellen, dass er seine Kräfte nutzen konnte. Sie brauchte nicht zu kämpfen. Sie war so sicher wie nur möglich.

Relativ.

Sie war immer noch auf dem Weg in eine Schlacht und Unfälle passierten. Niemand war erpicht darauf, über die Prognose des Captain zu sprechen, und die Mission war viel einfacher gewesen als das, was sie jetzt vor sich hatten. Aber Emily musste hoffen, dass sich alles zum Guten wenden würde. Sie hatte Oz gerade erst gefunden; sie wollte ihn jetzt nicht schon wieder verlieren.

Die Reise auf den Planeten ging schneller, als Emily

es sich gewünscht hätte, aber als sie an einem sicheren Ort gelandet waren, teilten sie sich auf. Oz, Emily, Grace und Crowze übernahmen den südlichen Eingang, während sich Solan, Ax und Lena dem nördlichen widmeten. Es war kurz vor Mitternacht und die Straßen waren ruhig.

Aber die Anlage war es nicht. Fahrzeuge und Menschen standen auf dem Parkplatz und bereiteten sich auf ihre morgendliche Reise vor. Es hätte unmöglich sein sollen, einzudringen, aber die Apsyns waren so sehr damit beschäftigt, alles vorzubereiten, dass sie nicht bemerkten, wie sich ein paar Fremde hineinschlichen.

„Das sind keine Wachen", sagte Grace. „Das sind angeheuerte Möbelpacker und Wissenschaftler. Hier herrscht gerade Chaos und sie passen nicht so gut auf, wie sie es sollten."

Perfekt.

Aber Emilys Nerven lagen immer noch blank, und sie wollte nicht daran denken, was alles schiefgehen könnte. Irgendetwas musste ja schiefgehen. Sie war zu pessimistisch, um etwas anderes in Betracht zu ziehen. Und als sie die vertrauten Gänge entlangging, spürte sie, wie ihr die Galle hochkam. Sie hatte nicht daran gedacht, wie es sich anfühlen würde, hierher zurückzukommen und sich vor Augen zu führen, was man ihr und ihren Freunden angetan hatte. Am liebsten hätte sie diesen Ort mit all seinen Forschern niedergebrannt. Sie war kein *Tier*, an dem man Experimente durchführte, aber sie hatten ihr Bestes getan, ihr ihre Menschlichkeit zu nehmen, bis nichts mehr übrig war.

Aber es hatte nicht geklappt. Sie war immer noch sie selbst. Und jetzt hatte sie auch Oz. Es war alles gut gelaufen.

Aber sie wusste, dass sie für den Rest ihres Lebens Albträume von diesem Ort haben würde. Wie könnte sie auch nicht?

Der Südschlafsaal wurde elektronisch überwacht, und die Apsyn-Wachen machten mehrmals pro Stunde ihre Runden. Ihre Gruppe wurde bei einer dieser Durchsuchungen fast erwischt, und wenn Crowze nicht so schnell gehandelt hätte, wären sie in einen Kampf verwickelt worden. Aber er drängte sie zurück und hielt sie ruhig, und die Wachen gingen an ihnen vorbei. Um die Videoüberwachung hatten sie sich gekümmert, bevor sie das Gebäude betraten. Grace hatte sich schon früh in ihrer Gefangenschaft in das System eingeklinkt und herausgefunden, wie man die Übertragungen umleiten konnte. Wenn sie kein Pech hatten, würde diese List nicht entdeckt werden, bevor sie sich auf dem Rückweg zum Schiff befanden.

Die Menschen im Südschlafsaal waren verwirrt, als Grace mit zwei Außerirdischen hereinkam, die ihren Entführern so ähnlich sahen, und noch verwirrter, als Emily hinter ihr folgte. Es bedurfte einer schnellen

Überredungskunst, um sie davon zu überzeugen, dass Oz und Crowze für die *guten* Außerirdischen arbeiteten und dass sie die Menschen befreien wollten, aber schließlich folgten sie ihnen. Mit drei weiteren Menschen im Schlepptau war es noch schwieriger, den Wachen zu entkommen, und als eine Frau namens Julia nach „einer Waffe oder so etwas" fragte, begann das Murren unter ihnen. Sie wollten nicht hilflos sein. Emily verstand das, aber das bedeutete nicht, dass sie nicht wollte, dass sie still waren.

Sie mussten einfach nur zurück zum Schiff kommen. Sie konnten es schaffen. Es würde alles gut werden.

Aber offensichtlich hatte eine bösartige Macht im Universum ihren Optimismus gehört und beschlossen, Emilys Tag zu ruinieren.

Der schnellste Weg zurück zum Shuttle führte durch die Labore. Emily wollte das nicht riskieren. Die Labore waren voller Fallen und wie ein Labyrinth aufgebaut, um sicherzustellen, dass Menschen nicht entkommen konnten, wenn sie wegliefen. Aber Grace hatte darauf bestanden, dass die Labore, so spät wie es war, ihre beste Chance darstellten. Außerdem hätten sie so die Möglichkeit, alles zu sabotieren, an dem sie vorbeikamen. Emily hatte nicht den nötigen Einfluss, um den Plan zu ändern, also war sie gezwungen, mitzumachen.

Sie erkannte die Gänge. Sie hatten sich in ihr Gedächtnis eingeprägt. Aber es war etwas weniger schrecklich, durch sie hindurchzugehen, weil sie wusste, dass es das letzte Mal sein würde. Welches Problem sie auch immer hatte, sie musste es überwinden.

Dann ertönte der Alarm.

Alle erstarrten und sahen sich an. Aber niemand unternahm etwas.

Ein lautes Geräusch hallte durch den Flur, und Emily blickte zurück und sah, wie sich die Türen schlossen.

„Lauft!", brüllte Crowze. „Geht durch die Türen oder wir sitzen in der Falle."

Sie rannten los. Nur noch drei Türen und weniger als dreißig Meter trennten sie von der Sicherheit. Oder, na ja, von der relativen Sicherheit. Sie passierten die erste, als sie gerade anfing, sich zu senken. Die zweite war noch niedriger.

Aber als sie die dritte erreichten, stolperte Julia. Sie schrie auf, und Emily war am nächsten dran. Sie blieb stehen, zog sie auf die Beine und lief weiter. Aber diese kostbaren Sekunden bedeuteten, dass die Tür ein weiteres Stück gesunken war.

Emily schob Julia durch den Spalt, aber er schloss sich zu schnell, als dass sie sich selbst noch hätte hindurchrollen können. Sie spürte, wie etwas durch die Tür hallte, und wusste, dass es Oz war, der versuchte, seine Kräfte einzusetzen, um sie aufzusprengen. Emily dachte an ihn und rief ihren eigenen Funken herbei. Sie zielte mit ihrem Blitz auf die Tür und feuerte. Er hinter-ließ eine Furche, aber die Tür bewegte sich nicht.

Sie suchte nach einem Schalter oder einer Tafel, irgendetwas, das die Tür wieder öffnen würde. Sie fand sogar einen, aber die Befehle waren in der Zulir-Sprache geschrieben, und sie hatte immer noch keine Ahnung, wie man sie las. Sie tippte wahllos auf Dinge und schaffte es, die Deckenbeleuchtung einzuschalten, aber an der Tür tat sich nichts. Sie richtete ihre Kräfte auf sie und brannte das Ding durch.

Die Tür vor ihr blieb hartnäckig geschlossen.

Die Tür hinter ihr öffnete sich.

Emily blickte zurück. Hinter ihr erstreckte sich ein Korridor, den sie nehmen konnte, um vielleicht einen anderen Weg nach draußen zu finden. Oder sie konnte warten und hoffen, dass Oz einen Weg fand, die Tür zu öffnen. Er würde sie nicht verlassen wollen, das wusste sie bis in die Tiefe ihrer Seele. Er brauchte sie auch, wenn er wollte, dass seine Kräfte funktionierten. Aller-dings war sie sich nicht sicher, ob ein paar Meter einen so großen Unterschied machen würden. Das war eine weitere Sache, die sie nicht getestet hatten. Aber sie konnte nicht bedauern, wie sie ihre Zeit genutzt hatten. Vor allem, wenn sie nicht wieder zueinander finden würden.

Nein.

Emily wollte warten, bis sie gerettet wurde. Sie

wollte, dass jemand sie fand und sie vor Schaden bewahrte. Aber Oz hatte eine Pflicht, und er konnte auf keinen Fall lange auf der anderen Seite dieser Tür stehen bleiben.

Sie presste ihre Hand gegen die Tür und stellte sich vor, wie er das Gleiche auf der anderen Seite tat. Sie waren sich so nah, und doch konnte sie diese Distanz nicht überwinden. Sie wollte noch einmal auf die Schalttafel einschlagen, aber sie hatte Angst, dass sie sich damit den Fluchtweg versperrte.

„Ich werde dich finden", versprach sie, obwohl sie wusste, dass er sie nicht hören konnte. „Wehe, du fliegst weg."

Dann drehte sie sich um und lief den Flur hinunter. Sie musste aus der Einrichtung fliehen.

Wieder einmal.

Doch als sie um die Ecke bog, gefror ihr das Blut in den Adern, als der Forschungsleiter aus einem Raum trat und ein grausames Lächeln sein Gesicht erhellte. „Na, das ist ja eine schöne Überraschung."

KAPITEL ZWANZIG

OZ RICHTETE seine Kräfte gegen die Tür hinter ihnen, aber sie öffnete sich nicht, um Emily durchzulassen. Grace stand an der Schalttafel, aber als sie ihn ansah, war ihr Blick nicht hoffnungsvoll.

„Wir bräuchten ein paar Stunden und schwere Gerätschaften, um durch diese Tür zu kommen", sagte sie. „Oder einen Schlüssel, den die Wächter und Forscher bei sich tragen. Sonst lässt sie sich nicht öffnen."

Crowze legte Oz eine Hand auf die Schulter, als wolle er ihn trösten, aber Oz wies ihn ab. Er brauchte keinen Trost, er brauchte Emily.

„Versuch es noch einmal", befahl er.

Grace öffnete ihren Mund, um zu widersprechen.

„Versuch. Es. Noch. Einmal." Er breitete seine Flügel aus und feuerte seine Kraft erneut gegen die Tür.

Sie verschwendeten mehrere Minuten mit dem Versuch, die Tür zu öffnen, und Oz wäre die ganze Nacht dort stehen geblieben, wenn Crowze ihm nicht einen Stoß seiner Kraft entgegengeschleudert hätte. Es war nicht genug, um weh zu tun, aber der Schock ließ ihn zusammenzucken.

„Wir haben eine Pflicht", sagte Crowze. „Bist du bereit, diese Menschen zu opfern, um deinen eigenen zu retten? Würde sie das wollen?"

„Sie schien fähig", bot Grace an. „Es gibt mehr als einen Weg hinaus aus den Laboren. Sie kann einen anderen finden."

Oz wusste, wann er beschwichtigt wurde. Aber sie hatten recht. Ein Aufschub würde nur dazu führen, dass alle anderen verletzt oder getötet wurden. Je eher sie sich bewegten, desto eher konnte er einen Weg finden, um Emily zurückzubekommen. „Lasst uns gehen", sagte er. Er presste seine Hand gegen die Tür und versprach seiner Schicksalsgefährtin, dass er zu ihr zurückkehren würde. Sie war kein akzeptables Opfer.

Die ersten beiden Wachen, die ihren Weg kreuzten, bekamen die volle Wut von Oz zu spüren. Er richtete seinen Funken auf sie und brutzelte sie auf der Stelle. Es war brutal und schnell, aber als Grace sie untersuchte, zeigte sie auf ein geschmolzenes Durcheinander aus Plastik und Metall. „Das waren Schlüssel, mit denen wir hätten versuchen können, die Türen zu öffnen. Beruhige dich, Ozar."

Er war also nicht nur wütend auf das Gebäude, weil es seine Schicksalsgefährtin gefangen hielt, sondern auch auf sich selbst. Und die Menschen sahen ihn an, als würde er *sie* angreifen.

Verpunt.

„Geht weiter", sagte er. Aber er zügelte seine Kräfte. Er wollte die Schlüssel nicht wieder verbrennen.

Das Chaos, das ihren Eingang in die Anlage versperrt hatte, half ihnen bei der Flucht. Und obwohl die Menschen, die sie transportierten, nicht in der besten Verfassung waren, konnten sie alle laufen und ihren Anweisungen folgen.

Als sie die Fahrzeuge für ihre Flucht beluden, waren weniger Leute unterwegs. Oz wusste nicht, ob irgendjemand ahnte, was vor sich ging, aber er hatte keine Zeit, sich darüber Gedanken zu machen, nicht, während er sich darauf konzentrierte, diese Menschen zu befreien, damit er seinen Menschen zurückbekommen konnte.

Solan, Ax und Lena waren bereits mit ihren eigenen Menschen im Shuttle, als Oz und sein Team eintrafen. Lena war die erste, die bemerkte, wen sie vermissten.

„Wo ist ..."

Oz half beim Aufladen der Menschen und drehte sich dann zu Solan um. „Ich gehe zurück und hole Emily."

„Wir können nicht warten", sagte Solan. „Es ist zu riskant." Das stimmte. Die Apsyns waren in höchster Alarmbereitschaft, und bald würden Patrouillen die Gegend umkreisen.

Oz zuckte mit den Schultern. „Ich gehe zurück und hole Emily." Es gab nichts, was ihn zum Gehen bewegen könnte. Er würde lieber sterben, als sie zu opfern.

Solans Kiefer spannte sich an, aber er nickte. „Sei bis zum Morgengrauen am Treffpunkt 3. Ich werde einen Rückweg für dich finden."

Morgengrauen war nicht mehr so weit entfernt, wie Oz es lieb gewesen hätte, aber sie wussten beide, dass die Chancen, Emily zurückzubekommen, von Minute zu Minute schlechter wurden, wenn er sie *jetzt* nicht fand.

„Ich komme mit", sagte Grace neben ihm. „Ich kenne die Einrichtung. Ich kann dir helfen." Dieses Angebot kam unerwartet, aber er würde es gerne annehmen.

Lena schien sich ebenfalls anbieten zu wollen, aber Solan schob sie in das Schiff zurück, noch bevor sie es tun konnte. Er schaltete es ein, hob ab und ließ Oz und Grace allein.

„Lass uns meine Schicksalsgefährtin suchen."

Die Wachen schienen wie aus dem Nichts um den Forscher herum aufzutauchen. Sie konnte sich nicht an seinen Namen erinnern. Es war nicht so, dass sie sich ihren Untergebenen vorgestellt hätten. Aber er erinnerte sie an irgendetwas.

Rattengesicht.

Ja, er war ein Rattengesicht, das Menschen gefangen hielt und sie wie Laborratten behandelte. Sie wünschte, sie hätte eine Waffe, mit der sie ihn erschießen könnte. Ihre Fäuste brannten darauf, sein dummes Rattengesicht zu treffen. Er verdiente eine Tracht Prügel. Er verdiente viel mehr als das.

Eine der Wachen zückte einen Blaster, und als er ihn hob, um auf sie zu schießen, meldeten sich Emilys Instinkte, und ihre Flügel flatterten heraus, um sie vor der Explosion zu schützen.

Sie bemerkte ihren Fehler erst, als Rattengesicht einen Laut der absoluten Freude ausstieß. „Ein verpaarter und verbundener Mensch? Genau das, was wir brauchen. Macht sie kampfunfähig, aber tötet sie nicht. Ich brauche sie."

Emily versuchte zu fliehen. Sie schlug mit ihrem Funken um sich und traf sogar einen der Wächter, aber es reichte nicht aus, um ihn zu Fall zu bringen. Sobald sie Oz wiedergefunden hatte, würden sie richtig üben, und diesmal würde sie sich nicht vom Sex ablenken lassen.

Ihre Flügel wehrten die Schüsse der Blaster ab, aber es fühlte sich trotzdem jedes Mal wie ein Schlag an, wenn einer sie traf, und dann kam einer irgendwie durch ihre Flügel und traf ihr Bein.

Sie ging zu Boden, und das nicht gerade anmutig.

Emily war in ihrem Leben schon Hunderte, vielleicht Tausende Male gefallen. Man wurde kein Spitzenturner, wenn man Angst hatte, auf die Matte zu stürzen. Aber das war nicht dasselbe, ganz und gar nicht. Und bevor sie wieder aufstehen konnte, rammte ihr einer der Wachmänner sein Knie in die Seite, um sie am Boden zu halten, und dann klemmte er etwas um ihr Handgelenk.

Es war kein Paar Handschellen. Es umschloss nur ein Handgelenk. Aber was auch immer es war, es ließ ihre Flügel zittern und sie konnte den Funken in ihrem Inneren nicht mehr spüren.

Die Wache hievte sie hoch, und Rattengesicht kam näher und grinste die ganze Zeit. „Dämpfungsmanschette", erklärte er. „Hält Gefangene und Versuchspersonen davon ab, zu rüpelhaft zu werden. Ich hätte nie gedacht, dass ich mal eine für einen Menschen brauche."

Warum trugen die Wachen sie dann mit sich herum? Emily hatte gedacht, die Menschen seien Gefangene und die Zulir seien Freiwillige. Hatte sie sich geirrt? Sie würde Rattengesicht nicht die Genugtuung geben, danach zu fragen.

Sie konnte ihn nicht schlagen. Sie konnte ihren Funken nicht benutzen, um ihn mit Blitzen zu beschießen. Die Wachen hielten sie zu fest, als dass sie irgendetwas hätte tun können, und sie wusste, dass sie wochenlang blaue Flecken ihrer Fingerabdrücke auf ihrem Bizeps haben würde.

Sie spuckte in das dumme Rattengesicht des Forschers.

Eine Minute lang war es befriedigend, aber dann wurden die Hände fester und sie machte sich auf die Konsequenzen gefasst. Es musste Konsequenzen geben.

Rattengesicht wischte ihre Spucke mit seinem Ärmel weg, dann lächelte er und ihr wurde ganz eisig. Es war ohne jede Freude. Nein, es war ein Lächeln voller Grausamkeit und Begierde, zu sehen, was für abscheuliche Dinge er ihr antun konnte.

Ja, er brauchte sie vorerst lebend. Aber sobald er ihr das entlockt hatte, was er von ihr wollte, würde er ihr ein schmerzhaftes Ende bereiten.

„Alarmiert eure Vorgesetzten, dass wir Eindringlinge haben", sagte er zu einer der Wachen, die sie festhielten. „Ich vermute, dass sie und ihr mysteriöser Zulir-Schicksalsgefährte wegen ihrer Freunde zurückgekommen sind. Er wird nach ihr suchen." Er wandte sich an die andere Wache. „Lasst uns zum Hangar gehen. Ich werde nicht länger damit warten, diesen kleinen Hauptpreis zu transportieren."

Emily wehrte sich wieder. Wenn sie sie in die Wüstenanlage brachten, würde niemand an sie herankommen, und sie wusste nicht, wie sie sich den Weg nach draußen erkämpfen sollte. Sie musste die Handschellen loswerden. Sie war sich nicht sicher, wie lange ihre Kräfte funktionieren würden, wenn sie und Oz getrennt waren, oder wie groß ihre Reichweite war, aber wenn sie sie verlor, war sie am Arsch. Noch mehr am Arsch.

Sie wollte nur noch nach Hause.

Und das Bild von Zuhause in ihrem Kopf bestand nicht mehr aus den Wolkenkratzern, die die Skyline von Chicago zierten, oder aus ihrer armseligen kleinen Wohnung. Nein, jetzt bestand ihr Zuhause aus Oz' Lächeln und dem Blitzen in seinen Augen, aus der Art, wie sich seine Arme um sie schlossen, nachdem sie miteinander geschlafen hatten. Das wollte sie wieder haben. Sie wollte es ein Leben lang haben.

Sie wollte nicht zulassen, dass ein dummes Rattengesicht ihr das wegnahm.

„Sir", sagte die erste Wache, als die zweite und Rattengesicht sie den Flur hinunter zogen. Er musste joggen, um sie einzuholen. „Der Sicherheitsdienst meldet zwei tote Wachen, und unsere Sensoren haben vor kurzem einen Shuttle-Abflug registriert."

„Einen Abflug?" Rattengesicht gab sich keine Mühe, sein Grinsen zu verbergen. „Sieht so aus, als hätte dein Schicksalsgefährte dich zurückgelassen." Er sah die Wache an. „Geh und melde dich bei deinem Vorgesetzten. Wir kommen hier schon klar." Der Wachmann ließ sie mit Rattengesicht und dem anderen Wachmann allein.

Emily wollte es nicht glauben. Das würde Oz niemals tun.

Aber ihre Entführer schienen nicht zu wissen, dass er ein Team bei sich hatte.

Würde Solan Oz zurücklassen? Sie waren Freunde, sie waren ein Team. Das schien nicht möglich.

Emily musste auf jeden Fall fliehen, und sie konnte sich nicht darauf verlassen, dass man ihr helfen würde. Sie war keine Kämpferin, aber jetzt hatte sie keine andere Wahl.

KAPITEL EINUNDZWANZIG

BEIM ZWEITEN MAL war es schwieriger, sich einzuschleichen, auch wenn Grace all ihre Tricks und Geheimgänge anwendete. Die Leute in der Einrichtung waren noch nervöser, als ob sie spürten, dass etwas nicht stimmte. „Dieser Eingang ist mit den Laboren verbunden", sagte sie. „Die Forscher benutzen ihn, um Testpersonen und anderes Material zu transportieren."

„Es ist ein Hangar." Sie waren immer noch draußen, aber Oz wusste, dass ein so großes Gebäude wie das, was sie hier sahen, nur eines sein konnte.

„Das ist es", stimmte Grace zu. „Und jetzt komm mit. Ich habe die Sicherheitscodes, und ich hoffe, dass sie noch nicht deaktiviert wurden."

Das wurden sie nicht.

Der Hangar war fast leer, als sie durch eine Seitentür eintraten. Er hatte früher eindeutig kleine Fahrzeuge beherbergt, aber jetzt waren nur noch zwei übrig, zusammen mit mehreren Stapeln von Kisten, die auf Paletten standen.

Oz fühlte sich ungeschützt und wollte sich an den Wänden entlang schleichen, als ob das seine Anwesenheit verschleiern würde. Grace schien nicht die gleichen Probleme zu haben wie er. Sie marschierte hindurch, als gehöre ihr der ganze Laden. Doch als sich die Tür öffnete, die sie ansteuerten, erstarrte sie.

Ein Mann kam heraus und Oz schlug zu. Es gab kein Verstecken, kein Warten. Er zündete seinen Funken und griff an.

Aber irgendetwas stimmte nicht. Sein Funke fühlte sich … gedämpft an. Es war nicht dasselbe wie bei der Mission, bei der Cru verletzt worden war, aber ähnlich. Er würde sich später darum kümmern müssen. Er hatte immer noch genug Kraft, um eine Person auszuschalten.

Der Mann ging zu Boden, aber er war nicht allein, und ein anderer kam durch die Tür und hielt Emily wie ein Schild vor sich.

„Oz!", rief sie.

Er wollte zu ihr rennen, aber bevor er das tun konnte, wurden Blaster auf ihn und Grace abgefeuert und sie mussten sich hinter einen der Kistenstapel zurückziehen. Er bot keine große Deckung, und das Holz fing sofort an zu rauchen. Sie würden nicht mehr lange durchhalten.

Aber die Wache auf der anderen Seite hatte keine Deckung außer Emily.

Warum benutzte sie nicht ihren eigenen Funken? Sie wusste, wie man ihn herbeiruft, er hatte sie es tun sehen.

War das der Grund, warum sein eigener gedämpft war? Hatten sie etwas mit ihr gemacht?

Neben ihm fluchte Grace. „Du kannst ihn nicht erwischen, ohne dein Mädchen auszuschalten."

Oz warf einen Blick auf die beiden und sah das Gleiche. Es gab Trainingsszenarien für diese Art von Situationen, aber keines davon war brauchbar.

„Wenn du sie erschießt, mache ich dich fertig", warnte er.

„Die Geisel zu erschießen ist eine schreckliche Idee", erwiderte Grace. „Letzter Ausweg", versprach sie.

„Ich habe selbst eine schreckliche Idee. Bleib hier." Oz ließ ihr keine Zeit zum Diskutieren. Er richtete sich auf und hob die Hände. „Ich will nur reden!"

Der Wachmann grunzte überrascht, aber Oz hatte nur Augen für Emily. Sie schien unverletzt zu sein, und er würde sein Bestes tun, damit das auch so blieb.

„Ich will keinen Ärger", sagte Oz. „Ich will nur sie. Übergib sie mir und wir verschwinden."

Der Arm des Wächters legte sich fester um Emily und sein Blaster bewegte sich nicht. Oz fragte sich, warum er seine eigenen Kräfte nicht einsetzte, aber das war eine Frage für ein anderes Mal. „Du hast uns schon genug Ärger gemacht. Sie ist nur ein Mensch. Wertlos."

Oz hätte sich darüber aufgeregt, wenn er nicht Emilys entsetzten Gesichtsausdruck gesehen hätte. „Wenn sie wertlos ist, dann lass sie gehen." Das Wort lag ihm wie Asche auf der Zunge. Emily war *alles*.

„Das wird nicht passieren." Er schoss mit seinem Blaster, aber er konnte Oz unmöglich treffen, so wie er seinen Arm um Emily gelegt hatte.

Sie nutzte die Gelegenheit und rammte ihm ihren Ellbogen in die Seite, was ihn aufstöhnen ließ. Aber der Wächter wehrte sich, schlug sie mit der Seite seines Blasters und ließ sie nach vorne sacken.

Das war die Gelegenheit, die Grace brauchte. Sie feuerte einen Schuss ab, der den Hals des Wächters traf und ihn auf den Boden sinken ließ. Oz stürzte sich auf sie, bereit zuzuschlagen, wenn die Wache auch nur schwer atmete. Emily stöhnte neben ihm auf, aber als Oz sie umdrehte, sah sie ihn an und lächelte.

„Hey", sagte sie. „Du hast mich gefunden."

„Ich werde dich immer finden." Er drückte sie an sich, atmete tief ein und ließ sich von ihrem Duft einhüllen.

Emily zog sich zurück und setzte sich ganz auf. Sie hielt ihren Arm hoch und er sah ein hässliches schwarzes

Band um ihr Handgelenk. „Er sagte, es würde meinen Funken dämpfen. Wir müssen das Ding abmachen.“

„Wer hat das gesagt?“ Der Wachmann neben ihnen würde nicht wieder aufstehen, aber Oz würde ihn noch hundertmal umbringen, wenn er versuchte Emily noch mehr Schaden zuzufügen.

„Rattengesicht“, sagte sie finster. „Einer der Forscher. Du hast ihn ausgeschaltet.“ Sie deutete auf den ersten Mann, der durch die Tür gekommen war.

Es gab keinen komplizierten Mechanismus, um den Dämpfer zu entfernen, aber man brauchte dafür zwei Hände. Oz löste ihn von Emilys Handgelenk und schlug darauf ein, bis die Teile nicht mehr zu erkennen waren. Er wollte nicht, dass so etwas noch einmal gegen seine Frau verwendet werden konnte.

„Okay, He-Man, es ist in Ordnung.“ Emily küsste ihn auf die Wange und umarmte ihn.

„He-man?“, fragte er.

„Das erkläre ich später.“

„Das ist ja ein schönes Wiedersehen und so“, mischte sich Grace ein, „aber ich bin mir sicher, dass der Wächter Freunde hat. Also lasst uns von hier verschwinden, bevor sie uns finden.“

Oz half Emily auf die Beine, und sie war etwas wackelig. Er wollte, dass ihr Kopf schnell untersucht wurde, aber das war nicht möglich, bevor sie nicht zurück auf dem Schiff waren. Und es würde Stunden dauern, bis Solan einen der Shuttles schicken konnte. Aber Grace war nicht auf dem Weg zur Tür.

Nein, im Hangar befanden sich zwei Fahrzeuge, und sie steuerte das nächstgelegene an. „Schauen wir mal, ob die Dinger funktionieren. Ich will nicht auf eine Rettung warten."

„Sie werden eine Ortungssoftware haben", warnte Oz.

Grace lachte sogar darüber. „Es ist, als ob du mich gar nicht kennen würdest."

Das tat er nicht, nicht wirklich, aber im Moment würde er ihre Hilfe dankbar annehmen. Er und Emily fanden ihre Plätze, und Oz konnte sogar einen Verbandskasten entdecken. Er trug etwas Heilsalbe auf ihre verwundete Schläfe auf und hoffte, dass sie gegen die Schwellung helfen würde. In nur wenigen Minuten waren sie verschwunden.

Er war noch nie so glücklich gewesen, Kilrym hinter sich zu lassen.

***

Emily und Oz trennten sich, als sie zum Schiff zurückkamen. Sie wollte sich an ihn klammern und ihn nicht mehr loslassen, aber er hatte Pflichten. Die Creme, mit der er ihr Gesicht behandelt hatte, als sie in das gestohlene Fahrzeug gestiegen waren, schien die Schwellung und den Schmerz zu lindern, und sie brauchte keine weitere medizinische Behandlung, was bedeutete, dass sie direkt zu den Menschen aus dem Labor zurückkehren konnte.

Die Reaktionen waren gemischt. Einige waren verärgert, dass sie, Lena, Luci, Zac und Joel ohne sie losgezogen waren. Andere waren einfach nur froh, gerettet worden zu sein. Sie alle hatten Fragen dazu, was jetzt mit ihnen geschehen würde, und alle redeten durcheinander und versuchten herauszufinden, was los war. Grace saß still am Rande, und Emily war sich nicht sicher, ob die anderen Menschen wussten, welche Rolle Grace bei all dem gespielt hatte. Sie hielt es nicht für richtig, es zu verraten. Noch nicht.

Aber Grace schien es leid zu sein, Geheimnisse zu haben. „Seid alle still, dann beantworte ich eure Fragen!", rief sie über die Menge hinweg.

Daraufhin wurden alle nur noch lauter. Soweit die meisten von ihnen wussten, war Grace auf der Seite ihrer Entführer, hatte sich besondere Vorteile verschafft und den Rest der Menschen verprellt.

Lena jedoch hatte den Respekt der Gruppe. „Ruhe, bitte", sagte sie. Sie brauchte nicht zu schreien, und obwohl es nicht sofort geschah, beruhigte sich die Gruppe dennoch. „Bitte, Grace, sprich."

Die beiden tauschten einen eindringlichen Blick aus,

und Emily hatte das Gefühl, dass sie sich nicht mochten. Aber das war ein Problem für später.

„Warum sollten wir auf sie hören?", fragte Julia, die Frau, die eine Waffe haben wollte, als sie ausbrachen. Einige der anderen Menschen nickten.

„Weil ich aus Osais komme und euch von eurer neuen Heimat erzählen und erklären kann, was hier los ist", sagte Grace frustriert.

„Neue Heimat?" Emily konnte nicht erkennen, wer da sprach, aber es klang wie ein Mann. „Wir wollen zurück zur Erde!"

Wollte Emily zurück auf die Erde? War sie wirklich bereit, Oz zu verlassen? Würde er mit ihr gehen wollen? Ihr Herz schmerzte, wenn sie auch nur daran dachte, wegzugehen, nach allem, was sie durchgemacht hatten, auch wenn alles so schnell gegangen war. Sie konnte sich nicht einmal vorstellen, zu Hause ein normales Leben zu führen.

Grace zuckte zusammen. „Natürlich wisst ihr alle nichts davon. Warum solltet ihr auch?" Sie schüttelte den Kopf. Ihre Worte schienen mehr sich selbst als der Menge zu gelten.

„*Was* wissen wir nicht?", fragte Lena.

„Es gibt kein Zuhause, zu dem ihr zurückkehren könnt." Grace versuchte, die Nachricht sanft zu überbringen.

Ein Aufschrei ging durch den Raum. „Was?", fragte

jemand. „Was ist mit der Erde passiert?" Wieder versanken sie in einem Chaos von Geräuschen.

Doch als Grace diesmal die Hände hob, wurde es still im Raum. „Ich entschuldige mich. Das war ungeschickt ausgedrückt. Soviel ich weiß, geht es der Erde gut. Aber ihr wurdet alle in einen jahrzehntelangen Kryoschlaf versetzt, um euch hierher zu bringen. Es kann zwischen fünfzig und achtzig Jahren gedauert haben, je nach Geschwindigkeit der Schiffe. Selbst wenn wir es uns leisten könnten, euch zurückzuschicken, würde es Jahrzehnte dauern. Jeder, den ihr kennt, wäre tot."

Emily kam die Galle hoch, allerdings nicht so schlimm, wie es sollte. Seit sie herausgefunden hatte, dass sie und die anderen aus verschiedenen Jahren stammten, hatte sie gewusst, dass etwas nicht stimmte. Vielleicht sogar schon vorher. Aber Grace das so sagen zu hören, tat auf eine Weise weh, die Emily nicht für möglich gehalten hätte.

Sie konnte nicht nach Hause zurückkehren. Der Job in der Kanzlei, für den sie so hart gearbeitet hatte, war längst weg. Sie würde nie erfahren, ob sie die Anwaltsprüfung bestanden hatte. Die Freunde, die sie hatte, würden denken, sie sei einfach verschwunden, und sie würden nie die Wahrheit erfahren.

Was sagte es über Emilys Leben aus, dass das alles war, was zählte? Ein Job? Was ihre Freunde dachten, was mit ihr passiert war? Hatte sie wirklich nichts anderes zu Hause?

Grace redete weiter, aber Emily konnte nicht zuhören. Sie hatte genug gehört. Und es gab noch jemanden, von dem sie Antworten brauchte.

Sie schlich sich hinten raus und fand ihren Weg zu Oz' Zimmer. Sie war sich nicht sicher, ob er da sein würde, aber zum Glück war er es. Und als er einen Blick auf ihr Gesicht warf, verfinsterte sich sein eigenes.

Er wusste es.

Er hatte es *gewusst*.

„Wolltest du mir jemals sagen, dass es unmöglich ist, zur Erde zurückzukehren?" Sie wollte schreien, aber ihre Worte blieben ihr im Hals stecken und sie konnte nicht mehr als ein raues Flüstern zustande bringen.

„Es tut mir leid." Er klang, als würde er körperlich leiden. Und unter anderen Umständen hätte es Emily vielleicht interessiert. Aber nicht jetzt, nicht wenn er sie betrogen hatte, indem er ihr die Wahrheit vorenthielt.

„Warum?" *Da* war der Schrei, den sie erwartet hatte. „Ich habe davon gesprochen, nach Hause zu gehen! Da hättest du etwas sagen können. Du hättest mich darauf vorbereiten können. Warum hast du es mir nicht erzählt?"

„Ist es wirklich so schlimm?" Er sah sie an, bevor er den Kopf wegdrehte und auf und ab ging, nicht dass es in seinem kleinen Zimmer viel Platz dafür gab. „Bin ich wirklich ein Monster, weil ich gehofft habe, du würdest bei mir bleiben?"

„Aber ich hatte nie eine Wahl!" Wie konnte er das nicht sehen? „Es spielt keine Rolle, ob ich bleiben wollte oder nicht, denn ich konnte nicht nach Hause gehen!"

„Du willst bleiben?" Das brachte ihn ins Grübeln.

Wollte sie? Hatte sie es gewollt? „Es spielt keine Rolle", stieß sie hervor. „Du hättest mir sagen sollen, dass ich es auf jeden Fall tun muss. Welche Geheimnisse hast du noch vor mir? Wie viel von diesem Verpaarungs- und Verbindungs-Kram war gelogen?"

„Nichts davon, ich schwöre es." Er machte einen Schritt auf sie zu, aber Emily tat ihr Bestes, um zurückzuweichen. Wenn er sie berührte, wusste sie nicht, was sie tun würde, und sie wollte es nicht herausfinden. „Ich wollte dir nicht wehtun, und alles ging so schnell ..."

„Spar es dir, Oz. Und hör auf, mich anzulügen." Tränen brannten ihr in den Augen und Emily kniff sie zusammen. Sie hatte nicht vor zu weinen. Nicht jetzt. Nicht vor ihm.

„Das werde ich nicht", versprach er. „Nie wieder."

Er sah niedergeschlagen aus, aber in seinen Augen blitzte es heftig. Emily wollte schon nachgeben. Das war nicht sie. Sie hatte nicht gekämpft. Aber Wut brodelte immer noch in ihr und sie konnte sie nicht loslassen. Oz hatte es gewusst und es ihr nicht gesagt. Er hatte ihr die

Wahrheit über ihre eigene Zukunft nicht anvertraut. Sie konnte das nicht einfach so hinnehmen.

Wahrscheinlich gab es ein paar Abschiedsworte, etwas, was sie sagen konnte, um ihn zutiefst zu verletzen, aber Emily konnte sie nicht finden. Sie schüttelte ein letztes Mal den Kopf und ging davon.

Sie würde sich einen anderen Ort zum Schlafen suchen.

KAPITEL ZWEIUNDZWANZIG

OZ STARRTE auf die geschlossene Tür und seine Gedanken wanderten zurück zu den Stunden zuvor, als er und Emily in der Einrichtung getrennt worden waren. Wieso fühlte sich das jetzt schlimmer an?

Es war alles seine Schuld. Das war der Grund.

Er hatte ihr die Wahrheit über ihre Situation vorenthalten, seit sie sich kennengelernt hatten, und das hätte er nicht tun dürfen, nicht über diese ersten Stunden hinaus. Er hatte gewusst, dass er ihr Vertrauen missbrauchte, aber er hatte gehofft, sie davon überzeugen zu können, dass Osais der richtige Ort für sie war, dass sie an seine Seite gehörte.

Dass sie ihn so lieben konnte, wie er sie liebte.

Er ließ sich auf sein Bett sinken. Er wollte ihr nachlaufen und sie von seinem Standpunkt überzeugen, aber er fürchtete, das würde alles nur noch schlimmer machen. Unentschlossenheit wie diese würde ihn auf einer Mission umbringen, aber das hier war anders als jede Schlacht, die er je erlebt hatte.

Emily war kein Feind. Und er musste einen Weg finden, sie wieder zurückzugewinnen.

Bei Braznons Eingeweiden, er hatte das selbst *verpuntet*.

Bevor er auch nur ansatzweise einen Angriffsplan formulieren konnte, ging die Sprechanlage in seinem Zimmer an. „Wir brauchen dich auf der Brücke." Solan klang erschöpft.

Diese Mission konnte gar nicht früh genug enden.

„Ich bin gleich da", versprach Oz. Er hoffte, dass er die meisten Emotionen aus seiner Stimme heraushalten konnte.

Da Solan nichts sagte, musste es ihm gelungen sein.

Das Schiff war definitiv überfüllt. Es war nicht dafür gebaut, ein Dutzend Menschen zusammen mit der regulären Besatzung zu beherbergen, und die Menschen würden in drei Räumen untergebracht werden, von denen nur zwei richtige Kojen hatten. Sie hatten Glück, dass sie nur nach Osais reisten. Müssten sie noch weiter reisen, wären die Lebenserhaltungssysteme überfordert, weil so viele Menschen mehr Sauerstoff bräuchten. Ganz zu schweigen von den Abfallsystemen und dem Essen.

Aber sie würden bis zum Morgen auf Osais ankommen, bevor diese Dinge noch schlimmer werden konnten.

Solan, Jori, Ax und Crowze waren auf der Brücke, als er dort ankam, und sahen allesamt düster drein. Und als Solan das Wort ergriff, war Oz nicht überrascht.

„Der Captain hat es nicht geschafft. Sein Leichnam muss für die Beerdigungszeremonie vorbereitet werden. Ich habe es der Admiralität gemeldet." Solan zeigte keine Regung.

Hätte er überlebt, wenn sie die Menschen nicht gerettet hätten? Wenn das der Fall gewesen wäre, wären sie schon längst wieder auf Osais, aber es gab keine Garantie, dass er es geschafft hätte, selbst wenn sie ihn auf Osais bestens versorgt hätten.

Es würde eine Untersuchung geben, und jede Entscheidung würde geprüft werden. Natürlich wusste Solan das.

Oz wusste nicht, was er sagen sollte. Er hatte Cru nicht gemocht, aber er hatte auch nicht gehofft, dass der Mann sterben würde.

„Mein Beileid an seine Familie", sagte Oz schließlich. Er wollte nicht darüber nachdenken, wie sie auf den Tod von Cru reagieren würden. Es würde Konsequenzen geben. Die Frage war nur: Wer würde sie tragen müssen?

„Wir landen in vier Stunden. Ich habe gemeldet,

dass wir die Menschen auf unserem Schiff haben, und die Sanitäter werden bereit sein, sie zu empfangen."

„Hoffen wir, dass ihnen ihr neues Zuhause gefällt."

Es war besser, als in einem Käfig eingesperrt zu sein; er hoffte, dass sie das einsahen.

Emily hatte erwartet, dass die Reise viel länger dauern würde, aber sie hatte gerade erst eine kleine Couch zum Schlafen gefunden, als Solan ankündigte, dass sie an der Osais Station andocken würden. Sie fand einen Platz, an dem sie sich sicher anschnallen konnte, und freute sich, dass der Gurt sich nicht so sehr von den Sicherheitsgurten unterschied, an die sie von zu Hause gewöhnt war, obwohl er sie eher an einen Rennwagen als an ein normales Fahrzeug erinnerte.

Ihre Ohren machten einen Druckausgleich und ihr Körper fühlte sich seltsam schwer an. Sie war so sehr mit allem anderen beschäftigt gewesen, dass sie nicht viel darüber nachgedacht hatte, warum es auf dem Schiff Schwerkraft gab. Aber jetzt, wo sie auf einem Planeten oder, na ja, einem Mond waren, gab es *tatsächlich* Schwerkraft.

Seit sie Oz angeschrien hatte, hatte sie sich ein wenig beruhigt. Aber sie war immer noch wütend. Sie wusste nicht, ob sie jemals ganz über sein Versäumnis hinwegkommen würde. Aber sie begann zu verstehen, dass er sich in einer unmöglichen Lage befunden hatte. Er war nicht derjenige, der sie entführt hatte. Und wenn er es ihr gleich nach ihrer Flucht gesagt hätte, wusste sie nicht, ob sie ihm geglaubt hätte.

Es fühlte sich irgendwie falsch an, ihm so schnell zu verzeihen. Liefen Streite normalerweise so ab? Sie hatte gedacht, sie hätte die Sache mit der Beziehung im Griff, aber vielleicht auch nicht.

Würde Lena Antworten haben? Sie schien viel weltgewandter zu sein als Emily. Oder vielleicht war sie einfach nur ein bisschen älter. Emily hatte nie eine beste Freundin oder eine ältere Schwester gehabt, aber sie konnte sich vorstellen, dass Lena diese Rolle annehmen konnte. Die Frau hatte sie unter ihre Fittiche genommen ... Nun, metaphorisch gesprochen, denn *Emily* war jetzt diejenige mit Flügeln. Aber Lena hatte auf sie aufgepasst.

Es wäre schön, wenn sie jemanden hätte, mit dem sie reden könnte.

Aber im Moment wollte sie Oz. Und sie war sich nicht sicher, ob es ihr etwas ausmachte, wenn sie dadurch schwach wirkte. Alles war verkorkst, und sie liebte ihn.

Emilys Augen weiteten sich, und im Moment war sie froh, dass sie allein war, damit niemand ihre Reaktion sah.

Liebte?

Ging das nicht zu schnell?

War das überhaupt wichtig?

Sie liebte Oz.

Selbst wenn sie wütend auf ihn war, wollte sie immer noch in seiner Nähe sein, und war das nicht Liebe? Ja, sie wollte immer noch eine Entschuldigung und eine vernünftige Erklärung dafür, warum er ihr die Wahrheit vorenthalten hatte. Aber sie wollte nicht, dass sie deswegen auseinandergerissen wurden.

Und das bedeutete, dass sie ihn finden musste, sobald sie das Schiff verlassen hatte, würde sie dafür sorgen, dass er das wusste. Sie war sich ziemlich sicher, dass er versuchen würde, ihr Zeit zu geben, sich zu beruhigen. Er war nicht der Typ, der etwas erzwingt. Noch etwas, das sie an ihm liebte.

Musste sie es ihm aber schon so früh sagen? Vielleicht würde sie das eine Weile für sich behalten, um sich am den Gedanken zu gewöhnen.

Eine halbe Stunde später verließen sie und ihre Mitmenschen das Schiff. Ax war derjenige, der sie herausführte, und sie konnte Oz nirgends sehen, aber das war okay. Sie würde ihn schon bald finden. Irgendwie.

Außerirdische - Zulir - warteten auf sie in einem riesigen Hangar, der dem, in dem Emily in der Nacht zuvor verletzt worden war, unangenehm ähnlichsah.

Aber niemand schoss mit Waffen oder zielte auf ihre Köpfe, also war es wahrscheinlich in Ordnung.

Die Menschen standen in einer Reihe, und ein Zulir, der an der Spitze stand, nahm ihre Informationen auf und schickte sie dann in einen Wartebereich auf der rechten Seite. Zumindest sah es so aus, als würde er das tun. Erst Luci, dann Zac, Julia und schließlich Joel, sie alle gingen nach rechts. Dann nannte Lena ihren Namen und wurde nach links geschickt. Dasselbe geschah mit Grace und Emily, während alle anderen in den Wartebereich gingen.

Lena wollte auf die anderen warten, aber ein anderer Zulir, der ein schickes Tablet in der Hand hielt, sah frustriert aus. „Es tut mir leid, Miss, aber es wird einige Zeit dauern, bis die Menschen entlassen werden. Wir müssen einige Tests durchführen.“

„Aber warum darf ich dann schon gehen?“, fragte Lena mit verschränkten Armen.

„Ihre DNA wurde bereits in das Verpaarungs-System eingegeben“, sagte die Zulir ruhig, als hätte sie es schon einmal erklärt.

Emily trat zu ihnen. „Wie bitte?“ Sie winkte mit einer Hand, um die Aufmerksamkeit der Frau zu gewinnen. „Sagten Sie, sie sollen sich medizinischen Tests unterziehen?“

Die Frau lächelte. „Ja, der Captain, nun ja, der frühere Captain hat angeordnet, dass alle Menschen auf seinem Schiff auf Verpaarungs-Kompatibilität getestet werden müssen. Da dieser Befehl nicht widerrufen wurde, muss er durchgeführt werden, bevor wir die Menschen freilassen können." Sie warf Lena einen spitzen Blick zu, bevor sie zu Emily zurückblickte. Offenbar war das nicht der Anfang des Gesprächs.

Ach, muss es das? Moment. „Ehemaliger Captain?"

Das Lächeln verschwand aus dem Gesicht der Frau, und bevor sie etwas sagen konnte, ertönte ein Geräusch hinter ihr. Emily blickte auf und sah, wie eine große Kiste vom Schiff gerollt wurde. Eine Kiste. Oder ein Sarg.

„Wer ist jetzt der Captain?", fragte Emily.

„Solan Zadra." Es war nicht die Frau, die antwortete, sondern Lena. Und vielleicht hätte Emily das wissen müssen, da er die Mission auf Kilrym geleitet hatte, aber sie war keine Militärexpertin.

„Kannst du einen Moment hier warten?" Emily wartete nicht auf eine Antwort. Sie musste Solan finden. Sie hatte das Gefühl, dass diese ganze Sache schnell außer Kontrolle geraten konnte. Wenn die Menschen in eine andere Testeinrichtung gebracht wurden, glaubte sie nicht, dass sie jemals wieder herauskommen würden. Vielleicht schätzte sie die Synnrs nicht hoch genug ein, aber die Apsyns hatten sie bereits jegliches Vertrauen in die Außerirdischen verlieren lassen. Und die Erinnerung an Oz' Verrat half auch nicht, auch wenn sie bereit war, ihm zu verzeihen. Sie musste dem ein Ende setzen. Und zwar sofort. Und während einige Leute vielleicht einen Blaster zogen oder ihren Funken benutzten, um ihren Willen durchzusetzen, waren es immer Emilys erster Instinkt, ihre Worte zu benutzen.

Sie hatte hart gearbeitet, um Anwältin zu werden, und das wollte sie nicht aufgeben, nur weil sie nicht mehr auf der Erde war.

Solan verließ gerade das Schiff, als sie ihn entdeckte, und Oz stand direkt neben ihm. Aber sie konnte nicht mit Oz reden. Noch nicht.

„Die Leute da unten versuchen, unsere DNA in eine Art Verpaarungs-System einzugeben. Wir sind nicht damit einverstanden, euch diese Daten zu geben und ich möchte dich bitten, den Befehl deines Vorgängers zu widerrufen." Sie holte tief Luft, um fortzufahren. Sie kannte die Gesetze der Synnr nicht, aber sie wusste, wie man argumentiert, und sie konnte *lange* reden, wenn es nötig war.

Aber Solan hob eine Hand, um sie zu unterbrechen. „Was machen sie?", fragte er.

„Sie weigern sich, die Menschen freizulassen, bevor sie nicht in einer Art Verpaarungs-Datenbank erfasst wurden." Sie wünschte, sie wüsste die richtigen Begriffe, aber die konnte sie später lernen.

Solan fluchte leise vor sich hin und eilte an ihr vorbei.

Sie und Oz folgten ihm. Als sie ihn einholte, sprach er bereits mit der Person, die die Menschen katalogisierte, und machte eine große Geste. Und ein paar Minuten später standen die Menschen wieder in einer Reihe. Der Zulir wedelte mit einem Gerät vor den Menschen, wartete, bis es einmal piepte, und ließ sie dann einen nach dem anderen gehen.

„Das ist ein Gesundheitsscanner", erklärte Oz. „Er prüft einfach auf ansteckende Krankheiten."

Das war wahrscheinlich in Ordnung. „Weißt du, wo sie uns unterbringen werden?"

Sie wählten beide ihre Worte sehr sorgfältig, als ob der Streit von vorhin jeden Moment wieder ausbrechen könnte. Emily wollte sich in Oz' Arme werfen und ihm sagen, dass alles gut sei, aber das stimmte nicht. Und sie konnte sehen, wie verängstigt ihre Mitmenschen waren. Sie wollte sie nicht in ihrer ersten Nacht an einem fremden Ort im Stich lassen.

„Ich kann sie auf meinem Anwesen unterbringen."

An der Art, wie Oz sich umdrehte, und an dem Schock, der ihm ins Gesicht geschrieben stand, erkannte Emily, dass er das nicht erwartet hatte. Sie war sich ziemlich sicher, dass der Krieger, der das anbot, Crowze war, obwohl sie ihn vielleicht mit Ax verwechselte. Nein. Es war Crowze.

Wahrscheinlich.

Da Emily jetzt hierbleiben würde, musste sie sich die

Namen von Oz' Mannschaft merken. Aber das konnte sie auch noch später.

Im Moment gab es verängstigte Menschen, die eine Bleibe brauchten, und offenbar hatte Crowze Zimmer anzubieten. „Vielen Dank", sagte sie. „Ich hoffe, wir werden nicht zu sehr stören. Und ich bin sicher, dass dies nur eine kurzfristige Lösung ist, bis wir uns etwas anderes einfallen lassen können."

Sie hörte, wie Oz ein Geräusch in seiner Kehle machte, aber sie ignorierte es. Sie ignorierte ihn.

Sie würde sich später mit *ihm* befassen.

Crowze schenkte ihr ein Lächeln. Es war nicht gerade freundlich. Oder natürlich. Aber nichts an dieser Situation fühlte sich natürlich an. „Es gibt ein Nebengebäude, das wir früher für Gäste genutzt haben. Ich werde meine Mitarbeiter bitten, es zu lüften und Essen bereitzustellen. Es gibt einige Dinge, die dem Gemüse auf eurem Planeten sehr ähnlich sein sollten. Und ich habe gehört, dass die Menschen von unserem Brot schwärmen."

„Nun, ja, *Brot*." Als ob Emily noch etwas anderes bräuchte, um überzeugt zu werden. „Wohnst du weit weg?"

„Ich kümmere mich um den Transport", versprach er. „Holt mich, wenn ihr so weit sind." Dann ging er weg.

Oz gab noch einen Laut von sich, und diesmal konnte Emily ihn nicht ignorieren. Sie schaute ihn an.

„Du bist doch nicht eifersüchtig, oder?" Sie konnte es nicht glauben.

„Nein!", protestierte er. Lautstark. Zu laut.

„Genau." Aber aus irgendeinem Grund fühlte sie sich dadurch besser. Gott, war sie kompliziert geworden. Sie stellte sich auf die Zehenspitzen und küsste ihn. „Ich habe seine Hilfe angenommen, weil er sie angeboten hat. Und er ist offenbar reich? Es sei denn, Nebengebäude und Personal sind etwas, das jeder auf diesem Mond hat?"

Das Zucken in Oz' Kiefer war Antwort genug. Nein. Crowze *war* reich.

„Aber wir werden mehr Hilfe brauchen. Und das nicht nur in finanzieller Hinsicht." Sie küsste ihn erneut und wich zurück. „Ich gehe nicht mit ihnen, um dich zu bestrafen. Ich ... na ja ..." Sie musste sich räuspern, bevor das Gespräch in eine andere Richtung ging. „Sie brauchen heute Abend Hilfe, und ich bin in der Lage, sie ihnen zu geben. Kommst du morgen zu mir?"

Oz zog sie an sich und küsste sie innig. „Eine Armee voller Apsyns könnte mich nicht davon abhalten."

Emily hoffte, dass es nicht so weit kommen würde. Aber sie war sich ziemlich sicher, dass die Apsyns nicht glücklich darüber sein würden, all ihre Testpersonen verloren zu haben. „Morgen", sagte sie wieder.

„Morgen", versprach er. „Bei Sonnenaufgang."

Sie zuckte zusammen. „Ich dachte an Nachmittag. Lass einem Mädchen ihren Schönheitsschlaf."

„Den brauchst du nicht." Er grinste. „Aber vielleicht kann ich bis zum Mittagessen warten."

Diesmal trennten sie sich mit einem Lächeln.

Emily ging, um ihre Menschen zu suchen. Sie hatten einen langen Tag vor sich.

KAPITEL DREIUNDZWANZIG

OZ SCHAFFTE ES, bis nach dem Frühstück am nächsten Tag zu warten, um von seiner Wohnung in Osais aus in die aorsische Landschaft zu fahren, wo sich das Familienanwesen von Crowze befand. Es war ein palastartiges Gebäude, aber kleiner als so mancher Adelssitz, von dem Oz wusste, dass es ihn in dieser Gegend gab. Die Temperatur war perfekt, und die Sonne schien hell über seinem Kopf. Es war ein wunderschöner Tag auf Aorsa, und er hoffte, dass die Menschen ihm zustimmen würden. Sie wussten, dass sie hier festsaßen, aber wenigstens konnten sie sehen, dass nicht alles schlecht war.

Er wollte sich hineinschleichen und Emily finden, aber er konnte nicht riskieren, Crowzes Sippe zu verärgern, nicht, wenn die Familie von Crubok Scofoyl wegen seines Todes bald auf Blut aus sein würde. Eine Gruppe von Aristokraten, die über ihn verärgert waren, war mehr als genug. Anstatt sich also hereinzuschleichen, fuhr er mit seinem Fahrzeug die Hauptauffahrt hinauf und durch das Eingangstor, nannte der Wache am Eingang seinen Namen und teilte sein Anliegen mit. Das Auftauchen von einem Dutzend Menschen, die von der Erde gestohlen worden waren, hatte sich herumgesprochen, und Crowze hatte seine Sicherheitsvorkehrungen erhöht, um sie vor neugierigen Schaulustigen zu schützen.

Glücklicherweise schien sein Kollege nicht darauf erpicht zu sein, ihn lange warten zu lassen. Nach einer kurzen Begrüßung wies er Oz den Weg zum Nebengebäude und ließ ihn gehen. Der Weg war idyllisch, Gras, Blumen und Kies ließen ihn vergessen, dass die geschäftige Stadt Osais weniger als eine Autostunde entfernt war. Doch als er das Nebengebäude erreichte, löste sich der Frieden in Chaos auf. Die Menschen hatten den Ort in Unordnung gebracht: Überall lagen Dekorationen herum, die Möbel waren umgestellt, und er war sich ziemlich sicher, dass das Gartenbeet vor dem Haus umgegraben worden war.

Ein Bediensteter kam finster dreinblickend aus dem Haus und schaffte es gerade noch, seine Miene zu verbergen, als er Oz erblickte. Er verbeugte sich leicht und ging den Weg zurück zum Haupthaus entlang, so schnell, dass Oz Angst hatte, er würde stolpern.

Was war denn hier los?

Als er durch die Eingangstür gehen wollte, versperrte ihm ein Mensch den Weg. Es war keiner der wenigen, die er erkannte. „Darf ich reinkommen?", fragte er.

Der Mann starrte ihn mit verschränkten Armen an. „Wir müssen dich nicht hereinzulassen. Das ist jetzt unser Haus."

„Ich habe nicht vor, euch da rauszuholen", versicherte Oz ihm. Hatte Crowze ihnen das Haus überlassen? Oz hatte angenommen, dass sie nur vorübergehend bleiben würden. „Ich würde gerne eintreten, damit ich Emily sehen kann."

Der Mann rührte sich nicht. „Dieses Haus ist für Menschen."

„Um Himmels willen, Kyle, lass ihn rein, das ist Emilys Freund." Lena kam ihm zu Hilfe und schubste den Mann halb aus dem Weg.

Freund?

Sie liefen schnell durch die Eingangshalle und Oz musste fast joggen, um mitzuhalten. „Sie hat einen der Räume als ihr Büro beansprucht. Bitte geh und rette sie, bevor sie durchdreht."

Bevor Oz irgendwelche Fragen *dazu* stellen konnte, schob Lena ihn in ein Zimmer und durch die Tür. Sie schloss die Tür hinter ihm.

Emily war gerade dabei, einen Stapel Kisten auf eine

Seite des Raumes zu schieben. Ihr Haar war unordentlich und fiel aus dem Band, mit dem sie es zurückgebunden hatte. Ihre Augen sahen ein wenig eingefallen aus, als hätte sie nicht geschlafen, und sie bewegte sich mit einer Trägheit, die er noch nie bei ihr gesehen hatte.

„Hast du geschlafen?", fragte er. Es war ein ganzer Tag vergangen, seit er sie gesehen hatte, und sie hätte ausgeruht sein müssen. Nicht so erschöpft.

Sie schaute aus dem Fenster und dachte nach. „Die Sonne ist nicht untergegangen."

„Wir sind nicht auf Kilrym", erinnerte er sie. „Die Tage auf Aorsa sind anders." Er hätte sie darauf vorbereiten sollen, wie das Leben auf Aorsa war. Es war ein weiteres Bedauern, das er der Liste hinzufügen konnte, eine weitere Angelegenheit, die er in Ordnung bringen musste.

„Ich wollte schon schlafen, bevor du kommst." Sie ließ sich gegen die Kisten sinken, aber die Kiste auf der Oberseite rutschte weg und sie musste sich fangen. „Es gab viel zu tun."

„Das kann ich sehen." Eine kleine Couch war an die Seite geschoben und mit noch mehr Kisten bedeckt. Oz schob die Sachen beiseite, nahm Platz und tätschelte das Kissen neben sich. „Setz dich. Du musst dich ausruhen."

„Wenn ich mich hinsetze, schlafe ich ein", warnte sie ihn.

„Dann schlafe ein. Ich werde nirgendwo hingehen."

Oz tätschelte wieder das Kissen und lächelte, als sie sich langsam auf ihn zubewegte. Er würde sie lieber in ein Bett legen, in dem sie noch ein paar Stunden schlafen konnte, aber er war sich nicht sicher, ob sie es schaffen würde, ohne getragen zu werden.

„Ich hab dir so viel zu erzählen", murmelte sie, als sie sich neben ihm niederließ. Und dann lehnte sie sich an ihn und kuschelte sich an seine Seite. Es dauerte nicht lange, bis sie sich völlig an ihn schmiegte, bis ihr Kopf in seinem Schoß lag und ihre Beine über den Rand der Couch hingen.

Oz legte seine Hand auf ihren Kopf und fuhr mit den Fingern durch die seidenen Strähnen ihres Haares. Ehe er sich versah, beruhigte sich die Atmung seiner Schicksalsgefährtin und sie ergab sich der Erschöpfung. Und während sie schlief, wachte er zufrieden über sie.

Emilys Körper war völlig verspannt. Sie erinnerte sich vage daran, dass Oz aufgetaucht war und sie in den Schlaf gelockt hatte, aber jetzt lag ihr Kopf auf einem klumpigen Kissen und sie sah ihn nicht. Doch bevor sie sich überhaupt fragen konnte, wo er war, öffnete sich die Tür zu ihrem neuen Büro und er trat mit einem kleinen Tablett in der Hand ein.

Er stellte es auf dem Schreibtisch ab und lächelte, als Emily sich aufsetzte.

„Wie lange habe ich geschlafen?", fragte sie. Es musste länger gewesen sein, als sie dachte. „Du hast aufgeräumt?" Das Zimmer war nicht makellos, aber die meisten der Kisten, mit denen sie sich herumgeschlagen hatte, waren verschwunden.

„Ein bisschen", antwortete er. Er nahm ein Glas in die Hand und reichte es ihr. „Durstig? Und du hast schon ein paar Stunden geschlafen."

Sie nahm das Glas dankend an und nahm einen großen Schluck. Es war kein Wasser, aber es war süß, ein wenig sprudelnd und wirklich köstlich. „Du hättest nicht rumhängen müssen, während ich geschlafen habe." Sie fühlte sich deswegen ein wenig schuldig. Oz hatte sicherlich ein eigenes Leben, in das er zurückkehren musste, und Dinge zu tun, jetzt, da seine Mission beendet war.

„Ich wollte hier sein", versicherte er ihr. „Und die Kisten haben mich auf Trab gehalten. Warum sind es so viele?"

„Crowze sagte, dass dieser Ort seit Jahren hauptsächlich als Lagerraum genutzt wird. Ich schätze, sie haben einfach alles, was sie nicht brauchten, in den verfügbaren Raum gestopft. Er sagte, wir könnten die Kisten durchgehen und solange es nicht wichtig aussieht, können wir es benutzen oder wegwerfen. Nicht dass wir wüssten, was wichtig ist." Sie nahm noch einen Schluck von ihrem Sprudelgetränk. „Kannst du mir die Brille geben?" Sie deutete auf die dickrandige Brille, die auf der Schreibtischkante lag. Gott sei Dank hatte Oz sie nicht weggeworfen.

Er reichte sie ihr. „Ich wusste nicht, dass du ein Problem mit deiner Sehkraft hast. Wir können ..." Er unterbrach sich selbst, als würde es sie stören, wenn er sie daran erinnerte, dass sie jetzt auf einem fremden Planeten mit fremder Technologie lebte.

Emily setzte die Brille auf und machte sich auf die kurzzeitige Verwirrung gefasst. „Meine Sehkraft ist in Ordnung", versicherte sie ihm. „Aber mit dieser Brille kann ich die Schrift auf den Kartons lesen. Mein Übersetzer funktioniert nur bei Dingen, die gesprochen werden. Crowze sagte etwas von Kontaktlinsen, aber die müssten erst bestellt werden."

„Ich bin froh, dass er sie besorgen kann." In Oz' Stimme klang etwas Seltsames mit. War es ... Verärgerung?

„Was ist denn los?", fragte sie. Sie hatte genug von den Missverständnissen und Geheimnissen. Wenn Oz etwas zu sagen hatte, wollte sie, dass er es tat. Sonst konnte es niemals zwischen ihnen funktionieren.

Oz sah sich in dem Raum um und sprang dann auf, um sich auf den Schreibtisch zu setzen. „Es sieht so aus, als könnte Crowze alles besorgen, was du brauchst." Sie dachte, das wäre alles, was er sagen würde, bis er hinzufügte: „Ich wohne in einer Einzimmerwohnung in einem alten Gebäude in New Osais. Das ist ein Stadtviertel, das nicht gerade in Mode ist. Meine Eltern arbeiten beide. Meine Familie hat kein Geld und keine Geschichte, anders als hier. Ich kann nicht für sie sorgen …"

„Ich muss dich hier unterbrechen." Ehrlichkeit war eine Sache, aber sie wollte nicht, dass Oz sich über etwas aufregte, das er nicht kontrollieren konnte. „Ich werde mich nicht plötzlich in Crowze verlieben, nur weil er uns sein Haus überlässt und uns die Kontaktdaten von Leuten besorgt, die uns helfen können."

„Das hat er auch getan?", fragte Oz, aber es war mehr Gemurmel als Frage.

Emily erhob sich von der Couch und durchquerte den Raum. Sie stellte ihr Glas auf dem Schreibtisch ab, umfasste Oz' Wangen und küsste ihn innig. „Du hast mir das Leben gerettet", erinnerte sie ihn, „und zwar viele Male. Und wir sind so kompatibel, dass mir Flügel gewachsen sind." Sie ließ sie aufblitzen, um zu beweisen, dass sie Fortschritte machte. „Ich bin nicht nur die ganze Nacht wach geblieben, weil ich nicht gemerkt habe, dass die Sonne nicht untergeht."

„Nein?", fragte er.

„Ich wollte nicht einschlafen, ohne neben *dir* zu liegen", gab sie zu.

Blitze flackerten in Oz' Augen auf, und dann legten

sich seine Arme um sie, um den Abstand zwischen ihnen zu verringern, sodass er seinen Mund auf ihren legen konnte. Es war ein besitzergreifender Kuss, der keinen Zweifel daran ließ, dass sie zu ihm gehörte.

Es jagte Emily einen Schauer über den Rücken, so vollkommen zu jemandem zu gehören, und zwar nicht weil sie einen Salto machen oder einen Schriftsatz schreiben konnte. Er wollte sie, weil sie *sie* war.

Als der Kuss endete, war sie atemlos, aber es gab noch mehr zu besprechen.

„Mit wem hat er dich in Kontakt gebracht?", fragte Oz.

Emily brauchte einen Moment, um sich zu erinnern, wie man sprach. „Ein Anwalt für Einwanderung. Egal, auf welchem Planeten man landet, ein Umzug bringt offenbar eine Menge Papierkram mit sich. Und als die anderen herausfanden, dass ich Jura studiert habe, wurde ich sozusagen nominiert, um für alle mit dem Anwalt zu arbeiten." Sie deutete auf ihre Brille und fügte hinzu: „Deshalb brauche ich den Schriftübersetzer. Ich werde ziemlich beschäftigt sein, während wir diese Sache klären."

„Zu beschäftigt für deinen ... Freund?" Er sagte es so, als würde er das Wort ausloten.

Und es aus Oz' Mund zu hören, hatte eine seltsame Wirkung auf sie. *So* hatte sie ihn noch nie betrachtet. Was seltsam war, jetzt wo sie darüber nachdachte. „Bist du wirklich mein Freund, wenn du mich noch nie zu einem Date eingeladen hast?"

„Aber ich habe dir alles gezeigt, was Kilrym zu bieten hatte." Er grinste sie an und küsste sie erneut. „Du wirst also von diesem Haus aus arbeiten. Musst du hierbleiben?"

„Ich könnte mich dazu überreden lassen, *kein* Haus mit einem Dutzend Menschen zu teilen. Wenn mir jemand das richtige Angebot macht." Bei dem Gedanken konnte sie sich ein Lächeln nicht verkneifen. Es war wahrscheinlich viel, viel zu früh, um darüber nachzudenken, aber sie wollte nicht von Oz getrennt sein. Und wenn es schief ging, konnte sie ja im Haus der Menschen übernachten. Es war ja nicht so, dass sie keine anderen Möglichkeiten hatte.

Oz' Gesicht wurde ernst. „Ich hätte dir die Wahrheit über deine Situation sagen sollen, als ich gemerkt habe, dass du es nicht wusstest. Du hast mein Wort, dass ich dir nie wieder so etwas vorenthalten werde."

Etwas in ihrer Brust entspannte sich und Emily hatte das Gefühl, wieder atmen zu können. Es hatte sich so gut angefühlt, Oz wiederzusehen, dass sie gar nicht gemerkt hatte, dass sie immer noch an diesem Ärger festhielt. „Gut. Ich will mich nicht mit dir streiten oder so. Ich möchte mit dir leben und dich lieben und ein gemeinsames Leben aufbauen. Wie hört sich das an?"

„Liebe?", fragte er. Sein Blick verdunkelte sich und

er zog sie noch näher zu sich. Wenn er noch näher käme, würde sie auf seinem Schoß sitzen. Aber das klang gar *nicht* so schlecht.

„Liebe", bestätigte sie.

„Lass mich dich nach Hause bringen, damit ich dir richtig zeigen kann, wie sehr ich dich liebe." Er hob sie hoch, während er auf den Boden glitt, und Emily musste sich festhalten, um nicht zu fallen.

Die Fahrt zurück in die Stadt verging wie im Flug. Sie bekam einen Einblick auf hohe Gebäude, die sich nicht so sehr von denen unterschieden, die sie auf Kilrym gesehen hatte, und von Fahrzeugen, die ebenfalls ähnlich aussahen. Es war eine nüchterne Erinnerung daran, dass die Apsyns und Synnrs beide Zulir waren. Sie waren gleich und doch so verschieden.

Als sie in Oz' Wohnung ankamen, konnte sie sehen, dass sie sauber war, aber dann hob er sie hoch und trug sie, bis er sie sanft auf sein Bett legen konnte.

Und als er sich das Hemd vom Leib riss, war es Emily egal, wie der Rest seiner Wohnung aussah, solange sie *ihn* ansehen konnte.

Ein Leben mit ihrem außerirdischen Krieger versprach einen guten Ausblick. Und Emily konnte sich definitiv daran gewöhnen.

24

KAPITEL VIERUNDZWANZIG

IRGENDWANN MUSSTEN sie aus dem Schlafzimmer kommen, aber Oz war froh, seine Schicksalsgefährtin zufrieden schlummernd und zusammengerollt zurückzulassen. Ihr Körper wirkt gesättigt und ausgeruht. Er dachte darüber nach, seine Eltern anzurufen und ihnen die guten Neuigkeiten mitzuteilen, aber er dachte auch, dass es eine lustige Überraschung sein könnte, mit Emily im Schlepptau vor ihrer Haustür aufzutauchen und die Überraschung auf ihren Gesichtern aufblühen zu sehen.

Er würde diese Entscheidung später treffen.

Er schaltete den Holoplayer auf einen Nachrichtensender und stellte ihn leise, während er eine Mahlzeit zubereitete. Es war später Nachmittag, aber er hatte jegliches Zeitgefühl verloren. Das passierte immer, wenn er von Missionen zurückkam, und es würde ein paar Tage dauern, bis er sich wieder eingewöhnt hatte.

Er achtete kaum auf die Geräusche und noch weniger, als er spürte, wie sich warme Arme von hinten um ihn legten und weiche Lippen seine Schulter liebkosten. „Komm zurück ins Bett", lockte ihn Emily.

Sein Schwanz zuckte, bereit, sich zu erheben und sich wieder mit ihr zu vergnügen. „Wir müssen etwas essen", erinnerte er sie. „Wir müssen unsere Energiereserven aufladen."

Sie lachte und zog sich zurück, um ihn seine Arbeit verrichten zu lassen. „Siehst du dir einen Film an?", fragte sie.

Oz musste sich umdrehen, um zu sehen, dass sie auf den Holoplayer starrte. Und was er sah, ließ ihm das Blut in den Adern gefrieren. Er erkannte die Militärbasis, die in Flammen stand. Es war derselbe Ort, an dem sie am Tag zuvor gelandet waren. Er drehte die Lautstärke auf und hörte zu, wie eine gemäßigte Stimme von dem Angriff der Apsyn berichtete.

„Passiert das jetzt gerade?", fragte Emily. Sie legte ihm tröstend eine Hand auf die Schulter.

„Ja." Was wäre wenn, schoss es ihm durch den Kopf. Was wäre, wenn die Menschen gezwungen gewesen wären, die Nacht in der Basis zu verbringen? Was wäre, wenn Emily bei dem Angriff dabei gewesen wäre? Was, wenn er sie wieder verloren hätte?

Er umarmte sie fest und versuchte, seine Atmung ruhig zu halten, während seine Gedanken sich überschlugen. Einen Moment später piepte sein Kommunikator und er wusste, was ihn erwartete.

Wie erwartet, zeigte die Anruferkennung an, dass es Solan war.

„Ich sehe mir gerade die Nachrichten an", sagte Oz, ohne auf eine Begrüßung zu warten.

„Die Generäle haben sich mit dem königlichen Rat getroffen", sagte Solan. „Sie sprechen über Kriegserklärungen. Wir brauchen dich und Emily hier. Wir werden alle Kräfte brauchen, die wir zur Verfügung haben."

Oz wollte seine Schicksalsgefährtin schnappen und sie in Sicherheit bringen. Sie hatte es doch gerade erst auf den Planeten geschafft und plante ein ganz neues Leben.

„Oz? Bist du noch da?", fragte Solan.

„Ich bin hier", sagte er.

„Wir treffen uns morgen früh. Sei da."

Oz versprach es nicht. Er wusste nicht, was er sagen sollte. Aber Solan beendete das Gespräch und Oz blieb mit einem stummen Kommunikator in der Hand zurück.

„Du wolltest mir nichts mehr verheimlichen", erinnerte ihn Emily leise, und er vermutete, dass sie gehört haben musste, was vor sich ging.

„Solan will, dass wir uns morgen mit ihnen treffen. Dieser Apsyn-Angriff könnte Krieg bedeuten. Und für den Kampf werden verbundene Schicksalsgefährten benötigt."

Er erwartete, dass sie protestieren würde. Aber er erwartete *nicht*, dass sie lächeln würde. „Sie wollen einen Krieg? Ich bin bereit, mich für das, was sie mir angetan haben, zu rächen. Sollen sie doch versuchen, sich mit uns anzulegen."

Seine Schicksalsgefährtin steckte wirklich voller Überraschungen. Und es gab nur eine Möglichkeit, seine Dankbarkeit auszudrücken. „Ich liebe dich."

„Ich liebe dich auch", sagte sie aufrichtig. „Und wenn wir morgen in den Krieg ziehen müssen, sollten wir keine Zeit mehr verschwenden." Sie küsste ihn innig, bevor sie ihn zurück ins Schlafzimmer führte.

DANKE, DASS SIE DER SYNNRISCHE RETTER GELESEN HABEN!

Wenn Ihnen das Buch gefallen hat, hinterlassen Sie bitte eine Bewertung oder empfehlen Sie es einem Freund.

MÖCHTEN SIE EXTRA SZENEN LESEN?

Wenn Sie sich für meinen Newsletters anmelden, können Sie zwei exklusive Bonusepiloge mit Emily und Oz lesen. Melden Sie sich über den untenstehenden

Link an, um das Bonusmaterial direkt in Ihrem Posteingang zu erhalten!

Kate Rudolphs Leserclub
https://de.katerudolph.net/bleiben-sie-in-kontakt/

BEREIT HERAUSZUFINDEN, WAS DEN ZULIR ALS NÄCHSTES WIDERFAHREN WIRD?

Als es Lena und Solan nicht gelingt, als Einheit zusammenzufinden, werden sie zu einem intensiven Training mitten im Nirgendwo geschickt. Nur Solan, Lena und ein Haus, das entschlossen ist, aus ihnen das beste Team zu machen, das sie sein können. Als die Funken fliegen, gibt es nichts, was die beiden davon abhält, mit explosiver Hitze aufeinander zu prallen.

ÜBER DIE HOFFNUNG DER SYNNR

SIE SITZT auf dem falschen Planeten fest ...

Lena sollte eigentlich wieder auf der Erde sein, aber jede Chance, nach Hause zurückzukehren, wurde ihr von den Außerirdischen, die sie entführt haben, genommen. Jetzt ist sie zwar vor den Piraten in Sicherheit, aber auf Aorsa wird sie noch verrückt, weil sie nichts zu tun hat. Ihre einzige Hoffnung liegt bei Solan, dem heißen Militärführer, der sie vor ihren ehemaligen Entführern gerettet hat. Sie wird sich mit ihm zusammentun, um sich ihre Flügel zu verdienen - im wahrsten Sinne des Wortes. Aber egal was passiert, sie werden sich nicht ineinander verlieben.

Er kann keinen Menschen für sich beanspruchen ...

Beim Militär war alles ganz einfach: Befehle befolgen, Bösewichte ausschalten, sein Volk beschützen. Zu Hause in Osais hat Solan einen Haufen familiärer

Verpflichtungen und Erwartungen, denen er nicht gerecht werden kann. Wenn dann auch noch eine menschliche Schicksalsgefährtin hinzukommt, wird alles nur noch komplizierter, aber eine verbundene Einheit könnte es im Synnr-Militär weit bringen. Um sich mit Lena zu verbinden, hat er Regeln aufgestellt, von denen eine wichtiger ist als alle anderen: Ihre Beziehung ist rein professionell.

Aber als sie nicht als Einheit zusammenfinden können, werden sie zu einem intensiven Training mitten im Nirgendwo geschickt. Nur Solan, Lena und ein Haus, das entschlossen ist, aus ihnen das beste Team zu machen, das sie nur sein können. Als die Funken fliegen, gibt es nichts, was die beiden davon abhält, mit explosiver Hitze aufeinander zu prallen.

ZULIR KRIEGER-GEFÄHRTEN

- *Der synnrische Retter*
- *Die Hoffnung der Synnr*

AUSSERIRDISCHER GEFÄHRTE

- *Ruwen*
- *Tyral*
- *Stoan*

DER LÖWE UND DIE DIEBIN

- *Der Raubüberfall*

- *Der Fluch*
- *Die Quelle der Macht*
- *Der Löwe und die Diebin Die vollständige Serie*

ÜBER KATE RUDOLPH

KATE RUDOLPH IST EINE SCIENCE-FICTION-ROMANCEAUTORIN, die in Indiana lebt. Sie liebt es, über knallharte Heldinnen und die sexy Helden zu schreiben, die sie lieben. Sie verschlingt Liebesromane, seit sie zu jung war, um sie zu lesen, und ihre Bücher verstecken musste, damit niemand sie ihr wegnahm. Sie könnte sich keinen besseren Job auf dieser Welt vorstellen, als Liebesromane zu schreiben und sie mit ihren Mitlesern zu teilen.

Wenn Ihnen diese Geschichte gefallen hat, hinterlassen Sie bitte eine Bewertung.